m

阅读之前 没有真相

午 夜 文 库

向日葵不开的夏天

[日]道尾秀介 著

于彤彤 译

新 星 出 版 社　NEW STAR PRESS

在这个世界上，一听到蝉叫声就能马上在眼前浮现出蝉的模样的人怕是没有吧？就像没有人一听到雨声就能联想到雨水滴落与地面相触的那一瞬间一样。

对于大多数人而言，蝉的叫声不过就是由无数个体发出的声音相互混杂、交叠而产生的一种混浊而起伏的声响。

而我却受不了那种声音。

我总觉得什么地方有一些诡异，有一点疯狂。炎热的季节来临，每当听到那种声音，我心里就不由得这么想。尽快地走过绿意葱葱的公园，隔着窗户凝视街道上一排排的榉树，我就想大声喊出来：请别再发出这种声音了！

事情发生的那个夏天，我还是小学四年级的学生。当时我有一个三岁大的妹妹。时光流逝，我虽然已经成年，而妹妹却始终没能长大。那件事情发生之后一年，妹妹在度过四周岁生日后不久就死了。

不过我总觉得比起在这样的世界里活上几十年，或许还是妹妹比较幸福一些吧。有时我还想，我要是从未来到过这个世界该有多好。

至今我还珍藏着妹妹的一部分遗骨，就盛在我当时用的一个深深的玻璃杯里，盖着保鲜膜，放在桌子上。每每看见它，我就会想起很多。精致纤巧，异常可爱的小手；橡胶人儿似的光滑的肚子；临死前，躺在我膝盖上全身抽搐着对我说"别忘了我啊"那一刻那美丽的圆眼睛……

夏日里，我把妹妹的遗骨放进了抽屉。

耳边蝉声不断，一旦陷入对妹妹的想念之中，我就又要崩溃了，我很清楚。

第一章

教　室

七月二十日。

那风声真恐怖。在我左侧的玻璃窗外，那恐怖的风声片刻不停。

有生以来从未听到过的声音。好像混杂着许许多多外形诡异的怪物发出的声音一般。

"好啦好啦，不要说话了！你们都已经是四年级的学生了。田边！不许回头！好了，我再说一遍——"

穿着蓝色运动衫的岩村老师站在讲台上，挑着他那两道好像油性笔画出来一般的眉毛，不停地讲着暑假期间的注意事项。而我则用力地低着头，死死地紧闭着嘴。似乎一不留神，强抑在喉咙里的惨叫就会透过牙缝一下子脱口而出……

真可怕……

或许是因为我的座位紧挨着窗子，所以我才会听到那恐怖的声音吧。想着，我回转身，看向坐在后面的隅田。可是她似乎对窗外的一切没什么兴趣，只是坐在那里发呆。

"干什么？"隅田懒洋洋地说。

我不好意思起来，立即转回身去。

"这个，你们要转达给爸爸妈妈。暑假期间有什么事情，一定要和学校联络——"

（我家电话停机啦！）（哈哈哈哈哈！）（真的！）（瞎说！你家又不是S君家。）（S君那家伙家里可是真没有啊！）

"安静安静！现在还不是暑假！"

窗外。虽然是白天，可是天色黯然。波涛汹涌的大海一般的云朵向远方伸展，在窗户之间，飞快地从左向右游移。

"联系电话，就是印在这个材料最下边的号码，现在就发下去。就是大字的那个——"

（是一二九四。）（啊？什么？）（答案呀。）（什么答案？）（呀，这不是减法啊？）

"好啦好啦，这是电话号码。不过，这倒挺有意思的，你还刚好算对了！"

（嘻嘻嘻……）（呵呵呵……）（你啊！）（呀，好疼！）

不久，铃声响了。这样一来，我就不得不走出教室了。而一旦走出教室，我就不得不一个人站在那恐怖的风中了。

总该想点儿别的什么事好让自己平静平静。于是，我拿出自动铅笔，开始在桌边上画画，尽量集中精神。可是我的手却不听使唤，画出来的线条也全都是东倒西歪的。

"喂，干什么呢？在书桌上瞎画什么？"坐在我旁边的八冈低着头说，"这是什么啊？鳄鱼？"

"是什么关你什么事！"

"啊啊，知道了，是蜥蜴！"

"不是蜥蜴！"

我下意识地大声叫起来。一瞬间，周围所有人的视线都集中到了我身上。

"那你画的到底是什么啊……"

八冈无聊地哼了一声，把头缩了回去。

"计划去海边玩儿的同学一定要特别当心。每年都会看到新闻里说，一些在海边游玩的孩子被海浪卷走了——"

（要是会游泳不就好啦。）（可我不会游泳呀。）（为什么啊？）（海浪好大的！）（为什么呀？）

咚！大风吹在窗上，窗玻璃一阵明显的狂震。一不留神，自动铅笔从我的手中掉了下去，我也不由自主地向窗外望去。于是——

我看见了。

一切都只在一瞬间。S君在风中飘然经过教室的窗外，从左到右。这可是教学楼的二楼啊！S君穿着灰色的T

恤衫，深茶色的短裤，那小身体好像是一张纸片，被风吹着在空中快速飞舞。经过教室窗子时，S君瞪大眼睛，紧盯着教室中的一切，满脸的孤寂——

可转瞬间，S君就飞走了。

我站起身来，脸贴着窗玻璃，凝视着S君飞去的方向。可是S君已经踪迹全无，只有狂风吹起校园的尘沙，寂寞地飞舞着。

"有没有人打算在暑假结束之前赶作业呀？"

（有！）（有啊！有！）（每天都得写呀，不那样不行啊。）（你也是啊！）

我转过身望向S君的座位，就是我的座位后两排，向右边数第四个。

只有S君的座位是空着的。其余的座位上都满满地坐着我的那些同学。唯有S君的座位那样寂寞地空着，仿佛已经被人遗忘。

"等到最后才做作业，那可不行。不用每天都做，最起码两天做一回，一点点地做——"

（是！好的！）（不行啊！）（为什么非得那样啊？）（我还要去我奶奶家玩儿呢！）（那你就把作业带去呗。）

"还有，今天S君请假没来，谁能把这材料和作业送到S君家去？"

对啊，S君今天没来上学。S君本来身体就不太好，经常请假。我也没有特别留意到这点。

"安静！好啦好啦，有没有人认识Ｓ君家？"

（老师，增川君认识！）（啊？我不认识！）（不是离你家挺近的吗？）（讨厌！）

我又一次把脸颊贴近了窗玻璃。Ｓ君究竟飞到哪里去了呢？

……

等我回过神来的时候，教室已经重新安静了下来。

所有人都在看着我。岩村老师也挑着那对粗眉毛，站在讲台上直瞪瞪地看着我的脸。所有的人都摆出一副惊讶的表情。

"道夫，你，你可以去吗？"岩村老师对我说。

本来教室一片嘈杂，岩村老师话音一落，瞬间静了下来。

这时我才注意到，原来不知道什么时候我竟然已经举起了手。说起来，刚才那一瞬间，我曾经想：不举手的话……

"你知道Ｓ君的家吗？"

我抬头看着岩村老师的脸，点了点头。岩村老师挑起的眉毛两端一下子放松了下来，露出一种破涕为笑般的表情。

"这样啊，嗯，太好了。一会儿把Ｓ君的材料和作业交给你。嗯，太好了。"

岩村老师一个人不住地连连点头，接着又转向全班同学，高声说："好了，道夫说由他来给Ｓ君送材料和作业。你们大家都应该像道夫那样，在好朋友请假休息或者有困难的时候主动帮助，对不对？"

（原来那家伙跟Ｓ君关系很好啊？）（不知道哇。）（没有臭味吗？）（喂，他正看着你呢。）

一和我目光相对，那两个家伙就立即悻悻地移开了视线。其中一个装作专注地看着岩村老师，而另一个则摆出一副饶有兴趣的模样，挑着眉毛往自己的铅笔盒里张望。

"我说道夫，你在去Ｓ君家的路上别被弄死了啊！"

坐在前排的伊比泽拧着他那软乎乎的身子回过头来。本来就向上吊着的双眼被两颊的肉那么一挤，基本上就成了一条缝儿。

"你要是不当心，也会被弄折了腿，然后被扔到草丛里的哦！"

我知道伊比泽说的是怎么一回事儿。最近一年间，在Ｎ镇不断发现小猫和小狗的异状尸骸。作为一种"恶性恶作剧"，报纸上也曾经登载过。所以在这一带也算引起了一些骚动。镇边的河畔、民宅的花园、小巷两侧的水沟，还有建筑物之间的缝隙等等，在这些地点一共发现了八具尸体。四只狗，四只猫，有野生的也有家养的。最后一具的发现时间恰好就是五天前的七月十五日。事发的第二天，报纸上登出了这则新闻，在新闻旁边还配有一个Ｎ镇的地图，笔者在每一个发现尸体的地点都做了圆形的标记。在那些标记的旁边，标出了发现尸体的时间。其中既有死后立即被发现的，也有被发现的时候已经成了一把枯骨的，所以那些发现时间也没什么意义。地图上的那些标记散落在镇内的各个角落，谁也不知道下一具尸体会在什么地方被发现。我们这些住在这里的人整天都这么提心吊胆的。既然是变态的行为，那么自然学校也会提醒学生们提防可疑之人。

"就是死了而已啊，说是什么变态的行为，其实没准不过就是交通事故啊，河流污染什么的……"

有一次课间活动的时候，岩村老师曾经这么说过。

"……不过，还是觉得……可能还是什么人干的……"

这么想的理由很简单。因为这些尸体有两个共同的特征。一个是所有尸体的后足关节——如果是人就是膝盖关节——全部都被扭向了与正常状态相反的方向。另一个就是这些死去的狗和猫的嘴里都塞着一块白色的香皂。

"别忘了剧会！暑假结束后一周就是剧会了。暑假期间能练习就练习啊……"

这时铃声响了。

S君的家

要走到学校的大门口，必须横穿周长百米左右的操场。

在夏日阳光的灼烧之下，操场上的沙砾异常干燥。我夹在放学的学生中间向校门口走去，左手拿着要给S君带去的东西：两张印着联络事项的材料，四本作业题集，一枚茶色的信封。

信封里的大概是作文吧。

一周前，国语课的作业自由作文今天刚好发回来。所有作文的末尾都有岩村老师用红笔写的评语。我写了今年三岁的妹妹美香出生时候的事情。那时候我和爸爸两个人坐在医院手术室门外的长椅上，焦虑万分地等待着。岩村老师给我的批语是："很好地表达了你的心情。"

抬头仰望天空，方才还在头顶的低低的云朵不知何时消失了。明晃晃的夏日骄阳陡然出现，而那阵强风也一下子停了下来。

"喂，道夫！"

岩村老师从后面一路小跑追了上来，刚才还是一身运动服，现在已经换成了半袖的衬衫，胳膊底下夹着西服和公文包。

"是要去S君家吧？天气热，小心别中暑了啊！怎么了你，脸上全是汗。手帕呢？"

"没带。"

"老师的借你，拿着。暑假结束以后再还给老师就行。擦擦汗！"

岩村老师将一条蓝底白纹的手帕放到我手中。

"老师有事先走了。放假期间不要到人少的地方去啊！"

岩村老师轻轻地拍了一下我的后背，又一路小跑着走了。看起来他是真有急事，等我走出校门的时候已经看不见他的踪影了。

骄阳似火，当头灼烧着我的头发。我一个人走在榉树大道上。

宽阔的榉树大道从校门口一直延伸开去，两侧长满了高大的榉树。也不知道究竟是不是叫"榉树大道"，不过我们都这么叫它。顺着榉树大道一路走下去，放学回家的学生的身影一点点减少了。这是最平常的光景了。大家都渐渐地走向不同的方向，拐进不同的小街，循着离自己家最近的那条路走去。

走过右边大概位于榉树大道中部的儿童公园时，我的眼前已经没有任何学生的身影了。看一眼公园的钟塔，大大的指针正指向十二点二十分。

我一边走，一边低头看带给S君的东西。因为手出了汗，所以在茶色的信封上印出了手指的痕迹。我担心是不是把里面的东西也染上了汗渍，于是就从信封口往里面看了看。还好作文稿纸还是老样子。

《邪恶的国王》

我瞟到了稿纸上端作文的题目。

走到榉树大道的尽头，是一个 T 字形的路口，我拐进了右面的岔路。比起我回家通常走的向左的岔路，这条向右的岔路更加细窄。道路左右两边都是豚草疯长的空地，还有铺着沙砾的停车场，毫无人气。

从左边的空地上吹来一阵暖风。我从风中闻到一股令人厌恶的恶臭。

我用手捂着鼻子，顺着风看去。空地上有一辆被遗弃的轿车。看上去似乎已经遗弃在这里好久了，灰色的车漆已经斑斑驳驳地剥落，车窗玻璃也已经粉碎，大概是什么人的恶作剧吧。我来到车子近前，从已经没有玻璃的后车窗向里面看去。那一瞬间，我好像脸颊被重重地打了一拳一般，上半身不由自主地向后翻仰过去。

有一只猫死了。

一只胖胖的，成年的猫。已被风雨剥蚀得沙沙作响裂开了大缝的车座上，猫的尸体仰面朝天地僵在那里。白色和浅茶色相间的毛已经斑驳脱落，随处可见粉色的皮肉。猫的双眼已经干涸，仿佛埋着两粒黑色的梅干。半张的嘴的两端向耳朵方向咧去，好像被切开了一般，那样子就好像一边想象着什么一边不出声地笑着。蚂蚁不停地从它的鼻孔里爬出爬进。

那尸体一副诡异的模样，好像是电视游戏里外星入侵者的姿势。两只前爪高呼"万岁"一般举过头顶，后爪也同样被弯成了钩子的形状。整个身体呈现出一个"出"字形。猫的前爪似乎可以自然地摆出那种姿势，可是后爪绝对不可能正常地弯曲成那种角度。显然后爪的关节被扭曲到了与平时完全相反的方向。那也就是说——

这究竟是怎么一回事啊！完全不明白。猫的嘴里好像有一块白色的东西。我伸出手指，碰了碰。——是肥皂。在猫那似乎在笑的嘴里，塞着一块干燥、龟裂的白色香皂。

"呜……"

我终于明白了。这就是那个诡异的行凶方式。

"啊啊啊啊啊！"

我下意识地拼命跑了起来。心在胸腔里狂跳，好像要从喉咙飞出来一般。眼前有一个深深的竹林，继而出现了一个岔路口。向左拐进去，大概不到五米，就有一条细窄的沙土小路伸向竹林深处。S君的家应该就在那条小路的尽头。无数的绿竹好像墙壁一般伫立在小路的两边，我一口气穿了过去。

来到大门前，我累得两手拄着膝盖，弯下了腰。头开始针刺一般地痛。无论怎样深呼吸，深呼吸，都觉得透不过气来。

抬头一看，已经到了S君的家。

没有姓名标牌。右侧有一块长方形的剥落痕迹，似乎原来有个什么东西被搬走了。滑动铁门微微虚掩，露出恰好能容一个人通过的缝隙。

门铃在门边上，我试着去按了一下。似乎是里面的弹簧坏了，按钮碰到指尖，"噗"的一声瘪了下去，就这么弹不回来了，也听不到铃声响起。

就在此时，身边传来了一些响动。玄关左边的宠物房里，大吉探出半个身子，把头转向我这边。

大吉是S君养的狗，是一条茶色和白色相间的、瘦瘦的杂种狗。一年级时我初次到S君家来玩儿的时候第一次遇见了大吉。那时大吉还是一只幼仔，S君告诉我说，不知它是从哪儿跑来的。一开始起的名字是Lucky[①]，不过怎么看都觉得不太合适，于是就改成了"大吉"。

大吉匍匐着身子，从喉咙的深处发出一阵阵低吠。

我大吃一惊。大吉从来没有这样对待过我。我还记得前阵子遇见S君带着大吉出去玩儿，大吉还向我摇尾巴，伸出舌头舔我的脸。

我刚向门迈出一步，大吉就冲出了宠物房，整个身子几乎要撞到门上，鼻尖从栏杆中间探了出来，拼命地向我狂吠。双眼死盯着我，露出凶光。

"这，这是怎么啦……"

大吉的脖子上有一条绳索，拴在宠物房旁边的柱子上。那绳索并不长，所以我想，如果我直接走过玄关的话，大吉应该不会扑上来。

[①] 英文，幸运的意思。

穿过大门的那道缝，我直接走向玄关。就在这时，大吉绷紧了绳索，拼命向我冲过来，嘴角挂着白沫，疯了一样地吠叫。

门边上有一个和刚才那个一模一样的门铃。伸手一按，这个门铃倒是响了起来。

等了一会儿，没有人应答。再按一次，还是没有人应答。我又试着敲了敲门。门没有上锁。

"你好！"

我轻轻地推开一道缝，打招呼说。

"S君，在家吗？"

没有人回答。光线黯淡的房间里弥漫着S君从身边经过时散发出来的那种气味。

玄关那里放着S君的鞋。——S君应该在家吧？

我在院子里来回走了走。关上门，循着右手边的墙壁慢慢地向前走。

S君家的院子里种着数不清的树。那些树，与其说是种的，还不如说是自己随随便便长起来的。我的心里总有这么一种印象。没人修理的无数的枝叶无边无际地伸展着。无论高大还是矮小，这些树木都疯狂地向四面八方生长着。

院子外侧是一片广阔的柞树林，外面围拢着低竹篱。

蝉声让人心烦意乱。在蝉的叫声中，混杂着一种轻轻的"咯吱咯吱"的怪声。好像是被逮住的老鼠发出来的声音，高高的，细细的，让人厌恶。

那是什么啊？我歪着头，沿着面向院子的回廊快步向前走去。

咯吱、咯吱——

面向院子的窗户全都关得死死的，只有最里面的一扇窗似乎开着。土黄色的窗帘边缘在窗框下面摇曳。那扇窗子正对的院子里，可以看到许许多多的向日葵正在盛开。

咯吱、咯吱吱——

越往深处走，那诡异的声音就越清晰。

究竟是什么声音啊？

我终于站在了最深处的那扇窗前。往屋子里看了一眼，S君就在屋子里。

在骄阳照耀下的明亮回廊与微微晦暗房间的交界线上，S君俯视着我。S君的眼睛斜视得厉害，因此并不是双眼直视，而是只用一只眼睛直勾勾地瞪着我。灰色的T恤衫，深茶色的短裤，那模样和我从教室窗子看到的飘浮在空中的S君几乎一模一样。S君的身体正面对着我，可是却以一种诡异的方式摇摆着，仿佛在画着一个小小的圆圈。

"你在干什么呢？"

我问道。S君没有回答。紫色的嘴唇一动不动。他的脖子伸得长长的，看上去简直不像人类。

我的心仿佛从高处坠落一般，嘭地跳了一下。我的呼吸急促起来。牙缝之间，空气发出尖锐的声响。Ｓ君的双脚并没有站在地上。

"啊——啊——"

从短裤中露出来的Ｓ君的双腿内侧淌出泥水一样的东西。那东西沿着Ｓ君又黑又瘦的双腿一直流到他光着的脚尖，然后滴落到地上，在榻榻米和门槛之间留下一摊小小的、色彩复杂的水渍。

我的呼吸忽深忽浅，呼气的时候，从喉咙深处不由自主地发出"啊、啊、啊"的震颤声。高亢的蝉叫声似乎死命地按着我的头，将我钉在那个地方，一步也动弹不得。

一把靠背椅在Ｓ君身后倒放着。

Ｓ君脖子上的绳索悬挂在正上方的格窗上。绳索穿过格窗的柱子，然后斜着向下拉到屋内。拉得紧紧的绳索的另一头就绑在一个大衣橱的单扇门把手上。由于承担着Ｓ君的重量，那个拴着绳索的大衣橱的单扇门大大地敞开着，大衣橱也稍稍离开了原位。正因为如此，Ｓ君的双脚才几乎差一点儿就要碰到地板了吧。如果大衣橱再轻一点儿，或者那个单扇门再大一点儿，Ｓ君的双脚怕是就能够得着地板了。

从腹腔到胸腔，一种莫名的情感攫住了我。我想靠近Ｓ君，可是刚要挪动一步，整个身体就开始麻痹起来。双膝一阵无力，我摔倒在地上。

膝盖触及的地面，一直被骄阳灼烧着，本应是滚烫的，可是却异常冰冷。我双手扒着回廊的边缘，抬头看向S君。一阵暖风从背后掠过我的头顶，S君的身体又摇晃起来。咯吱咯吱的声响好像一把利刃，从上方直直地扎进我的耳朵。

S君的样子我再也看不下去了。我拼命地闭上双眼，慢慢地仿佛将四肢拾起来一般站了起来。

我动了起来，背对着S君，沿着回廊往回走，鼻孔不停地抽动、痉挛，牙齿不住地打战。双腿软绵绵的，走得跌跌撞撞。那绳索咯吱咯吱的声响仿佛在背后如影随形般片刻不停地跟着我。

走到回廊的中央，我回头看了一眼。

S君的身影被挡在墙壁的后面，已经看不到了。

满眼都是向日葵。这些盛开着的硕大花朵全都朝向S君所在的那个房间。刚才，S君或许并不是在俯视着我，而是俯视着这些怒放的向日葵。

想到这里，泪珠突然一滴一滴流了出来。

学　　校

教学楼一片寂静。空无一人的走廊好像是别的建筑物的一部分似的。

我冲进一楼的走廊，推开了教师办公室的门。

"什么事？"

转过身问我的是六年级的班主任西垣老师。西垣老师面颊瘦削，戴着一副方框眼镜。他站起身，皱着眉头，走到我的身边。

"哭了吗？出什么事了？你……是四年级的那个——"

"岩村老师在吗？"

我的声音在发抖。说完，我感到自己的肺叶在不由自主地不停抽动。

"噢，岩村老师不在。不过，必须找岩村老师吗？到底出什么事了？跟我说说。好了好了，别哭啦！"

西垣老师一边说，一边轻轻拍着我的手臂。

"道夫君，是不是打架了？"

教音乐的富泽老师也一脸担忧地走到我身边。

"岩村老师今天不回来了，好像有什么事。"

等我回过神来才发现，教师办公室里所有的老师都在看着我。我一时间不知所措。我所看到的一切，究竟应该怎么说才好啊！

"哎？道夫，你在这儿干什么？"

背后传来一个声音。我回头一看，是岩村老师。

"啊，岩村老师！办完事了？"

"没有啊，我本来是跟人约好见面的，人家好像有事不能来了，所以就回来了。而且，实际上，我还真是有工作没做完。你可别说出去。"

"今天你是开车来的吧?"

"可不是嘛。本来打算和约好的人一起开车出去的。真是失算了!要是早知道这样,我像往常一样坐电车上班就好了!"

说完,岩村老师转向我。

"对了,道夫,刚才不是在校园里碰到你了吗?你不是要去S君家吗?怎么了?你怎么哭了?"

"老师,那个……"

一开口,我却结结巴巴说不出来了。如果在这儿就把S君的事情说出来,肯定会引起极大的骚动。我感到肺叶又抽动起来。岩村老师环视一下四周,抚着我的肩膀说:"要是你觉得在这儿不好说的话……好吧,咱们到那儿去,来,过来!"

岩村老师把我领到了教师办公室里面,打开一扇门牌上写着"接待室"的门,和我一起进去。他让我坐在皮沙发上,自己在我身边坐下来。

"到底发生了什么事?"

我深深地吸了一口气。接着把刚才在S君家中看到的一切都对岩村老师讲了出来。说着说着,眼泪又流了出来。

"这,这都是真的吗?"

听到一半儿,岩村老师就开始欠起身,等我说完,他已经站了起来,用一种严肃的表情俯视着我。我咽了一口混杂着眼泪的唾液，点了一下头。

"天哪！这太严重了……这，这太严重了……"

岩村老师就这么一直看着我，用手擦了擦额头。

"老师现在就到S君的家去一趟。你现在就回家。啊，不——等一下。我得找个老师送你回家。对，这样比较好。"

岩村老师走出接待室，和什么人小声说了几句。此时，许许多多极力克制的声音混在一起传入我的耳中。那嘈杂声时而大起来，但是马上又低了下去，并且持续了一会。

不久，一阵脚步声渐渐远去。

接着传来一阵敲门声。

是校长的声音。刚才传来的敲门声就在这个接待室的对面，应该是校长办公室吧。

岩村老师在门口探进半个身子，向我招了招手。我站起来，一走出接待室，就看见了校长严肃的面容。自从去年有一个学生遭遇了交通事故以来，我还是第一次看到校长这副表情。其他的老师都聚集在校长的身边。所有人都把视线落在了我身上。

岩村老师夹着自己的皮包。

"道夫，老师这就到S君家去。富泽老师送你回家。你爸爸妈妈在家吗？"

我摇了摇头。这个时候只有美香在家。

"三点以后，妈妈应该就能回来了。"

"现在还不到一点啊——还有时间。你妈妈在上班吗？"

"在打工。在附近K车站前的意大利面餐馆。"

"知道电话号码吗？"

我又摇了摇头。

"餐馆叫什么名字？"

我说出了意大利面餐馆的名字，岩村老师立即去查询了电话号码。岩村老师一边夹着听筒，一边在备忘录上记下电话号码。电话一挂断，他就马上给那家餐馆拨了过去。

"——嗯，是的——啊，不，他本人在我们这里——好的。是这样啊，好的……"

岩村老师和我妈妈说了几句之后，就放下了电话，对我说："你妈妈说她马上就回家。好吧，让富泽老师送你回家，在你妈妈回家之前，千万不要出门。"

岩村老师向校长微微点了点头，一阵小跑奔向楼下。可是他又马上停住，转身回到房间里，重新拿起身边桌上的电话。

"校长，警察方面我来联系吧。然后路上会合，一起去现场比较好吧？"

校长略微点了点头。岩村老师背对着我们，好像趴在桌子上一样开始打电话。

"喂喂，您好！我是 N 小学的岩村……"

岩村老师用手掌遮着嘴，压低声音，好像说悄悄话一般把事情的经过说了一遍。至于他具体是怎么说的，很难听得清。

随后，岩村老师挂断电话，对校长行了一个礼，又跑出了教师办公室。

我的家

"道夫君，真的没事儿吗？"富泽老师微微扭着头，看着我的眼睛。"老师这就回学校去了，你自己没关系吧？"

站在玄关那里，富泽老师双手撑着膝盖，弯下腰，挨到我的近前问着。富泽老师刚刚工作两年，她可比我妈妈年轻多了。

"有妹妹在家，没事！"

不过，富泽老师还是说一定要陪我待到妈妈回家以后再走。可是我不喜欢外人来我家。这个家里的一切，起居室、厨房，我都不愿意让别人看见。

"道夫君有个小妹妹是吧？几岁了呀？"富泽老师看到玄关门口有一双粉红色的小鞋子，于是问道。

"今年……到今年七月，就三岁了。"

"是嘛，那明年就要进幼儿园了呀。这么小的妹妹，总是一个人在家吗？"

"嗯，是的。我们家——"

我一边躲开富泽老师的视线，一边回答。

"我们家就这样。总是这样。"

我感到富泽老师的视线始终盯视着我的侧脸。明明是在自己家里，可我却觉得格外地不自在。

"小孩子自己在家的时候要格外注意哟。一定要把门窗锁好。你知道吧，最近的那些传闻，那些小狗小猫的——"

这时，美香在楼上喊我。那声音可真像救星一般，我马上向楼上转身，富泽老师也向楼上望去。

"楼上就是道夫君和小妹妹的房间吧？"

上楼梯的第一个门对面，就是我和美香共用的儿童卧室。

"我，我得照顾妹妹吃饭了……"

"道夫君会做饭吗？"

"不是的，是妈妈在上班前做好的。我只是用微波炉热一下……"

美香在二楼又喊了我一声。

"老师，我真的没事。而且妈妈也很快就会回来了。"

富泽老师表情复杂地看了我一会儿，然后叹了一口气。

"那好吧，千万要当心。如果发生了什么事，一定要马上和学校联系。过一会儿岩村老师可能会来，大概警察也会一起来，可能要问你一些问题……"

接下来，富泽老师似乎也找不到更合适的话了，只是用略显悲伤的目光看了看我。

富泽老师一走出玄关，我就依照她的叮嘱紧紧地锁上了门。上楼梯的时候才发觉，我的手里还握着带给S君的东西。这些东西一会儿应该还给岩村老师吧。

"我回来啦！"

推开门，迎面是一股闷热的气息。只需吸一口气，就能感到屋子里的热度。

我扭开窗锁，打开窗子。一瞬间，屋外的声响和气息混在一股清爽宜人的风中扑面而来。黄色的窗帘被吹得鼓胀起来。

"你说为什么妈妈总把窗子关得死死的啊？"

躺在二层床下铺的美香厌烦地说。妈妈出门把孩子留在家里的时候总是把窗子关得严严实实，而且还要上锁。妈妈还极为严厉地对我说："就是热，也绝对不许开窗。"所以，现在被我打开的这扇窗在妈妈回来的时候还得关上。冬天倒没什么，夏天可真难熬。

"一定是因为很危险吧。"

"怕我们从窗户掉下去吗？"

"不是。不是担心我们从窗户掉下去。要是因为这个的话，就应该把一楼的窗子也关上啊。你知道吧，最近这一带有很古怪的人——就是杀死小猫小狗的人——"

"啊，我知道。一共杀死了八只呢。"

我默默地点了点头，没有对美香说，其实就在刚才，我发现了第九只。

我把双肩书包挂在书桌侧面的挂钩上。书架上放图鉴那一层的右侧空着，于是我就随手把给S君带的东西插在了那里。

"哥哥，今天好晚啊。"

"嗯。是啊。有……有点儿事儿。"

应不应该把S君的事情说出来呢？我一阵犹豫。

"刚才那个人是谁呀？"

"噢，是我们学校的老师。教音乐的富泽老师。"

"一定是哥哥干了什么坏事了吧。"

美香带着点儿恶作剧的口气，不过似乎又是真的在担心我。近来的美香总是一副那样的表情，简直和以前的妈妈一模一样。在美香出生之前，妈妈经常会在我面前露出那样的表情。

看着那副表情的美香，我总是感到一阵心痛。紧接着，一直抑制着的紧张与不安陡然向我袭来。突然鼻子一酸，一种让人难为情的想要恳求和依赖只有三岁大的妹妹的情绪袭上心头。

"美香，实际上，今天……"

我盘腿坐在地板上，面向美香，把所见到的一切都告诉了她。

"——哎！"

美香的反应比我预想的还要强烈。"S君是两只眼睛离得很远的那个？"

我略吃了一惊。"美香，你见过他吗？"

"他带着狗出去玩儿，我们不是一起碰到过嘛。"

说起来，那天S君带着大吉出去散步，路上碰见我们，当时美香也在。

"S君为什么死了呀？"

"不知道啊。不过——"

"不过什么？"

美香紧追着问。美香的语速实际上比我们班的同学还要快。照这个样子发展下去，到了九岁十岁的时候，美香会变成什么样子呢？没准儿到了那个时候我的脑子就跟不上她了。

"不过，不管怎么说，我还是想象得出。"

我把S君在学校里和班上同学们相处得不好的事告诉了美香。

听完我的话，美香稍稍沉默了一会儿，然后问我："哥哥，你也干过那样的事儿吗？"

"那样的事儿？"

"欺负S君的事……"

我一时语塞。我当然从来没有像班里的那帮家伙——尤其是伊比泽、八冈他们那样故意欺负过S君。但是，在

S君备感寂寞的时候，我也似乎从未主动跟他说过话，也从未对他微笑过。

"我觉得我跟S君还算相处得很好吧。"

我避开美香的视线，这样回答。

"也可以说我们俩的关系不错吧。我好像从来都没见过S君跟班里其他的同学说过话。"

对于我这种暧昧的回答，美香一言不发。我转过脸去，也沉默不语。

沉默下来，关于S君的回忆就渐渐浮上心头，让我非常难受。我真的曾经和S君相处得很好吗？其实，仅仅是和其他人比起来才觉得似乎关系不错而已吧？班里的同学们如果知道了S君自杀的消息都会是什么样的表情呢？平时只要一说起S君的事情，他们总是冷冷地笑着。难道说谈论起S君的死，他们也会是那样的表情吗？是不是还会一边开着脏话连篇的玩笑，一边哄堂大笑？如果看到那样的一幕，我又会做何感想呢——

"哥哥，吃饭吧。"

"啊？"

每当我心烦意乱，或是倍感忧伤的时候，美香总是这样突然说出一些完全不相干的话来。好像这样一来，就能够将我从恶劣情绪中唤醒一般，所以美香的那些看似不着边际的话却恰好成了我的救星。

"是啊，肚子都饿了。"

我们俩一起下楼,来到餐厅。餐桌上放着两碗炒饭,都用保鲜膜罩着。两只碗里分别放着勺子。其中一支的塑料柄上印着头部是音符形状的婴儿图案,名叫"哆来咪宝贝"。妈妈说:"美香最喜欢哆来咪宝贝啦!"于是就总是买带有这种图案的东西。可是这不过就是妈妈的一厢情愿而已。

把炒饭放进微波炉,调好时间后,我打开了面向院子的窗户。从杂草丛生的草坪那里倏地飘来一阵杂草的气味。混在一起的还有一股刺鼻的腐臭垃圾味,直冲鼻孔。这是因为许多装着垃圾的塑料袋就堆在窗外。

其实也并不是所有的垃圾都扔在院子里。院子里的垃圾是从房子里溢出来的。在我家里,从餐厅、厨房到起居室,到处都是垃圾。因为妈妈从来不扔垃圾。每到垃圾回收日我要把垃圾提到门外时妈妈都怒气冲冲地说:"不许随便碰!"爸爸有时候也想扔垃圾,但是同样会遭到妈妈的斥责,于是也就放弃了。无论什么事,爸爸总是很快就会放弃。

我趿着拖鞋,来到院子里,透过由于灌进了雨水而变得黏糊糊的半透明塑料袋往里看,可以看到小小的苍蝇在那里嗡嗡乱飞。我蹲下来,刚把垃圾袋的口解开,背后就传来了微波炉发出的"叮"的一声。

"哥哥,炒饭好啦!"

美香叫我,于是我回到了房间里。

妈　妈

"那他们还来吗？"

美香一边嚼着东西一边问。我尽量不让炒饭从嘴里掉出来，反问道："什么？"

"那个老师，叫岩什么的……"

"岩村老师？差不多会来吧。刚才富泽老师也说了，警察局的人可能也要一起来。"

我瞥了一眼地板。地板上粘着许多已经风干了的黄色饭粒。一想到家里这副样子就要被别人看到了，我不禁叹了一口气。

"能不能说点儿什么，让他们直接到我们的房间里来？最好一进玄关就上楼。"

这个家里能够堂堂正正展示给外人看的恐怕只有我们俩的儿童房间了。

"妈妈也肯定会这么想。"

"妈妈才不在意这个呢。"

我们俩就要吃完饭的时候，玄关那里传来开门的声音。我慌忙把朝向院子的窗户关上了。

"哥哥，还有二楼的窗子！"

美香迅速地说。我不禁"啊"地叫了一声，可是这个时候妈妈已经站在厨房的入口向这边张望了，几绺汗湿的长发像海草一样贴在脸颊上。

"你干什么呢？"妈妈的声音异常冷漠刺耳，那声音让我的心仿佛被一把揪住了一样难受。

"有苍蝇。"我回答说。

"窗玻璃外面落着苍蝇，觉得恶心，所以我想赶走它……"

"觉得苍蝇恶心？"

妈妈站在那里俯视着我，嘴唇的两端向上挑着，双眼也不怀好意地吊起来，像螳螂一样。我以为会这样沉默一会儿，可妈妈还是把"恶心人的是你"这句我已经听过无数次并且近来已经不在意它的含义了的话说出了口。

我没有说话，只是低着头重新在椅子上坐好。

"小美香，妈妈回来喽！"

简直不敢相信这是从同一张嘴里发出来的声音，这声音高亢而甜美，就像某一首歌里的一个段落。

"哎呀呀，小裙子怎么皱皱巴巴的呀？小美香是个小姑娘呀，得干干净净的哟。"

妈妈弯下腰，双手像掸灰一样抻着美香裙子的边缘，然后依旧保持着那个姿势，向我转过脸，依旧用那没有抑扬顿挫、冷漠的声音问："是真的吗？"

"啊？"

"S君的事情。是真的吗？他们说是你看到的。"妈妈瞪着我。似乎比起S君的死，妈妈觉得更加严重的是这件事是被我发现的。

"我……我去S君家里给他送学校发的东西,在玄关没有人应门,然后,我就到院子里去……"

"傻啊你!"妈妈打断了我的话,"要是没人应门,把带去的东西放在鞋柜上面或者玄关前不就行了?你怎么总干那么蠢的事情?妈妈本来工作得好好的,就是因为你才被叫回来了!而且,老师和警察还要到家里来——我说你,就是为了让我难堪是不是?你说,你是不是故意的?"

"我不是故意的……我,我也不知道S君死了……"

"你的话我可不信!"

妈妈想说的我心里全明白。就是那个谎话。很久以前,妈妈开始厌恶我的那一天我说的那个谎话。从那一天起,妈妈就再也不相信我了。可是从那一天开始,我就再也没有说过谎。从那一天开始,我就在不停地反省。

喉中哽咽着,什么也说不出来,我只能低头看着餐桌。

"你可真阴险!"

说完,妈妈又像吐出一块土渣似的加了一句:"蠢货!"这个词我每天都要听无数次。如果不是每天时刻提醒自己注意,一边确信"我不是蠢货"一边活下去的话,我就肯定会不知不觉也开始觉得自己是一个货真价实的"蠢货"了。但是现在我很清楚,我绝对不是一个"蠢货"。

"小美香呀……"

妈妈的声音马上又变了。

"小美香可是个乖宝宝，千万不要像哥哥那样哦。懂了吗？"

我把最后一口炒饭吃完，从餐桌上站起身。

"我吃完了——美香，我们上楼吧。"

话音未落，妈妈就喊破了嗓子般叫了起来："不许你叫她美香！"

"为什么？"

我并没有看妈妈的脸，低声嘟囔了一句。

"我为什么不能管美香叫美香？妈妈不也是这么叫吗？"

妈妈还想大声地叫嚷什么，最后还是咽了回去。

结果我还是和美香一起上了楼。妈妈低低的声音从后面传过来："一会儿老师来了就下楼，我可没什么可说的！"

S君的身体

"二楼的窗子打开了没被发现可真是太好啦！"

美香的口气很明显是在为我担心，却故意装作若无其事。

"嗯。既然妈妈已经回来了，那就这么开着吧。"

"老师他们要是来了，怎么让他们上楼呢。"

"要是想让他们一进玄关就马上到咱们的房间里来,我最好还是在楼下等着。可是也不知道他们什么时候来啊——还是先待在这儿吧。"

不过,看来是没有什么等的必要了。不到十分钟,玄关那里就传来了门铃声。接着,岩村老师的声音和妈妈的声音,还有陌生男人的声音也飘进了耳朵里。似乎妈妈没有多说什么,很快那些人就上楼来了。

有人敲门,从门缝里可以看到是岩村老师。

"道夫,打扰啦。"

岩村老师的表情和我想象的不太一样。我当然觉得岩村老师应该是一副沉重、悲伤的表情。可是那一刻我看到的却是一种近似于困惑、生气的——反正是一种很难形容,令人捉摸不定的表情。

"警察先生也一起进来吧。"

岩村老师回头看了一眼。似乎躲藏在老师庞大身躯后面的那两个西装革履的人也走进了我的房间。其中一位看上去好像和爸爸的年龄差不多,清瘦,弓着背,向上翻着眼朝我这边看着,晒黑了的额头上有许多横纹。另一位看上去像个大学生,或者更年轻一点儿。可是到近前一看,这个人的脸上似乎皱纹更多,估计这两位的年纪应该差不多。

三个人盘腿坐在绒毯上,面对着我。岩村老师就坐在我的面前,两位警察坐在比老师稍微往后一点儿的地方。

"——我在这儿没关系吧?"

美香轻声对我说。那声音略微带紧张。我也不知道是否合适,不过还是点了点头。

"可能很快就会结束。"

岩村老师看了看我们俩,面露难色。

警察开始自我介绍。看上去不太年轻的那位叫谷尾,而看上去比较年轻的好像叫竹梨。跟他的年龄一样,这名字也是模棱两可。

"怎么办呢?要不我先来——"

岩村老师回转身询问两位警察。谷尾警官微微点了点头,回答说:"是啊是啊,那样比较合适。我们俩过后再……对吧?"

"好的,那就先请岩村老师来做一下说明吧。"

他们交换了一下目光,岩村老师便转回身对我说:"我说道夫啊——"

岩村老师一边摩挲着他那一脸的胡子,一边靠近了我。

"首先,我得问你一个问题。是关于S君的事儿。你在S君家,嗯,那个——亲眼看到S君吊死了,是吧?"

我点了点头。岩村老师又问。

"在走廊的内侧,S君脖子上套着绳子吊在那儿,是吧?"

"是的。从格窗吊下来的绳子套在S君的脖子上,在他身后,有一把靠背椅倒着……"

这些事情在学校已经全都讲过了。或许是因为有警察在，所以还得让我再说一遍吧。

"我还是单刀直入地说吧——单刀直入，这意思你懂吧？"

岩村老师半天也不进入正题，一会儿咳嗽几声，一会儿坐立不安地晃着大腿，似乎不太想继续刚才的话题而故意拖延时间似的。终于，岩村老师开口说话了——可是他却说出了我全然不解的话。

"什么都没有啊。"

我歪着头，疑惑不解地看着岩村老师。

"没有……"

"是啊。老师和警察先生一起赶到S君的家里——可是，那儿根本没有S君的尸体，哪儿都没有。"

岩村老师背后那两位警察似乎是想确认一下我的反应，不约而同地伸长了脖子。

"没有……S君的尸体……"

"不只是尸体。什么绳子啊，倒着的椅子啊，都没有。从格窗垂下来的东西老师也没看见。而且椅子也好好地摆在厨房里。在和室里的那个——"

岩村老师顿了一下，回身转向两位警察。谷尾警官说"排泄物"，然后转向我。

"发现了排泄物。准确地说是有擦拭过的痕迹。就在格窗正下方，榻榻米和门槛之间那地方。"

"那个大衣柜呢？半边门开着，整个大衣柜也向前挪了，因为Ｓ君的体重——"

谷尾警官摇了摇头。

"我们也亲自察看过了。大衣柜没有任何异样。"

楼下的电话响了。上楼的脚步声一点点逼近，只听见妈妈说："警察先生，您的电话。"谷尾警官使了个眼色，竹梨警官立即走出了房间。

"总之想确认的一件事儿是——"岩村老师又开了口。"你真的看见Ｓ君吊死了？"

岩村老师究竟在说些什么啊！

"现在，警察正在Ｓ君家里搜查，地板上的排泄物痕迹啊，格窗上是不是还有什么痕迹啊——总而言之，就是想看看Ｓ君是否真的在那儿吊死了。不过，如果是你看错了，那么警察就没有必要做这些搜查了。"

我呆住了，一动不动地盯着岩村老师的脸。他是想听我说是我看错了吗？可是，那怎么可能看错呢！我还能清晰地记得那绳子晃动的声音。而Ｓ君那摇晃的身体也深深印在我的脑海。

"Ｓ君真的吊死了！绳子从格窗挂下来套在他的脖子上——Ｓ君身子底下滴滴答答流下来的东西我也看见了啊！"

"是这样啊……"

岩村老师歪着嘴唇，用食指挠着耳后。

竹梨警官回来了，又坐在刚才的地方，在岩村老师的背后和谷尾警官低声耳语了几句。谷尾警官"哦"了一声，抬头看了一会儿天花板，然后缓缓地把视线落到岩村老师身上。

"是不是发现什么了？"

面对岩村老师的疑问，谷尾警官迟疑了一下，点了点头。

"和在花卉市场工作的Ｓ君的母亲联系上了，她好像已经回到家里了。"

"就这些吗？"

"是啊。唔，还有……"

谷尾警官稍微沉默了一会儿，含糊不清地说："好像真的有点什么。在格窗上，好像有绳子那么粗的东西被用力向下拉动的痕迹。此外，大衣橱前面的榻榻米上也有一些痕迹，似乎大衣橱向前挪动过。"

听完这些，岩村老师竟然一脸意外的表情。这让我很生气。

接着竹梨警官开口了。

"对于那个排泄物的痕迹还没有开始具体的化验分析，不过可以判定那里面混杂着一些西瓜籽。"

"西瓜籽……"岩村老师自言自语地重复了一遍。谷尾警官马上做了进一步的说明。

"已经和Ｓ君的母亲确认过了，昨天晚上，Ｓ君确实吃了一片西瓜。"

岩村老师的喉咙里发出"唔唔唔"的声音，两手按在盘膝而坐的双腿上，似乎是想要奋力站起来似的两眼直勾勾地看着地板。而我则有点受不了了。格窗上当然会有绳子的痕迹了！地板上的排泄物也当然是Ｓ君的了！一开始我不是就已经说过了嘛！

"——哥哥从来都不说谎。"

美香轻声说。我则故意极为夸张地点了点头。

"当然了！好朋友都吊死了……我还怎么可能说出那种谎话呢！"

岩村老师急忙仰起脸，两手伸向我，紧着摇头。

"不，道夫，不是这个意思。不是怀疑你——只是……实在太突然了，所以有点儿乱——或者说是不愿意相信……"

岩村老师说得暧昧不清，然后又重新坐了下去。

接下来，谷尾警官又问了我一些问题。我去Ｓ君家的时间，我究竟看到了什么，等等。我都一一做了回答。从富泽老师对我说警察有可能要到我家来的那一刻起，我就开始预想将会被问到什么问题，果然不出我所料。这其中只有两个问题是我没有预料到的。一个是，我所看到的Ｓ君是不是真的已经死了。另一个是，当时在Ｓ君的家中和周围还有没有其他人。

"我觉得Ｓ君已经死了。看上去整个身子都软绵绵的，而且脖子也伸得好长……"

听了我的回答，谷尾警官紧抿嘴唇，竹梨警官耸了耸肩，岩村老师则叹了口气。

"我也不知道当时还有没有别人在场。不过我没有看见。"

"那你也没听到什么声音吗？"

"没听见。因为当时蝉鸣声太吵了，所以我也不能肯定。"

谷尾警官重复了一句"蝉鸣声"，挠了挠鼻子。

"——我看就到这儿吧。"

之前一直用圆珠笔不停地作记录的竹梨警官啪啦啪啦地前后翻着笔记本，一边确认一边说。谷尾警官扬了扬眉毛，也点了头。两个人起身后，岩村老师也慢吞吞地站了起来。

"谢谢你给我们提供了不少有用的线索。"

谷尾警官的鱼尾纹显得更深了。

"如果以后你想起了什么，注意到了什么，请随时跟我们联系。"

说着，他从西服的里兜拿出一张名片递给我。名片上的名字旁边印着"刑事部第一搜查课"。我把名片放进了自己的钱包里。

"老师您接下来打算——"谷尾警官转向岩村老师。

"我必须得返回学校商量一下对策什么的。"

"那我们一起走一段路吧。我们回案发现场去。得尽快召集人手对周围那一带进行搜查。估计已经有一些警察开始搜查了。好像从这一区域出去的车道上也已经开始盘查了。"

"盘查？啊，对，S君的……"

岩村老师瞟了我一眼，话到嘴边，又咽了回去。

妈妈的话

把警察和岩村老师送到玄关，我跟在他们三个人后面也走出了屋子。不经意发现妈妈正站在左手边的阴暗处，靠着墙壁一动不动，死死地盯着我。

"啊呀，太太，您在这儿啊。今天打扰了。"

已经走下台阶的岩村老师又转回身对我妈妈寒暄了一句。谷尾警官好像要摔倒似的一个急刹车，回身敬了个礼。

"谢谢，谢谢。给您添麻烦了。我们这就回去了——您的儿子肯定很难过。您跟他说点儿什么，让他高兴一下吧。"

妈妈什么也没有说，只是嘴角微微向上挑了挑。谷尾警官一歪头，和竹梨警官交换了一下眼神。三个人走出了玄关。我站在台阶上目送他们离去。

"你又撒谎了吧。"

仍旧是那种毫无抑扬顿挫的冷漠的声音。我疑惑不解地抬头看着妈妈。

"我在这儿都听见了。什么S君吊死了之类的,都是谎话吧。你又在编瞎话欺骗妈妈。"

"不是,真的不是!S君的身体真的消失了!"

如果妈妈真的听到了我们刚才的对话就应该明白啊。

"在现场真的发现了排泄物还有绳子的痕迹——警察先生不是也这么说嘛!"

"那些事儿都是你干的吧?你为了让别人认为S君确实是吊死了故意弄的吧!"

"我怎么会干那种事儿?我为什么要那么做呢?我真的——"

"你根本就不值得相信!"

妈妈高高地举起了右手,我感到浑身僵硬。妈妈的手掌啪的一声重重地砸在墙壁上。

"妈妈无论如何也不会再相信你说的话了!"

妈妈的声音颤抖着。

"你什么时候都是谎话连篇。谎话连篇,总是给别人找麻烦……"

说到这里,妈妈突然沉默了。少顷,又压低声音接着说:"要我说实话吗?妈妈从老师那里听说S君的事情的时候就想,其实,你□□□□吧?"

妈妈最后的那句话在我的耳中疯狂地震动，随即又散裂成碎片。这句话对于我来说冲击力实在是太大了。我从心里狠狠地拒绝它。也不知道是从什么时候开始，我已把这种拒绝当成了自我保护的方法。并非有意为之，而是我已经变得能够主动地拒绝那些会伤害我的话语。如果没有这个本领，在这个家里，恐怕我早已经毁掉了。

妈妈终于缓缓地走下了台阶。

恍惚地看着妈妈的背影，我想，这个世界一定是什么地方出了问题。

这念头始终留存在我心里。

第二章

所婆婆

"究竟是怎么回事啊！为什么尸体会消失呢？"

我倚着床棱坐下，双臂交叠说道。

"是被什么人搬走了吧？"

美香在一旁说。是啊，只能这么想了。既然已经死去的S君不会自己走动，那么就一定是别的什么人把他搬走了。

"可是，如果真的是那样的话，那行动可真够快的啊。我看到S君的尸体之后马上就回到学校去报告了，而且我发现S君尸体的时候，周围也没有别人。院子里没有，房子附近也没有。整个屋子里都静悄悄的，玄关那儿就只有S君的鞋。要说有就只有大吉了。"

"还是不明白啊——也许有什么人藏起来了？"

"为什么？"

"因为他想搬走S君的尸体？"

我抬起头，静静地看了一会儿天花板。然后重新面向美香，又问了一遍。

"为什么？"

美香小声叹了口气。

"我也不明白啊。只是随便说说的。"

我们俩都不约而同"唔"了一声，陷入了沉默。

过了一会儿，美香突然间大声说："我有个好主意！"

我"哦"了一声，看着美香。美香说出这句话的时候就肯定是真的有好主意了。

"我们去找所婆婆商量一下吧！"

"对呀！"我不由得拍起手来。

所婆婆是住在附近的一位老婆婆，和我们非常亲。老奶奶的名字叫"トコ"，也不知道是不是应该写成"所"，不过一旦我们遇到什么为难的事情，总是第一个想到去找所婆婆商量。所婆婆也很喜欢我们，总是像亲奶奶一样倾听我们的烦恼。

"呀，我怎么没想到呢！对啊，所婆婆肯定能解开这个谜！要是怎么都解不开的话——就求婆婆用'那种力量'来解决！"

我和美香决定马上就去。走下楼梯，在玄关穿鞋时，在敞开的门的那一边，正在客厅看电视的妈妈的背影出现在我的视线中。虽然我尽量不弄出声响，可是当我转动门把手的时候，背后还是传来了妈妈的声音。

"到哪儿去？"

"到所婆婆家去一下……"

妈妈皱了一下眉头,接着"哦"了一声,撇了撇嘴。

"那个疯疯癫癫的地方!"

我什么也没说,走出了家门。

天气酷热,我们一边听着蝉叫声,一边向所婆婆家走去。时不时从口袋里掏出手帕擦汗。

"哥哥,你有那样的手帕吗?"

"这是岩村老师借我的——哎呀,刚才还给他就好了。"

走出小区,沿着大道向与学校相反的方向走五分钟左右,就是一条商业街。商业街的入口处,有一栋建筑上挂着个招牌,上面写着"大池面粉厂"。那格局是工厂和民宅连在一起,前面的一座钢筋混凝土的四角建筑是所婆婆的儿子还有其他员工工作的地方,对面木质结构的部分则是他们家人住的地方。住所的门边上挂着一个古老的木牌,上面用水墨写着"军荼利明王御祈祷所"。我第一次来的时候,所婆婆告诉我说,"军荼利"读作"グンダリ",在以前的印度语中,是"盘成一团"的意思。那时妈妈也在我身边。在美香出生之前,妈妈总是和我一起出去。

"哎呀,好久不见!"

叔叔正好站在工厂的门口。我们总是把所婆婆的独生子叫作"面粉叔叔"。他"嘿哟"一声两手抱起一个堆放在地上的扁箱子，然后用下巴指了指住宅的方向。

"最近你们也不来了，我们家的老太太可寂寞了。"

面粉叔叔在说一些词的时候总是爱把舌头卷起来，我特别喜欢。

"奶奶在吗？"

"还在老地方待着呢吧。"

我们来到了住宅的窗边，在敞开的窗子里面可以看到所婆婆的侧脸。所婆婆总是待在那里，几乎没见过她出门。

——透过那扇窗子看外面的风景可是婆婆的一大爱好。

记得面粉叔叔什么时候好像这么说过。

——没有比不需要花钱的爱好更好的了。

"婆婆，您好！"

我隔着窗棂向所婆婆问了声好，婆婆的声音里充满喜悦："哎呀呀，是道夫君来了啊！婆婆最近可是很寂寞呀。"

所婆婆像电视里出现的人妖那样翻着眼珠看着我。

"前阵子的那件事情已经解决了吗？那个'线路声音'的问题……"

我使劲儿点了点头。

"是铁会收缩的缘故！"

所婆婆慈爱地笑了笑，说："正确！"

坐电车的时候听到的线路的声音随着季节的不同会发

生变化，这是我很长一段时间里感到非常困惑的一个疑问。大概一个月前，我和美香一起到所婆婆这儿来询问。那个时候，所婆婆说："道夫君，天冷的时候，你会怎么做？"

这是所婆婆一贯的方式。只给我一个提示，并不说出真正的答案。对于这种方式，我虽然有些不满，不过却更能从中体会到乐趣。

所婆婆的那句话一直在我脑海里翻来覆去，无论在家里还是在学校。就在前不久，我终于想明白了。

"因为铁在夏天膨胀，在冬天收缩，所以，铁轨连接时就要留出缝隙。而那个缝隙在冬天会变大，所以那种'咔嗒咔嗒'的声音也就变大了。对不对啊，奶奶？"

"真聪明呀，道夫君！"

所婆婆带着一种欣慰的表情看着我的脸。接着，她不经意地往下一看，突然大声地说："哎哟哟，小美香也来了呀！"

"来啦。婆婆您好！"

"好像长大了点呢。"

"怎么会呢，才一个月不见呀。"

我插了一句。所婆婆还是一直盯着美香："是吗？"

"先不说那个。婆婆，我们今天还是有一件事想跟您商量。"

"什么事儿啊？"

所婆婆的话音里似乎带着一种恶作剧般的意味，隐隐地含着一丝笑意。不过，马上婆婆就发现了今天我脸上的表情和往常不太一样。于是婆婆压低了声音说："好像很严重啊。"

"嗯，非常严重。"

我把Ｓ君死了的事情全都告诉了所婆婆。所婆婆虽然不认识Ｓ君，但是因为是我的朋友死了，所以她先是吃了一惊，接着就悲伤地叹气说："天哪，怎么会发生这种事情呢……"

所婆婆一边说一边盯着自己的指甲看。接着，就用一种旁人几乎听不见的声音开始自言自语。看着奶奶的样子，我也感到眼睛里一阵痛楚，泪水涌了上来。

"哥哥！"

美香小声在一旁鼓励我。于是，我克制了一下，努力地仰起了脸。

我还把Ｓ君的尸体消失了的事情告诉了所婆婆。

"不见了……"

"嗯。尸体、绳子，都不见了。椅子还是好好地摆在厨房，大衣柜好像也搬回原位去了。可是我看见的时候Ｓ君真的已经死了啊！所以，一定是有什么人搬走了Ｓ君的尸体，把绳子藏起来，把椅子和大衣柜搬回了原位。而且把排泄物擦干净的肯定也是那个人！"

"擦排泄物的痕迹有吗？"

"嗯，有。那排泄物就是 S 君的。警察是这么说的。"

所婆婆沉默了好一会儿，然后缓缓地从我身上移开了视线。

"最好从最初开始考虑……"

"最初？"

"是啊——从最开始。从 S 君死的时候开始。"

"从死的时候开始？就是说，不是从尸体消失的时候开始？"

对于我的反问，所婆婆什么也没说。

就这样过了约有一分钟。大概是觉得美香、所婆婆和我三个人同时沉默是很奇怪的事情吧，商业街上来来往往的人们都不时地向我们这边张望。

"婆婆，能不能用一下'那种力量'啊？"

听了美香的建议，所婆婆为难地说："哎呀，最近很少用了呀。也不知道能不能用好了呢。"

"试一下嘛。我们真的很迷惑啊。"

我又请求了一次，所婆婆仿佛陷入沉思般闭上了眼睛。

我看了一眼所婆婆的背后，在房间的一个角落里有一个大约一米半高的木雕佛像，那就是军荼利明王。那瞪视着前方的面容有一种难以言表的恐怖。佛像的基座看上去好像是岩石制成，但实际上也有一部分是木制的。军荼利明王有三只眼，八只手，每只手里都举着戟和火焰等许多东西。所有的手臂和脚上都缠绕着无数的蛇。这些蛇就象征着转世。

"哦嗯,阿密哩体……"

突然,所婆婆开口了。我松了口气,看着她。那种语言听起来很熟悉,也就是说,所婆婆开始运用"那种力量"了。

"哦嗯,阿密哩体,唔嗯,啪嗒……哦嗯,阿密哩体,唔嗯,啪嗒……哦嗯,阿密哩体,唔嗯,啪嗒……"

一次又一次,所婆婆念着同样的经文,双眼紧闭,认真地,低声地。我感到心脏在胸腔里咚咚地跳动,仿佛是一个别的什么生物。

突然,所婆婆停了下来。

我屏住呼吸注视着所婆婆的脸。

所婆婆用一种微弱的,宛如晚风掠过一般的声音说:"气味——"

只有这么两个字。

"气味?那是什么意思?"

但是所婆婆没有任何回答。接下来,无论我们问什么,所婆婆都不再开口,只是一脸倦容、茫然若失地盯着某个地方。

那一些感觉

那天晚上,爸爸难得地很早就下了班,八点左右就回到了家中。关于S君的事情,妈妈对爸爸只字未提。看上去对妈妈来说,别说是S君的尸体消失,就是S君的死这件事也是那么的微不足道。想到这里,我感到十分懊恼。可是如果在妈妈面前提起S君的事情,我恐怕又要被说成撒谎骗人了。所以,我也什么都没说。

晚餐是咖喱饭。刚开始吃饭,妈妈就下了桌,餐桌边只留下美香、爸爸和我。看准这个时机,我打算把S君的事情告诉爸爸。但是很遗憾,妈妈很快就回来了。

"小美香,妈妈今天给你买了哆来咪宝贝的杯子哟。"

妈妈在四处堆放着垃圾的地板中间轻盈地走来走去,像唱歌一样说着。

"你看,可爱吧?"

妈妈把一只白色的马克杯放在和我相对的桌面上。杯子的表面上印着一个蹦蹦跳跳的哆来咪宝贝。现在这个家里到处都是哆来咪宝贝的茶碗、筷子、汤匙、叉子等等等等,眼看着几乎所有的餐具都是哆来咪宝贝图案的了。每次吃饭的时候,我的眼前晃动的全都是哆来咪宝贝的身影。

"用这个杯子喝什么呢?果汁?大麦茶?"

"总是果汁。"

美香悄悄地说。妈妈好像踩着舞步似的从冰箱里取出苹果汁倒进马克杯。我也把自己的玻璃杯放在了旁边，结果果然被妈妈推到了一边。

"你就喝水吧。"

我站起来，到水龙头那里接了一杯水。回到餐桌旁边的时候，爸爸透过眼镜向我投来一瞥。嘴角微扬，带着一种无奈的笑意，似乎在说："真够呛啊"，然后马上就移开了视线。爸爸总是认为平稳安宁比什么都重要。

看着爸爸，我总会想到乌龟。睡眼惺忪，面带倦容，就像在沙子和水之间发呆的草龟。而且就连上唇略微向前突出的模样都很像。爸爸也总是动作悠闲迟缓，无论发生什么事情我都从未见过他慌张失措。

一边吃着咖喱饭，我一边越发觉得坐立不安。看样子是没有机会跟爸爸说S君的事情了。总有一天爸爸会从别的什么渠道得知这件事情吧，也会知道我和这件事有着怎样的关联。到那时爸爸该会多震惊啊。而且我没有亲口对爸爸讲这件事会给爸爸带来多大的打击啊。我不想被爸爸厌弃。

"嗯，爸爸。"

犹豫再三，我还是试着开了口。

"人死了之后会怎么样呢？"

我这样说的话，妈妈估计不会有什么过分的反应，爸爸如果以后知道了S君的事情，估计也会明白我为什么这么说了。弄不好爸爸还会想："朋友突然死亡，儿子受到了打击。感受力很强的孩子很难直接把事实说出来。"真是个好主意，我不禁得意起来。

"人死了之后？是啊，根据我听说的，人死了之后，好像会转世。在日本有这种说法。爷爷的葬礼上，庙里的法师就是这么说的。对了，葬礼你不是也去了吗？"

"嗯。可是，记不清了。"

我只记得的确有人说过关于转世的事。印象中后面似乎还有很多复杂难懂的话。

"那时候你四岁？五岁？"

镜片后面，爸爸的目光惺忪而倦怠。然后，爸爸接着说："——人死了之后，灵魂就会从肉体中脱离出来，那个灵魂就在这个世界和那个世界之间犹豫，徘徊。灵魂徘徊的这个过程，叫什么来着……对了，好像叫七七。就是说在此期间，灵魂就在那个世界和这个世界之间徘徊。"

诡异的风吹过，像纸片一样在空中飞舞的S君的模样浮现在我的脑海中。这么说来那就是S君的灵魂吧。

"在七七的状态下，每隔七天，灵魂就有一次转世的机会。最开始的七天没有转成，那就等下一个七天，还不行，就再等下一个……"

"哦，一个星期啊。"

"对，一星期。在这许多机会中，有人转世了，也有人没有。"

"那么,也有人一直都不转世?"

"那倒不是。究竟是在第几个七天转世因人而异。但是,到了七七,也就是第四十九天的时候,所有人都一定会转世成什么,不过这个嘛,宗派不同,说法也不一样。"

说完,爸爸瞥了妈妈一眼。妈妈一脸怒容,一言不发地吃着咖喱饭。我总算是长出了一口气,重新开始埋头吃饭。

一边吃饭,我一边呆呆地想,S君如果转世的话,会变成什么呢?爸爸应该变成乌龟吧;妈妈呢,一定会变成螳螂。

就在这时,爸爸突然做出了一个十分异常的举动。

"哎?"

爸爸向敞开着的餐厅门外望去,皱着眉,略微伸长了脖子,直勾勾地盯着没有灯光的黑暗走廊,拿在手里的汤匙也停在半空。

"怎么了?爸爸?"我询问道。

"嗯,也没什么。"但是爸爸的目光还停留在走廊里。

"究竟是什么啊!"

妈妈不耐烦地看看爸爸的脸,又看看视线所及的那个黑暗的走廊。走廊里什么也没有。走廊的暗处,墙上的时钟正指向八点十五分。

"最近没去给爷爷扫墓啊……"

爸爸一边说,一边又接着吃饭。我又问了一遍:"怎么了？"可是爸爸只是缓缓地眨了眨眼，耸了耸肩。从那以后，一直到吃完饭，爸爸都是一言不发，也没有再往走廊看上一眼。我望着爸爸的侧影，感觉他似乎是在一直思考着什么，又似乎是什么也没有想，只是怔怔地发呆。爸爸究竟看到了什么呢？我满脑子都缠绕着这个疑问。

吃完咖喱饭，我突然想上厕所。

"我去一下厕所。"

真脏啊。美香厌恶地说。

往厕所走的途中，我无意中看了看走廊的暗处和楼梯内侧。但是除了暗影和灰尘之外什么也没有。关上厕所的门，坐在座便上的时候——

走廊里传来了脚步声。那是比平常人更加缓慢的脚步声。脚步声一点点逼近，我以为那或许是爸爸或妈妈忘了我正在用卫生间。

脚步声在门外停住了。

"我在里面！"我说。

可是对方却没有回答，好像始终站在那里。冲完水，我打开门，可走廊里一个人影也没有。

我困惑地回到了餐桌旁。

"刚才谁去厕所了吗？"

爸爸摇了摇头，妈妈沉默地继续吃着饭，只是厌烦地哼了一声。再问估计妈妈又要大发雷霆，于是我把自己用过的餐具放到水槽里，和美香一起上了楼。

我在房间门口突然站住了。

"不进去吗?"美香不解地问。

"不,进去。不过——"

不知道为什么,我迟迟没有去开房门。我也说不清究竟是什么缘故。只是在那一瞬间我就是不想去开门。

但是也不能就这么在门口站着。我握住了门把手,但是还是不想一把把门打开。于是,我把门开了一道缝,向前一步,靠近门缝向屋里看。没有电灯的房间里一片昏暗。

一瞬间,我突然间感觉眼前仿佛有一面镜子。

就在我的眼前,出现了一张脸。眼睛瞪得大大的,一张嘴仿佛在大叫一般咧开,里面的牙齿上上下下七扭八歪,像锯齿一样。

我慢慢地关上了门。

"怎么了?为什么又关上了?"

美香问道。可是我什么也说不出来。

"哥哥,怎么了?"

"不好了,美香……"

我费了很大的力气才开了口。

"好像,S君来了……"

"S君?在哪儿?"

我没有回答,只是举起一只手,指了指房间里面。

"说什么胡话啊!"

美香坚决地说。

确实是 S 君的脸。瞪得大大的眼睛死盯着我。虽然听不见他的声音，但是能感觉到他在向我大声喊着什么。

"啊，不会的，根本不可能。"

我摇了摇头。肯定是因为刚才听了爸爸说的灵魂啊什么这个那个的所以才会有这种幻觉。我对自己这么说。然后我重新握住了门把手，可是我的手还是在发抖。

"美香，我要开门了……"

"嗯！"

扭了扭门把手，深吸一口气，我猛地打开了房门。房间里的空气扑面而来，似乎听得见那空气流动的声响。我努力站稳，拼命注视着房门内的一切。

屋子里什么也没有。

我伸手拧开灯。天花板上的荧光灯闪了两三下后终于亮了，照得满室通明。我仍然站在门口，仔细巡视着房间里的每一个角落。果然，哪里都没有 S 君的身影。

"我说没有吧。"

"恐怕已经……"

S 君的作文

那天夜里，我正坐在桌旁想着这件事的时候，美香在窗边隔着栏杆向外望着说："总觉得有点理解所婆婆的心情了。"

我把椅子调过来，面向美香。耳边不知从哪传来微弱的，**蟋蟀**的叫声。

"你现在就开始跟所婆婆有同样的爱好啊，太早了吧？"

"哥哥，你也过来呀，可好玩了。"

我站起来，和美香一起向窗外望去。从那里可以看到邻居家的阳台和小小的庭院，剩下的就只有那深深浅浅，一望无际的黑暗的夜空了。

"这有什么好玩的？"

"好玩啊！你看，像不像马蹄蟹①？"

"什么？——噢，邻居家的柿子树？马蹄蟹？美香你净知道些怪词儿。"

"不是一起在电视上看的嘛。"

"是吗……"

"你看你看，天空也好神奇呀，那么多星星浮着，也不掉下来。"

"噢，那个呀，那是因为没有重力。"

我这样回答。可是美香根本没有看我，只是自言自语地说了一句"没有梦想的人"。我不明白星星不掉下来怎么就有梦想了。我把椅子拉回原位，抱着靠背坐下来。

---

① 学名鲎。是一种可以追溯到五亿年前奥陶纪时期的古老海洋节肢生物，因其至今仍保持着原始的体貌特征，所以被称作"活化石"。

"对了,那个'气味'到底指的是什么呢?"

"所婆婆说的那个?"

"是啊,还有'从最初开始考虑'也是不知道究竟指的是什么。"

所婆婆当时的那口气好像就是在说"如果只从S君尸体的消失开始考虑,是肯定不会知道真相的"。

"我说美香,所婆婆说的'气味',会不会指的就是S君的排泄物啊?听说那里面混着西瓜籽。"

"有什么气味吗?哥哥发现的时候闻到了吗?"

我努力回想当时的情景。从格窗垂下的绳索的尽头,S君摇摆着。在那身体下面是一摊排泄物的水渍。

"嗯,好像真的有味道。那时候倒是没注意。不过这和S君尸体的消失有什么关联呢……"

真是摸不着头脑。这时,一个茶色的东西映入眼帘。是书架上图鉴右边插着的要带给S君的东西。我伸手把它取了出来。

"哥哥,那是什么啊?"

"S君的作文。今天本来是叫我给S君带去的。"

从信封中拿出里面的作文,S君杂乱无章的字迹一下子跃到眼前。这篇名为《邪恶的国王》的作文,虽说是作文,但是好像并不是S君的亲身体验,而是更像一篇小说。

在第一张稿纸上能看见浅浅的、小小的×形记号。把稿纸举起来借着天花板上的荧光灯看,那个记号还不止

一个，而是遍布在稿纸的各个角落。被打上×形记号的文字分别是"ん、靴、い、物、て、ど、せ"。

"这是什么啊？"

"暗号？"

美香的声音里透着一股喜悦。我笑了笑说"怎么会呢"，把稿纸在荧光灯下来回变换着各种角度。×形记号看样子并不是直接写上去的，而是留下的微微凹陷的痕迹。感觉就好像是先在空白的稿纸上用铅笔描出×形的记号，用橡皮擦掉后才在上面写的作文。

"这是草纸吗……"

美香让我赶快给她读一读作文，虽然我没有多大兴趣，但还是读了起来。

"很久以前，有一个邪恶的国王。"

美香依旧望着窗外，听着我结结巴巴地读。

"……那个国王每隔三个月就从自己领土中的某个地方抓来一个人，然后把这些人关在城附近的一座高塔的塔顶。被抓来的人什么样的都有。卖鞋的、老师、哲学家、新兵等等。他们都没有任何应该被抓的理由。

"实际上就是谁都可以。国王抓这些人是因为国王想要他们所拥有的一样可以吃的东西。而这样东西实际上任何人都有。

"这些人被关押的塔顶是一个用红砖砌的小房间，只有马车的货架那么大，连躺下来睡觉都不能。没有窗子，里面一片漆黑。红砖墙上插着两根竹筒，就像是双筒望远镜一样，这两根竹筒的直径正好和人的双眼一致。漆黑的房间里，只有通过这两根竹筒才能透过来一点点光亮。

"被抓来的人虽然被孤独和不安笼罩着，可是还是会一边想着'这是什么啊？'一边通过这两根竹筒向外看。而且这房间里面除了两根竹筒之外什么也没有，所以他们就每天都向外看。他们只能靠着很少的面包和水维持生命，因此，日复一日地通过竹筒向外看就构成了他们的生活。

"透过竹筒能看到城顶。城顶的一端总是飘扬着三角形的国旗。被抓起来的人每天就眺望着城顶与国旗。他们在这仅有的风景之中一直等待着有那么一刻，会有什么人能够帮助自己逃脱。他们就这样一直等待着。无论风雨，总是眺望着竹筒另一端的风景，等待着机会的来临，以日渐瘦弱的身躯顽强地生存着。

"就这样，他们被关押了三个月。每天早晨一醒过来，他们就马上通过竹筒向外张望，可是看到的还是和前一天没有任何变化的风景。他们不禁流下了悲伤的泪水。

"三个月到了，国王就要从他们这里取走国王想要的那种吃的东西了。

"满三个月的那天早晨，那些一无所知的人们一如既往地抱着希望顺着两根竹筒向外张望。这时他们一定会发出'啊'的一声。

"城顶上，一面旗迎风招展。可是那并不是以往他们看到的国旗。被抓来的人们惊异的双眼贴着那两根竹筒，重新去看那面旗。他们都感到万分震惊。

"取代国旗的那面旗上写着'等着！马上就去救你们！'

"看到这些，那些被抓来的人们激动得浑身发抖。终于来了！这一天终于来到了！他们的双眼闪动着希望的光芒。

"就在此时，国王已经坐在了餐桌旁。看准时间，国王按下了桌上的按钮。机械开始工作了。

"所谓的机械，是一个巨大的吸尘器。吸尘器的管道连接到塔顶。管道的一端刚好和那两根竹筒相连。

"不一会儿，国王面前的盘子里就骨碌骨碌滚落下了两粒圆圆的东西。那就是塔顶上被关起来的人们的眼球。

"国王用叉子叉起眼球，一口吞了下去，然后说：'噢，希望。我最喜欢吃这个了！'

"国王爱吃的东西就是希望。国王把那东西吃下去，将国家变得更加强大。可是据说没过多久，这个国家就灭亡了。"

七月二十日早上七点五十分。

古濑泰造像一只虾一样弓着身子，踩着褐色的落叶，一步步向前走去。他穿着一身灰色的工作服，左手拿着一个小小的记事本和一支铅笔。

"今天这是怎么了，腰疼得这么厉害……"

泰造伸出枯枝一般的手指不住地抚着腰。

"要不是为了这工作，可真懒得往外走啊。"

这份工作其实是一份兼职。每天早上八点整，泰造都要准时去看一看放置在柞树林深处的百叶箱。百叶箱里放着一支温度计和一支湿度计，泰造要分别把它们的刻度记录在记事本里。这份工作也眼看就快干了整整一年了。

岐阜县一所农业大学的研究室要在全国的几处柞树林搜集一年中的温度和湿度数据，好像要做一项什么研究。所以才在报纸的地区栏内登载了招募数据记录人员的广告。泰造看到广告后去应聘，得到了这份工作。其实本来还有一些其他应聘者，不过因为泰造的家离柞树林最近，所以就被选中了。实际上泰造的家就在柞树林的旁边。而研究室就将百叶箱设置在从泰造家后门外柞树林里，沿着林中的小路要走上大约二十分钟。

每过一个月，泰造就要把记录下来的温度和湿度数据整理一下，寄给农业大学。同时泰造也会收到八千日元的现金支付单。

其实泰造也并不是为了钱。

大约十年前，泰造从自己二十岁起就工作的公司退休了。因为在上班的时候并没有乱花钱，所以现在泰造手头有足够的养老存款，此外还能领到满额的厚生年金[①]；妻子已经过世，独生女也已经出嫁，甚至可以说泰造已经想不出该把钱花在哪儿。

或许就是想以某种方式和其他人保持一种联系吧。

"我可从来没那样想过……"

泰造自言自语道。自从两年前妻子死了以后，泰造就发现自己自言自语的时候越发多了起来。想到这儿，泰造无可奈何地叹了口气。

风从头顶的树梢吹过，树叶一片沙沙响。

清晨的柞树林，有一种使人微微出汗的润泽空气，让人感觉很舒服。被柞树的庞大树冠遮住了的太阳，在落叶堆积的地面上投下马赛克形状的光斑。

不大一会儿工夫，泰造就到了目的地。在林间小路的旁边，百叶箱被孤零零地设置在那里。

这个百叶箱虽然好像是学生们亲手做的，手艺却真不错。四个支架离地大约有一米来高，百叶箱体大概有六十平方厘米左右。设计得非常好，几乎没见过它漏雨或是被风吹得摇晃之类的情况。百叶箱通体都涂着白色的油漆，看上去简直像是小人国的别墅似的。箱体四面都是羽板，其中一面是一个左右对开的小门，将这个小门设计在北面，估计是为了防止日光直射。

[①] 一种在日本国内实行的，所有企业职员都必须参加的养老或伤残保险年金制度。

泰造从长裤口袋里掏出一把小钥匙，熟练地打开了垂在对开小门边上的锁头，向百叶箱里面看了看，把温度计和湿度计的刻度记录在记事本上。

"一切正常。"

虽然并不是为了发现异常情况才来的，可是每次记录完毕，泰造还是会这样自言自语地嘟囔一句。

关上对开小门，按原样锁好，泰造一如既往地想顺着来路返回，正要迈步的时候——

……我……

一个孩子的声音。

哎呀。泰造转过身侧耳倾听。这时一阵风却不合时宜地刮了起来，吹得柞树的叶子杂声四起。杂声响了一会儿就停了下来，可孩子的声音也消失了。

泰造紧紧抿着皱纹遍布的嘴唇，向林间小路望去。大概再有十米远就是柞树林的尽头了，可以看到左右两边的低竹围栏从那里一直向远处延伸。

"刚才是S君的声音吧。"

肤色黝黑，清瘦，黑头发长短不齐，总是乱蓬蓬的，短裤底下孤零零地露出两条O形的细腿，可能是因为罗圈腿的缘故，走起路来总是摇摇晃晃的，而且双眼还严重斜视，这就是那个男孩给人的印象。每次看到那孩子，泰造总是觉得他格外可怜。

S君的家和泰造家的方向相反，百叶箱就在这两家之间。竹围栏的另一侧就是Ｓ君家的庭院了。Ｓ君就在那里和母亲两个人一起生活。好像他的父亲很早以前就去世了。

泰造伸长了脖子，凝视着竹围栏的那一端。

透过树叶的缝隙可以看到Ｓ君家的后廊。对着后廊的一排可以出入的大窗子都关得死死的，唯有最右边的那一扇大开着。正方形的窗户中出现了Ｓ君的身影。从泰造的位置看过去就像是电视里的画面一样。

"那孩子在干什么啊……"

当时Ｓ君究竟在干什么泰造也没有多想。后来泰造为此后悔不已。他总是在想，如果当时再多走几步，仔细看看Ｓ君房间里的情形的话，也许就不会发生这样的事情了……

"啊啊，好疼……"

由于伸长了脖子眯缝着眼睛看，泰造感到腰部一阵钝痛，他皱了皱眉，又像虾那样弓起了身子。

"早上还是偶尔煮点儿荞麦面吃吧……"

回转身，泰造沿着林间小道返回了。

透过树冠的缝隙露出的夏日天空中，不知何时已经遍布灰色的阴云。

同一天的下午三点十五分。

泰造一只手提着超市的购物袋，步履蹒跚地往家走。太阳炙烤着柏油路，前面的路面上可以看到路面反射的阳光。

前年，泰造迎来了七十周岁的生日，和他一起走过大半生的妻子也因为胰脏癌过世了。那之后，泰造突然也觉得身体有什么地方开始不适了。心律不齐、眩晕、偏头痛，最严重的就是腰痛。从每天早上起床开始一直到晚上睡觉前，腰部周围一种好像涂了一层黏土一般难受的重负感就始终这么缠绕着。有时候还会毫无征兆地袭来一阵像是被钉进木楔子一般的剧痛。泰造也曾去在电话簿上查到的医院看过，医生说这是变形性腰椎病，随着年龄的增长而产生的疾病，还说这是椎间板和腰部关节的韧带老化的缘故。泰造接受了四次治疗，费用虽然很高，但是却并不奏效，之后泰造索性就不再去了。

——是不是，也有些精神作用呢？

最后一次治疗的时候，年轻的主治医生说了这么一句。那不过是因为没有治疗效果而找的借口吧，或者也有可能是作为专业医生的正确判断呢？

"可是，这么把背弯成像虾米一样就感觉很舒服。这又是为什么呢……"

果然，只要尽量弓起身子维持着那个虾一样的姿势，疼痛就缓解不少。这可不是医生的建议，而是泰造自己摸索出来的。这个姿势肯定是修正了椎间板和关节之间那微妙的错位，而那正是疼痛的根源所在。意识到这一点之后，泰造就总是看起来像搞怪一般地弓着腰走路。泰造的身体已经不是仅仅弯成了"く"字形，而是几乎弯成了一个"つ"字形。

到了家，进了门，穿过起居室，拉开位于厨房的冰箱门，泰造伸直身子，把购物袋里的竹轮①取出来，放进冰箱。这些东西都是给那只常到泰造家院子里来的母猫买的。

那只猫刚好是泰造的妻子刚刚过世的时候出现的，是一只有点胖的短尾巴三花猫。在有一次泰造把吃剩下的烤鱼放在那里之后，那只猫就几乎天天都来觅食。泰造总觉得那只猫是死去妻子的转世。所以现在只要去超市，泰造就总会给那只猫买点儿吃的回来。

泰造向窗外望去，庭院里没有花坛，只有一个小小的储物架，真是煞风景。就在那里，那只母猫慢吞吞地摇着尾巴出现了。泰造拿出刚放进冰箱里的竹轮，扔过去一条。母猫立即咬住了竹轮，连点儿感谢的意思都没有就立即跑出了庭院，踪影全无。那副对人爱搭不理的样子也和死去的妻子一模一样。

可千万别被杀了啊——

泰造的目光依旧停在庭院里，心中不禁自言自语道。

---

① 一种将鱼肉泥、面粉、蛋白、调味料混合，裹在竹签或细木枝上并用火烤或蒸食的小吃。

这时玄关的门铃响了。

"谁呀？真稀奇……"

门前站着两个身着西服的陌生男子。是父子俩？泰造寻思着。像父亲的那个脸颊瘦削，翻着眼睛看人的那副表情看上去有点儿谦卑。像儿子的那个额头很宽，面颊光滑。

"对不起，打扰您了。实在是太冒昧了。"

年长的那一位自来熟地说着，同时，两个人都从西服口袋里掏出了黑色的证件，也几乎是同时打开，出示给泰造看。

"警察啊……"

"是的。这附近发生了一桩案件。我们现在正在挨家挨户地调查。"

一边说话一边点头的好像叫谷尾。另一位似乎叫竹梨。

"案件？什么事儿啊？"

泰造试探着询问道。

"这里面，柞树林的另一头，有一户人家吧？"

谷尾警官回答道。那一瞬间，泰造的脑海里一下子掠过了那个场景。四方窗户里，小小的，宛如电视画面的那个场景。还有画面中的那个黝黑瘦弱的少年。

"您认识那家的孩子吗？那孩子，失踪了。"

"不见了？"

"是的。不见了。嗯，古濑先生……"

谷尾警官拧过身子，重新确认了一下门边邮筒上的姓名。

"古濑先生今天有没有看到过什么?怎么说呢,就是说,您有没有看到过什么古怪的事?"

谨慎地选择用语的语气。

"没有什么古怪的东西,我今天早上还看到S君了啊。"

泰造的回答让两位警官全都扬起了眉毛。

"啊,是吗!什么时候?在哪里?"

竹梨警官第一次开口,声音令人意外地非常低沉。再仔细看看,脸也稍显老成。泰造开始觉得这两个人恐怕该是差不多年纪吧。

"今天早上八点。绝对不会错。"

随即,泰造就把自己每天早上八点到柞树林深处去看百叶箱的事情对两位警官做了说明。

"那地方离S君家很近,几乎挨着。竹围栏的另一边就是他们家的院子了。"

"哦,原来如此。"

看来两位警官已经想象出百叶箱的位置了。

"所以我就看见了。他们家朝着院子的最右边的那扇窗,S君刚好就在那儿。"

"那时候,S君什么样子?"

谷尾警官追问。

"什么样子——哎呀,我也没有认真看,不过,没什么不一样的。一个人在屋里，在干着什么。"

"干着什么？"

泰造用指尖抹了抹干燥的嘴唇，回答说："具体干什么我就不知道了。"

不过两个警官也并没有露出特别失望的神色。谷尾警官随即又问道："那您今天有没有在附近看到过搬运大件货物的人？"

泰造摇了摇头。谷尾警官无可奈何地耸了耸肩，说了句"这样啊"。

"那就这样吧，以后如果有什么情况，请允许我们再来打扰。"

谷尾警官举起手行了个礼，眼角的皱纹愈发深了。然后他又催促了一下竹梨警官，两人一同离开了泰造家。目送着两人消失在阳光下的身影，泰造怔怔地呆立着。

此时，泰造的脑海里清晰地再现出了那个情景。

今天早晨，背向S君家的院子步履蹒跚地向自己家走去的时候，在林间小路上，也就是大概在S君家和自己家之间的中间地带，背后传来了似乎非常慌乱、急促的脚步声。泰造停下脚步转身看去，那个身影正好从眼前掠过。

"该不该说出来呢……"

好不容易有机会和警察面对面。

总有一天必须要说出来。

泰造咽了一口黏黏的唾沫，小声叹了一口气。

第三章

S君

总是对什么事情念念不忘实在是一件要命的事。

但是比起故意去忘记什么来说,这种念念不忘的痛苦也就算不上什么了。

暑假一晃已经过去了好几天。关于S君的事情,无论是老师还是警察都再也没有跟我联系过。报纸上也找不到任何与S君有关的报道。这可能是由于警方还没有发布任何调查结论的缘故吧。其中原因我不是不明白。肯定是因为现在还不能确定S君究竟是不是真的死了。不过搜查似乎还在继续进行。附近经常会看到巡逻的警车,从这里向外驶出的出行车道上也从早到晚都在不停地盘查。盘查没完了地持续着也正证明了事情还没有任何进展。

《N镇又发现动物离奇死亡》

在报纸的地方版块上我看到了这样的标题。在那张小小的地图上，又在新近发现小猫尸体的地方增加了记号。也就是我所知道的那个地方——那天我在Ｓ君家附近看见小猫尸体的那块空地。自然报纸也公布了猫的尸体被折断了腿，嘴里被塞了香皂这些细节。不过，这一切的缘由还是一无所知。

我的每一天早晨都是从被妈妈又高又尖的声音弄醒开始的："小美香，妈妈走啦！"确认了关门的声响，我马上从二层床上跳下来，把房间的窗子打开，然后或者下楼从冰箱里找出早饭，一边吃一边看电视，或者在院子里掏蚂蚁窝。这样不知不觉就到了中午，如果美香说"饿了"，那就吃午饭。每天的餐桌上都有用保鲜膜盖好的午饭，但是总是一个人的份儿。从岩村老师和警察来我家的那一天起，妈妈就再也不给我准备午饭了。那盛在哆来咪宝贝的碗里，旁边放着哆来咪宝贝的筷子和勺子的午餐我是碰不得的。所以，照顾美香吃完午饭之后我还是得打开冰箱翻来翻去找吃的。

好几天就那么过去了，我一心一意做的只有一件事——忘记。

我想忘掉的是吃咖喱饭那天，爸爸突然死死地盯着走廊暗角处的那个姿势和表情。我还想忘掉那天在厕所门前突然停下来的那脚步声。而我最想忘记的还是房门那一瞬间看到的Ｓ君的那张脸。

可是，我却怎么也忘不掉。越是不停地对自己说"不要想，不要想"，脑子里就越是充满了S君的模样。在我脑海中的S君面容苍白，一会儿摇摇晃晃地走着，一会儿又突然大喊一声，变成了半透明的……

或许不该这么强迫自己去忘记。

这是一个风和日丽的中午，我坐在餐桌前发呆，美香忽然对我提了一个建议。她犹犹豫豫地说，与其这样，不如把那天晚上我看到的S君的脸，听到的S君的脚步声都当成错觉。这样会不会感觉好一点呢？

也就是将已经发生的一切都当作玩笑来接受吧。

"这个很难做到啊。我也希望自己会这么想啊。可是无论如何我也没办法认为那是错觉。因为我的的确确看到了S君吊死的模样，爸爸不是也说，人死了会有灵魂的吗？"

我的这些话就像我这个人一样，吞吞吐吐，迟疑不决。

"可是，已经过去一个星期啦。哥哥，你总是这样——"美香突然停了下来。

"怎么不说话了？"我看着美香。

"没什么。"美香小声回答。

此后，我们就陷入了沉默。我知道美香在想什么，也知她心里想的应该跟我是一件事。

似乎是为了配合我们的沉默，窗外的天色渐渐暗下来。阴云遮蔽了太阳，真是最糟糕的时刻。

不知道什么时候，我的视线已从美香身上移开，落在墙壁的某一点上。那里挂着一本月历，上半部分印着一个两手举着一个捉虫网的硕大的哆来咪宝贝，下半部分印着七月份的三十一个日期。

今天是七月二十七日。而我看到 S 君的尸体是在七月二十日。

"不要在意啊。"美香轻快地说。

"不在意？不在意什么？"

"也没什么——不过，就是最好别在意。"

"到底是别在意什么事情啊？"

"不管怎么说就是别在意了，好不好？"

"不好！总是说别在意别在意，究竟是让我别在意什么呀？"

"什么都行。对什么都别在意。"

"当然在意啊！"

……

我们脸对着脸，就这样互相看着。"刚才，听见什么了吗？"美香低声问道。我也低声回答说："听见了。"

"哪儿？"

我没有回答美香的疑问，而是把视线移到餐厅的另一端，也就是与通向二楼的楼梯相连的那个地方。总觉得刚才听到的声音是 S 君的，好像是从二楼传来的。

"我去看看！"

我站了起来，走到楼梯口，向上望去。我和美香的那间儿童卧室的门一直关着。我上了楼梯。因为过于紧张，我感觉脚下怪怪的，楼梯踩上去就像是踩着海绵之类的东西。一步一步上着楼梯，我感到心脏在肋骨的内侧像动物一般狂躁。

走上最后一级楼梯，握住门把手，我不由自主地又咽了一口唾沫。扭开门锁，房间里没有任何异常，没有任何人。我上下左右谨慎地观察着。

地板、双层床、桌子、椅子、书架。

双腿抖个不停。

腋下全是汗。

窗户、窗帘、墙壁、天花板。

呼吸困难。

心头一阵冰冷。

（打扰啦……）

仿佛全身血管里的血一下子被放了出来，一瞬间意识模糊。但我还是拼命睁开了眼睛。S君的声音。可是却看不到他。哪里都看不到他。只有哧哧的笑声从墙壁那边传来。

不，不是墙壁，是窗户，窗外——不，也不是外面……

"呀，道夫君！"

S君的身体——

还是那么摇晃着。被从窗子吹进的微风吹着，S君的身体画着小圈。

"好久不见啊。虽然不过就是一星期。"

我哑口无言，只是在门口呆呆地看着从窗户内侧垂下来的S君。

"吓了一跳吧？哈哈哈，吓了一跳吧？"

S君的声音比他活着的时候更加刺耳了。有点儿像从小型收音机里流淌出来的声音。

"我这个样子怎么样？挺适合的吧？"

S君转了个身，原来朝下的头现在朝向上方。细小的腿频繁地活动着，S君顺着自己吐出来的丝向上爬了三厘米，停在了那里。然后面对我说："我，变成蜘蛛啦！"

美香与S君

下了楼，我沉默地穿过餐厅，走向厨房。美香在我身后问："怎么了？"我什么也没有回答，只是打开餐具柜子。

"到底怎么了嘛？楼上怎么了？——哥哥，你干什么呢？"

我从餐具柜子里拿出一只空果酱瓶，然后又拉开下面的抽屉，找出一把冰锥。把这两样东西拿在手里，我又上了楼。

我不理会美香的声音，急匆匆地跑上楼去。打开门，S君有点不满地说："干什么呀道夫君，好不容易又见面了，干吗又出去啊！"

"小声点儿！"

我一边说一边打开了果酱瓶的盖子。

"进来！快点儿！"

"啊？到这里？可是这，这不是果酱瓶吗？不要啊！"

"快点儿吧！"

我把S君硬塞进了果酱瓶，盖上了盖子然后放在窗台上，接着右手抄起冰锥。

"喂！道夫君！你要干什么？不会是……"

我的右手用力地戳了下去。S君马上发出一声悲鸣，但却被冰锥的声音压了下去。我又一次举起冰锥戳下去。就这样反反复复戳了很多下。

等我停下来，S君也长出了一口气。

"这，这是什么啊？出气孔？"

"别说话！美香会听见的！"

我其实已经被吓坏了。可是我还是一直在拼命思考。最重要的是两件事。第一，我必须接受S君真的转世了这个事实。第二，绝对不能让美香知道这件事。

"美香？啊啊，就是道夫君的妹妹吧？前阵子在我家附近见到了，跟大吉一起散步的时候。现在三岁了？"

我竖起了食指，S君会意地压低了声音继续说道："干吗不让美香知道我的事情？"

"你说干吗？S君，你也不好好想想你现在转世成了什么东西呀！"

……

S君在瓶子里沉默了一会儿后"哦"了一声，表示接受了我的想法。

"是啊，我现在是蜘蛛。是挺糟糕的啊……"

"嗯，很糟糕。不过不管怎么说，你还是必须待在这个屋子里。要是被我妈妈发现了，肯定马上就把你扔了。"

"扔了？"

"别出声！"

我伸手遮住瓶盖，几乎要堵住了出气孔。

"总之，这儿是我和美香的房间。所以大部分的时候美香都在这里待着。"

"那怎么办？"

"就先藏在我的被子里吧。双层床的上铺。美香在的时候，绝对不许出声！"

S君勉勉强强地答应了。S君好不容易到我这儿来，这么对待他似乎是有点儿委屈他了，不过实在是没有办法。

那天晚餐之后我就一直盘膝坐在被子上，托着腮注视着瓶子里的S君。S君一要开口说话我就慌忙捂住瓶盖。

我的脑子里充满了对今后的忧虑，一筹莫展。不管怎样，到刚才为止还一直困扰着我的问题——S君的身体消失之谜——现在可以询问S君本人了。可是现在我已经几乎不再想了——问题是现在的S君。

"哥哥，你不舒服吗？"

二层床下传来美香非常担心的声音。我很随便地回答了一句："没什么。"

就在那个时候，我突然很想上厕所。一开始想忍着，可五分钟之后实在是忍不住了。我对S君竖起食指使了个眼色之后下了床。

上完厕所我回到房间里时，美香突然说："为什么不告诉我S君的事儿？"

我顿时感到自己脸上一阵冰凉。

"S君现在就在上铺吧？"

我呆立在原地，一会儿看看上铺，一会儿又看看下铺。

"不用担心我，S君就是变成蜘蛛也没关系呀。——他就待在瓶子里吧？盖子关得严严实实的，没事儿。"

"美香，你，你怎么什么都知道……"

嘻嘻嘻。耳边传来S君尖锐的笑声。

我不禁耸了耸肩，看向上铺。

"对不起，道夫君。我呀，一不留神出声了。"

"S君你——"

"不过小美香好像根本就不怎么害怕。"

"我吓了一跳哦！"美香插了一句，"不过——"稍微停顿了一下，美香说："现在这样不是也很好吗？"

结果，我们三个开始在同一间屋里生活起来。

S君的告白

我将装S君的瓶子移到了窗台上。

那天夜里，S君开始在瓶子里筑一个复杂的巢。他一边在屁股后面拖出长长的白丝，一边勤奋地上下左右不停工作着，看得我和美香瞠目结舌。

"干得真好啊！"

"是呀，真厉害！"

"S君，你这本事是跟谁学的啊？"

我问道。S君在纵向的丝之间纵横穿梭着，傻乎乎地说："这个是当然了，我们虫子活着的时候全都忙得很。父母根本没空教孩子。要是有那功夫，自己就得饿死。"

说着，S君轻声笑了起来。

"又说到死啦——嘿嘿，不吉利啊。"

我的心情极为复杂，不过还是点了点头。

"变成蜘蛛的S君也有妈妈呀？"

美香问道。S君细心地用脚尖检查着丝和丝交叉的部分，爱搭不理地回答说："我也不知道啊。今天早上一醒过来，就发现我自己正在你们家的院子里走呢。"

"那S君是在我们家的院子里出生的了？"

"好像是这样——啊，这里怎么松了啊……"

S君一心一意地筑巢，似乎没什么兴趣跟我们说话。

"好像马上就要弄好了。"

美香也同意我的话。可是S君看上去根本就没有停下来的意思。没办法，我和美香只好两个人开始商量今后的事情。

"不管怎么样，要是让妈妈看见可就坏了。"

"那要藏到哪里呢？"

"就是啊。连瓶子一起——藏到我的双肩书包里怎么样？我们不在家的时候，就把Ｓ君的瓶子放进书包里，反正暑假里也不用。"

"嗯，可是……我看到过妈妈偷看哥哥的书包……"

"啊？什么？趁我不在的时候？"

"嗯。不过马上就盖上了。"

我一阵难受。虽然我的书包里没有什么不可告人的东西，但是这样随随便便被别人偷窥还是觉得不舒服。

"要不这样吧。桌子底下，右下角那个大抽屉，就放在那里吧，有锁。好啦，这样藏身之处就解决了。接下来，啊，对了，吃的东西怎么办好呢？"

"在院子里捉呀，苍蝇啊，蚂蚁啊什么的。"

"那样的东西能行吗？我说Ｓ君，苍蝇蚂蚁什么的你能吃吗？"

终于要搬进筑好的巢里了，Ｓ君连看都不看我们，只随便应了一声："行。能吃。"

钟表的指针指向十点钟的时候，Ｓ君的巢终于筑好了。巢就筑在果酱瓶中部偏上的地方，细枝末节都没有任何纰漏。无数长长的丝纵横交错地纠结在一起，真是完美无缺。只是，要说现在这个巢和三十分钟前那个有什么区别，我还真说不出来。肯定是像滚雪球或是搭建扑克城堡一样，只有建造的人说"完工了"才算完成。S君心满意足地蹲在刚刚挂好的巢的边缘，摇晃着身体检验丝的强度。

"道夫君，小美香，让你们久等啦！好啦，现在可以好好说话了。"

比起从前活着的时候，现在的S君开朗多了。

"你们不是有好多事想问我吗？"

"有啊，很多很多。"

我把S君的瓶子从窗台上拿过来放在地板上，自己盘膝坐下，和S君面对面。

"嗯，首先呢……"

首先自然是要问我们目前为止最大的疑问。

"S君，你的身体——那究竟是怎么一回事儿？"

"我怎么知道。"

S君无精打采地回答道，声音却很尖锐。

"因为死去的一瞬间眼前一片漆黑啊。不过一般来说接下来不就是进火葬场火化，然后烧成骨灰再埋进坟墓里吗？"

"一般来说就是这样啊。不过，我问的是S君你——嗯……"

我突然想明白了。

"对啊，S君你自己是不可能知道的。"

想一想还真的是这样。S君死后的身体究竟去了哪里S君自己怎么可能知道。

"对啊。"

美香叹了口气。我也失望地垂下了头。我们原本一直以为，只要询问他本人，S君身体消失之谜就会全部真相大白的。

似乎是觉察出我们的态度很是异常，S君突然压低了声音说："我说，你们，难道……"

S君犹豫了好一会儿，似乎是在努力寻找恰当的词。最后终于试探性地问道："难道是我的尸体不见了？"

我没有说话，只是点了点头。接着，S君"哎哎哎哎哎"地大声叫了起来，我被吓得几乎跳了起来，连忙用手掌盖住了瓶子。可是，S君还是在瓶子里尖叫不停。

"安静！S君，拜托！"

直到S君停止尖叫我才把手掌拿开。

"就是这么回事儿……"我说。

美香接着说："S君的身体，不见了。"

S君在他新家的一端沉默了一会儿。最后，终于吞吞吐吐说出了这些话。这些话就像是一周以前目睹S君吊死一样给我带来了重大的冲击。不，或许这一次我承受的打击更大。

"一定是那家伙杀了我后又偷走了我的尸体……"

整个房间突然安静了下来。

最先打破沉默的是美香。

"那么说，S君是被杀死的吗？"

S君轻描淡写地说："我不是说过了嘛！"接着又开始自言自语起来。

　　"那混蛋，总是干一些变态的勾当……"

　　"S君，我说S君……"

　　总算回过神来，我咽了一口唾沫，决定确认一下最重要的事。

　　"S君是自杀的吧？"

　　S君突然从瓶子里瞪着我。

　　"我怎么会自杀？我是被杀死的！"

　　"是谁……"

　　S君坚决地说："我是被岩村老师杀死的。"

那天，发生了什么

　　"岩村老师，不就是哥哥学校的那个……"

　　美香问道。那声音就像在说梦话一般。

　　"是啊。是道夫君和我的班主任。小美香，你见过他吗？"

　　"没见过……不过，我知道这个名字。"

　　"是嘛。没见过更好。那家伙才不是东西呢。"

　　"等等，S君，你好好说明一下。"我插了一句，"那么说，是岩村老师杀了S君？"

S君略微动了一下，换了个姿势，似乎打算一直在那儿蹲着。

　　"——现在我还不能说。"

　　和刚才完全不同，这声音冷漠且没有抑扬。我刚要开口，S君就阻止了我。

　　"这和道夫君无关。当然，和小美香也无关。"

　　我实在是无法想象出岩村老师杀死S君的理由。不过，既然S君说"现在不能说"，那么也许他打算在以后某个时候对我说吧。

　　"可是，我实在是难以相信。难道说是岩村老师将S君——当我告诉岩村老师我在S君的家里发现S君的尸体的时候，他特别吃惊啊……"

　　我把那天的来龙去脉简短地讲了一遍。S君听到一半，就开始哧哧地发出异样的笑声。

　　"有什么好吃惊的，那都是在演戏呢。那家伙不是说过嘛，他上学的时候参加过戏剧部。"

　　的确听岩村老师说起过这件事。现在岩村老师也是学校戏剧部的顾问。

　　"那么说，一周以前的一切都是他在演戏？"

　　"是。那家伙最擅长编故事了。他不是总吹嘘说他以前出版过小说吗？可就是不肯告诉我们小说的书名。"

　　"可是我的的确确看见S君的脖子吊在从格窗垂下来的绳子上……"

"那种事儿一个大人怎么都做得到啊。而且那家伙还是个大块头。把一个小孩用绳子吊在格窗上根本不费劲儿。这个叫伪装工作吧？反正我可是一点没有自己上吊的印象。"

最后的话 S 君故意一字一顿地说。

"我只记得，岩村老师冷不防地把绳子套在我的脖子上，拼命地勒，我的身体就一点点往上升，脸上火烧火燎，双脚也离了地……接下来——"

说到这里 S 君停下来小声叹了口气。

"不行啊，接下来实在是想不起来了。"

"你说的是在那天什么时候发生的事？"

"早上。在道夫君你们上学之前。"

"那么早啊……"

如果说真的是岩村老师杀死了 S 君，那么也就只有在那个时间段了。因为那一天，无论是毕业典礼还是后来的座谈会，岩村老师一直都在我的视线中。

"岩村老师大概是八点左右到我家来的。我妈妈刚去上班他就来了。我妈妈在花卉市场上班，所以那个时候是不在家的。"

"以前好像听你说过。你早上都是一个人吃早饭。"

我所知道的，可能岩村老师也一清二楚。

"那么说，岩村老师是看准了你妈妈不在家的时候才到你家去的？"

S君在瓶子里应了一声："大概是吧。"

"大概在我妈妈出门之前，他就一直躲在我家门前的竹丛里。我妈妈离开家还不到两分钟门铃就响了。这时间也太巧了。"

"难道说，他从一开始就计划要杀你吗——"

"我觉得是这么回事儿。当然，我什么防备也没有，岩村老师在那个时候突然来了，真吓了我一跳。而且我一打开玄关的门，他什么也没说就进来了。他的表情太恐怖了。我是第一次看到岩村老师那样的表情。"

岩村老师虽然身材高大但是却格外小心眼儿，这是我们所有学生对他的印象。我们也常常议论，他已经年近四十却还是单身，估计就是因为这个。

三年级升到四年级时我们没有换班，所以这一年半里几乎天天都面对着岩村老师那张脸，可却一次也没有看到过岩村老师动怒。

"——岩村老师一进屋就突然说，搬把椅子到和室来！声音低低的，不带任何感情。我就是在电视里也没见过那么说话的人。我当时就问'是让我坐下吗？'岩村老师一言不发，只是瞪了我一眼。我就按照他说的从厨房里搬了一把椅子放在他指定的地方。然后，他果然就让我坐在那里。然后，我就坐下了——"

"然后就勒你的脖子吗？"

"对。勒我的脖子，然后把我吊了起来。"

我感到屋内的温度一下子降了下来。

"还是刚才那个问题，S君，你的尸体究竟怎么了？"

"如果不见了的话，肯定是被藏在什么地方了。"

"被谁？"

"当然是岩村老师了！"

对于S君听起来毋庸置疑的判断，我不禁怀疑起来。

"可是，岩村老师为什么要那么做？而且说起来岩村老师到你家去的时候你的尸体已经不见了呀！"

"道夫君，根据你所说的，岩村老师是一个人走出教师办公室到我家去的，对吧？并不是和你一起去的。"

"对，他让我先回家去。还让富泽老师送我。"

"岩村老师就在那个空档去我家了，为了把尸体藏起来。"

"可是S君啊，岩村老师不是一个人到你家去的啊，警察也一起去了。离开学校之前岩村老师跟警察联系过了。我亲眼看见他在教师办公室的一个角落里拿着电话报警来着。"

"那也是演戏啊。那时候他根本就没有打电话。道夫君，你亲眼看见岩村老师的手指按——○了吗？"

这么说起来，的确当时岩村老师几乎是趴在桌子上打的电话。我把这个一说，S君立即回答说："我说得对吧！岩村老师一出学校，就马上到我家去把尸体藏了起来。然后才真报警。'是这么这么回事儿，我现在到这个叫S君的学生家去，请跟我一起去吧。'实际上他刚刚去过我家。"

嘿嘿嘿。S君隐隐地笑起来。

"等一下！为什么岩村老师要把S君的尸体藏起来呢？为什么要先故意让自己的另一个学生发现尸体，然后再藏起来呢？"

"这个连我也不知道啊。我只知道是那家伙杀了我。那以后的事情我也都是听了你的话后猜的——不过大体上可以想得出来。"

"说说看。"我不知不觉地支起膝盖。

"好吧，也没什么。从哪儿开始说起呢？按照岩村老师的行动顺序来说比较好懂。嗯，我是这么想的——"

S君略微停顿了一下，然后开始讲起了他的推理。

"按照顺序应该就是这样的——岩村老师因为某种理由想要杀了我。但是，要是成为杀人事件的话就麻烦了，那就必然要接受警察的调查，需要了解他作为相关人员的不在场证明啊什么的。所以岩村老师就伪造了一个我自杀的现场。那天早晨，岩村老师用绳子勒死我之后，把我的身体吊在了格窗上。这样他就制造出了一个自杀的假象。然后他就到学校去了。我想那时候岩村老师肯定是走进了柞树林。比起从玄关出去，越过院子从柞树林出去更隐蔽，被人发现的概率更小。不过岩村老师想错了。"

"为什么想错了？"

"因为在那个时间里,在柞树林里被人发现的可能性实际上更大。因为每天早上八点左右一定会有人走进柞树林。"

"早晨八点钟?"我忽然想起来了,"难道是那个弯着腰的老爷爷吗?"

以前我曾经听S君说起过,在他家院子前面有一个像小人国房子似的箱子。每天早上八点都会有一个老爷爷来看这个箱子。

"对对,就是那个老爷爷。"S君颇为满意地回答。

"恐怕岩村老师在柞树林里就被那个老爷爷看见了——岩村老师就慌了。如果警察发现了我吊死的尸体,一定会推断死亡时间。这样一来,自己和这件事情的关系就会暴露。但是,立即去把我的尸体藏起来的时间已经不够。因为八点半老师和学生都要准时到教室。如果为了把我的尸体藏起来而迟到的话,一旦我失踪的情况被发现,那岩村老师就一定会被怀疑。因为在我死的那天早上,有人看见他在我家附近的柞树林里出现过。所以岩村老师只能先放弃藏尸,而到学校去了。然后他就想出了一个好办法,既能按照原先的打算让别人以为我是自杀,又能让他自己摆脱嫌疑。"

"那是什么办法?"

"先让别人发现我'吊死'的尸体,然后再把尸体藏起来。"

说到这里，S君放慢了语速。

"这样一来，既能让人以为我是自杀，又因为尸体不见了而无法推测死亡时间。即便有目击者证实当天早上八点钟他在我家附近出现过，也不会有人怀疑他和我的自杀有什么关联。于是岩村老师就决定先打发一个学生到我家去，借口就是要给我带东西。他的如意算盘是，如果发现尸体是他班里的学生，那就应该不会直接报警，而是肯定要跑回学校来告诉他。而那天担任了这个角色的就是道夫君你。"

"那么，我是被利用了？"

"真遗憾啊。和岩村老师计划的一样，你到我家去看到我吊死的尸体后，马上就跑回学校，把自己看到的一切都告诉了他。他装作非常吃惊的样子飞奔出学校，把我的尸体藏了起来。结果就是现在这样子了。我被断定为自杀，唯一的疑点就是我的尸体不见了。因为随后岩村老师是和警察一起到我家去的，所以没人会怀疑他。"

"哦……"

"其实这么做对岩村老师来说更有利。你想想，如果按照最初的预想，等我吊死的尸体被发现时，警察一定会看穿伪造的现场。具体怎么回事我也不太知道，不过被勒死的和上吊死的尸体上留下来的绳子痕迹有细微差别。所以那天早晨岩村老师突然改变主意，对于他本人来说绝对是一件好事。"

"确实如此……"

我盯着绒毯，揣摩了一会S君的话，不停地和自己的记忆比照着。我那天所看到的岩村老师的态度、行为——

我觉得S君的推理大体上是正确的。

"可是岩村老师究竟把你的尸体藏到哪里去了呢？"

"嗯……可能是先藏在车里了。"

"车？"

的确，那天岩村老师说过把车停在了什么地方的停车场。

"道夫君，那个停车场应该离学校很近吧？"

"应该是。"

"岩村老师听了你的话之后，就从学校出来直奔停车场，然后开车去了我家。接着，他把车倒进竹丛旁边的小道，把我的尸体塞到车里，再把车子藏了起来。那一带根本没人，所以不用担心被人看到，接下来他才报警，然后和警察一起又去了我家。"

"这样啊……这么说来，时间上也不是不可能。有车的话，藏尸体也好，来回移动也好，就都有足够的时间了。"

我抱着双肘，频频地点头称是，可是我还有一个疑问。

"为什么岩村老师把你的尸体藏起来的时候又做了那么多没用的事情？你看，他把绳子也搬走了，椅子也重新放回厨房，挪了位置的衣橱也归了位，而且还把排泄物都擦了。"

如果是故意让我看到S君的尸体，让我以为S君是自杀的话，又有什么必要做这些事情呢？

"噢，那个呀，或许是怕留有指纹吧。"

"指纹？"

"那天早上到我家来杀死我的时候，岩村老师的手碰到了很多东西。勒死我时，伪装现场时，还有在玄关按门铃时，肯定都留下了指纹。一开始他是想制造出我是上吊自杀的假象，所以也没有在意指纹什么的——不过，突然变成必须把我的尸体藏起来了。而一旦尸体消失，警察就要大规模搜查，肯定也要调查家里留下的指纹。所以，岩村老师在藏我的尸体的时候也要把他的指纹抹去。但是，指纹都留在了什么地方很难全记得。"

"不过，那又为什么要把衣橱和椅子挪回原处呢？"

S君想说的我一时还不能理解。

"你想想就明白了。警察到我家去的时候，如果现场和道夫君说的完全一样，唯一的区别就是我的尸体消失了，那会是什么结果？马上就成了一个重大事件啦！警察肯定会说：'不要破坏现场！'然后就会开始调查屋子里的指纹。在这里如果发现了岩村老师的指纹——"

"那他就会被怀疑了。"

姑且不说杀人，至少和尸体消失是有关系的，岩村老师恐怕就得受到这样的怀疑。

"对啊，就因为指纹，他肯定得被怀疑——可是，如果警察到了我家时发现家里没有什么异常,那么警察就会怀疑道夫君你说的话是不是可能有错误,于是岩村老师就可以当着警察的面在这屋子里面摸来摸去留下自己的指纹了。然后一边碰一边假装说:'啊,这个有点儿奇怪!这个,还有这个,怎么回事啊?那个,那个……'这样一来,即使警察发现现场留有岩村老师的指纹也不会怀疑他了。"

"啊……"

这种说法的确很合理。

"你什么也没看到,是怎么判断出来的?"

我真是佩服S君的推理能力。S君还有这种才能,我一点儿也不知道。

美香从一开始就在一边附和着。可是S君的话美香能理解吗?

"可是道夫君——你最好还是别把我的话都当真。"S君的口气变得认真起来。

"为什么?"

"对别人的话深信不疑可不行。我刚才说的都只是我的推理,只是一种可能性而已。究竟对不对,我们现在还不知道。人一旦对某一点深信不疑就很难改变了。如果只相信一种说法,那么当面前出现和这种说法矛盾的情况时就束手无策了,也就是说失去了正确的判断。"

我终于明白S君想要说的了。我将它牢牢地铭记在心。

"啊！"

一直沉默不语的美香突然大叫起来。我吃了一惊，转身看过去。

"所婆婆的那个提示，我明白啦！"

"提示？哦，是那个'气味'吧？"

"嗯！就是手帕啊！"

美香显得异常兴奋，我却不明白美香说的是什么。不过，没过一会儿，我就恍然大悟了。

"对呀！手帕！"

"我说道夫君，你说什么呢？"

我把所婆婆的话告诉了S君。

"哦，是嘛。究竟是什么东西啊，那个老奶奶说的'气味'？"

"那就是大吉冲着我叫的理由啊。"

我得意地解释道。

"那天大吉冲着我没完没了地叫，就是因为我拿着岩村老师的手帕！大吉感觉到了杀死S君的凶手的气味才那样拼命地叫。"

"啊，原来是这样。"

S君并没有显露出多大的兴趣。的确，在已经知道岩村老师是杀死S君的凶手的现在，这个提示已经没什么价值了。一瞬间觉得自己有点小题大做。美香似乎也和我一样，默默地扭动身子调整了一下姿势。

"先不说这个——S君,你现在也该把真相说出来了!"

我看着S君的脸。

"岩村老师为什么杀了你?理由究竟是什么?"

"我不是说了吗,总有一天会告诉你们的。"

S君的声音又低沉下去。

"只是,道夫君,小美香,你们能帮我吗?"

"帮你?"

我和美香几乎是异口同声地问道。

"是的,帮我。实际上,刚才一边说我一边想,希望你们俩能听听我的请求。"

我和美香能为S君做些什么呢?当我这么问的时候,S君的回答缓慢而慎重,似乎有意地想给我们留下一种他所说的每一个字都很重要的印象。

"我想拜托你们找到我的尸体。"

那天晚上

"就那么轻易地被岩村老师杀了,我实在是咽不下这口气。不过既然已经被杀,现在我也没什么办法。可是如果谁也不知道他的罪行的话,我死也不瞑目!真的!"

那种心情我也能理解。

"所以才想找到尸体……"

找到了尸体就能从中发现很多证据吧。那样或许就可以追究岩村老师的责任了。

我和美香答应了S君的请求。当然，心中充满不安，但是同时我也感到自己的身体里仿佛涌上了一种不可思议的力量。

我们三个人开始讨论为了找到S君的尸体具体应该怎么做。首先，我们必须要知道尸体藏在什么地方。S君断言说一定是藏在岩村老师家里。

"只能这么想了。不过究竟是塞在袋子里还是大卸八块藏进冰箱就不知道了。"

岩村老师的确是一个人住在公寓里的。

"为什么你会认为是在岩村老师家里呢？"

"因为那天岩村老师和警察从道夫君的家里出来的时候，警察的搜查就已经开始了。那之后再想用车子把我的尸体运走就已经太晚了。要是被警察叫住，问一句'打扰了，请允许我们检查一下后备厢'，那就完蛋啦。所以，岩村老师从道夫君的家里出来和警察告别之后，肯定马上把车开到了自己家的停车场。之后应该马上把我的尸体藏在一个什么地方，可是刚才已经对警察说了自己要回学校一趟，所以只能马上返回学校。恐怕岩村老师开车把我的尸体运回家后就坐电车去了学校。所以很有可能现在也没有将尸体运出去。搜查不是还没结束嘛。"

"嗯，还在到处查。"

原来如此，S君的尸体很可能真的就像S君说的那样，还藏在岩村老师的家里。

"可是，我们怎么才能找到藏在岩村老师家里的东西呢？"

"悄悄地溜进他家。"

S君平静地说。

我说我不知道岩村老师家的地址，S君马上说："看看班级名册。那上面不是有班主任的地址嘛。"

"可是，不知道被妈妈弄到哪儿去了。"

"这样啊……那，有没有岩村老师寄来的贺年卡？"

"也被妈妈给……"

"真拿你们没办法，那就查查电话本吧。电话本你家里总还有吧？"

"有倒是有。可我不知道岩村老师的全名啊。电话本上姓岩村的人有好多啊……"

"他叫岩村什么来着……我记得是个挺像人妖的名字，跟他那张脸一点也不配……"

我们想了好一阵子，却怎么也想不起来岩村老师的名字到底叫什么。

"算了，道夫君，这个很容易知道。到学校看看名册就行，或者直接问他本人也行。"

"就算知道了他家的地址，可是他肯定会锁门啊。怎么才能悄悄溜进去呢？"

S君稍稍思考了一会儿,然后突然说:"这样!跟踪岩村老师。这样就一石二鸟了,既能知道他家的地址,也能打开房门。只要趁着岩村老师不注意的时候从玄关溜进去就行。他要是在家应该就不会锁门的。"

"说得简单——"

这时我听到了妈妈上楼的脚步声,我们的谈话也随即中断。我把装着S君的瓶子藏在了双层床的上铺,自己也钻进被窝装作睡着了。

"小美香,该睡觉了喔!"

妈妈推门走了进来。

感觉到妈妈正在下铺整理被褥,我努力忍着不出声。以往我只要一出声,妈妈就会掀开我的被子怒斥我。虽然对我来说那已不算什么了,不过现在可万万不行。如果妈妈发现了装着S君的瓶子就糟糕了。

我在床边探出头,悄悄往下瞄了一眼。妈妈正在小心翼翼地一个一个扣着一件前胸嵌有"M·M"图案的粉色哆来咪宝贝睡衣的扣子。

"好啦,弄完啦。小美香,闭上小眼睛吧。"

我突然注意到那"小眼睛"正在向我使眼色,于是我急忙在妈妈开口说什么之前缩回了头。接着,底下传来了"晚安的亲吻"的声音。

总算房间的灯被关上,脚步声也渐渐消失在楼下了。

我枕着双手,望着黑暗的天花板叹了口气。

"道夫君的妈妈有点儿奇怪啊。"

S君在我枕边的瓶子里安慰我似的说。可是我这时根本没有考虑妈妈的事。

"现在我脑子里全都是跟踪的事儿。"

"还是不放心?"

"当然了。没有信心啊。"

"没事儿,没事儿,一定没问题。我们有三个人呢。"

"可是,比体力我必输无疑啊。要是岩村老师向我扑过来……"

这时,S君小声说:"那么那件事真是越来越不能说了……"

"——那件事?"

"啊!你听见我刚才说的话了?"

"听见了。你是想说什么吗?"

"也不是想说,而是如果不先说出来会很难办。"

S君回答得含混而暧昧,在我的催促之下,他才接着说了下去。

"刚才,道夫君和小美香跟我说所婆婆的事时,你不觉得我的反应有点儿怪吗?"

"是啊,你看上去一点儿也不感兴趣似的。不过刚才我们也都知道了大吉冲着我叫是因为岩村老师的气味。确实现在看来这个提示也没什么意义了……"

"不,不是这个意思。我当时的反应奇怪是因为我觉得你们的判断是错误的。"

我转过头看着S君。

"什么意思？"

"大吉对带着岩村老师气味的手帕大叫这个说法本身没有错，但是我觉得这个理由好像不太对劲儿。"

"什么地方不太对劲儿啊？"

"大吉那家伙没那么聪明。严格来说还应该算条笨狗。所以它不会因为闻出杀死自己主人的凶手的气味而大叫。大吉当时大叫应该是出于本能之类的。"

"本能？"

"我是这么想的：大吉闻到岩村老师的气味而大叫是因为这是杀死自己同伴的凶手的气味。"

"自己的同伴？"

"我的尸体没准儿也被折断了腿呢！"

"哎，等等……"

"嘴里可能也塞着香皂。"

"等等，S君，难道说……"

我的脑海中浮现出了一个恐怖的想法，而且那恐怖的想法马上就被S君的话证实了。

"岩村老师用绳子勒住我的脖子把我吊起来时对我说……"S君停顿了一下，接着用软弱无力的声音说，"他说：'我要像杀猫杀狗那样杀了你！'"

七月二十九日午后一点四十分。

总算看见图书馆了，白色的墙壁反射着夏日的阳光，楼前铺着红砖的空地上伫立着几个石雕的少女，摆出正在嬉戏的姿势。

走进自动门，冷气立即包围了泰造。可能是在毒日头下走了太久的缘故，泰造感到十分疲倦。

图书馆里异常拥挤。大概是因为正值暑假吧。阅览用的书桌上都用白色的百合花装饰着。孩子们都好奇地看着。

泰造来到图书馆是为了找一本自己退休以前不经意买下的小说。那本小说用第一人称写成，自始至终都笔调淡然。小说的主人公有着古怪的癖好。至今他还记得因为小说里那栩栩如生的描述，自己读到一半的时候便读不下去时的那种痛苦体验。

昨天夜里，泰造突然想起了那本小说，似乎那本小说对现在的自己会有一些帮助。那时这种预感异常强烈。当然，这预感毫无根据。

杀害少年，辱尸。

这就是小说主人公的癖好。

——什么来着……就是那个，吊死的小学生的尸体又不见了——

三天前那个年轻的整形医生对泰造说起的事几天来总是在耳边缭绕。相隔几个月泰造再一次去了那家整形医院，趴在诊疗台上一边感觉着整形医生胳膊肘的移动，一边听他说话。

——真可怜啊。因为受不了在学校里被欺负而自杀本来就够可怜的，尸体又被别人弄走了——

可能是因为前来求诊的病人都是这一带的居民，整形医生对这件事非常了解。他把自己知道的给泰造从头至尾讲了一遍。

泰造听到的故事是这样的——

一个名叫Ｓ君的少年，在自家的和室里上吊自杀了。虽然没有留下遗书，不过似乎是因为在学校无法和同学友好相处而选择了自杀。Ｓ君的一位同学到他家去，偶然间发现了尸体。那位同学马上报告了学校，可是当一位姓岩村的老师和警察赶到Ｓ君家的时候，本来应该在和室里面吊着的尸体却不翼而飞了。

——警察现在还什么结论都没有公布……不过，我们这儿是个小地方，谣言很快就传开啦——

图书馆存放小说类图书的地方是按照作者的名字分类的。因为已经忘了那本小说作者的名字，所以泰造只好循着记忆里那本小说的书名在书架之间来来回回地找。不过，要在如此庞大的书海中寻找一本，实在是不太可能。

"这样下去不行啊……"

找了一会儿实在是找不到，泰造便来到了位于图书馆一角的问询处。那里有几台专供检索用的电脑，旁边还放着说明书。可泰造将那说明书翻来覆去看了好多遍,还是一头雾水不知所云。没办法,他只好向一位年轻的女馆员求助。女馆员极为和气,为泰造熟练地操作起电脑。

"我想找本小说,可是作者名字给忘了……"

"没关系的。您能告诉我书名吗?"

"唉……好像是叫《性爱的审判》吧——啊呀,不对,好像是《对性爱的审判》……"

"好的,请您稍等……性……爱……噢,有了。是《对性爱的审判》。"

"哦,果然是那个名字啊——书在哪儿?"

"在最前面的书架上。最靠近这边的那个。"

"哎呀,放在这么显眼的地方啊。"

这也不是什么有名的小说——

泰造感到有些意外。

"这本书的作者好像是本地人,所以就放在了'本地作家'的架子上。"

"是这样啊……"

泰造感到自己的心脏怦怦跳了起来。

这难道仅仅是巧合吗——

向女馆员道了谢,泰造来到了她说的那个地方,果然在标有"本地作家"标签的书架一角找到了那本小说。泰造抽出书看了看封面,的确是那本书,他马上扫了一眼作者。

"六村薰——"

好像就是这个名字。

泰造拿着小说回到了问询处。

"能不能再帮我查一查这个作者的资料?"

听了泰造的询问,女馆员啪啦啪啦地敲着电脑键盘,很快就做了回答。一个非常意外、非常令人吃惊的回答。

这样的结果自己预料过吗?

这种可能性自己假设过吗?

"怎么会这样……"

泰造无力地坐在身边的沙发上,膝盖上拿着那本小说的手在轻微地颤抖,几乎都能听见自己的呼吸声。

几十分钟过去了,泰造一直都没能站起身来,只是直直地盯着膝盖上那本小说的封面。脑子里萌生出一个想法。

年轻的整形医生所讲的那个事件也许大部分都是正确的。不过,整个事件中有一点必须要修正。

泰造目不转睛地盯着自己不停颤抖的手指,微微张开了干燥的嘴唇。

"那孩子——绝不是自杀!"

第四章

为了S君而举行的集会

电话响起的时候,正是七月三十号的夜晚。

因为班级通知是按照学号的顺序互相联络,所以轮到我家时是前泽妈妈打来的电话。拿起听筒的是正要去厕所的我。

"是的。好像是要说S君的事情。可是大家也都知道了。传言早就传开啦。——反正就是要说说这个事儿。"

"我知道了。嗯,是……是九点半吧……"

在手边的传单背面,我记下了集合时间。

"还说一定要戴胸牌。好像是为了排除可疑的人。噢,对了,还说要尽量两个人以上一起来。"

"好的,我一定按照要求去做。"

前泽的妈妈还说下一个联络电话也由她来打。

"暑假里很多人都旅行去了——都不在家可真麻烦呀。"

我放下电话,从刚才就一直盯着我看的妈妈问了一句:"谁?"我把电话里说的事情跟妈妈讲了一遍,妈妈的脸就像玩具店里的橡胶面具一样不愉快地歪了一下,看样子她一定是想起了那天我看见S君吊死的那件事了。

我上了楼梯,回到卧室,正巧碰上美香和S君正在小声地叽叽喳喳说笑着什么,看上去很是开心。我特意把装着S君的瓶子举到眼前,对他说:"听说明天学校要有一个集会,好像是要对大家说你的事情。"

"吓我一跳!别突然就把我举起来啊!"

S君在蛛丝上微微移动着,寻找一个平衡点。

"——啊?说我的事儿?"

"不过听前泽的妈妈说大家好像都已经知道了。"

"啊?都知道了?反正也是,流言这东西传得最快了。"

"S君也跟我一起去吧。说是要尽量和朋友一起去。"

"朋友?我跟你去也没什么意义啊。不过算了,跟你一起去吧。该对什么人提高警惕,我们俩都知道得一清二楚。"

"那我就一个人留在家里吗?"

美香似乎感到很遗憾。

"把小美香也带去吧?注意别让老师发现就行。"

"带上你一个就够让我操心的了,把你们俩都带上可不行!"

"最不济被老师发现了,就编个理由呗。就说'爸爸妈妈都不在家，把她留在家里不放心，所以就带出来了'不就行了？"

"行倒是行……"

美香充满期待地问："可以吗？"没办法，我只好说："如果能顺利把你带出去，那就行。"实际上这才是最困难的。以前，因为我要把美香带到学校去，妈妈大发雷霆。而且明天参加集会的时候恰好是妈妈在家的时间。

"先不说这个，S君的瓶子又怎么带出去呢？"

"放到书包里行不行？"

"背着书包有点儿怪啊，又不是去上课。"

说着，我突然间想起一件事。我伸手从书架上图鉴的旁边抽出了本来要带给S君的茶色信封。

"S君，你还记不记得这个？"

我从信封里抽出稿纸给S君看。

"放假那天老师发回来的。那天我就是因为要把这个带给你才到你家去的。这里面还有这个呢——这篇作文，总觉得让人不舒服。"

"你读了？"

S君突然压低了声音。

"嗯，读了。我知道，这么做不太好……"

"扔了它！"

S君突然打断了我的话。

"啊？为什么啊？好不容易写成的作文。"

我一边说一边扫了一眼作文的稿纸。那个题目——《邪恶的国王》，还有 S 君乱糟糟的字迹。

第一张稿纸上隐约可见小小的 × 形记号的凹陷。

"は、ん、靴、い、物、で、ど、せ……"

我无意间把打着 × 形记号的文字念了出来。S 君突然发出了歇斯底里的叫声："我不是说快扔了吗？"

我吓了一跳，低头看向 S 君。

"怎么了？"

但是 S 君却什么也没说。

"哥哥你就快扔了吧……"

美香小声地说，好像很害怕。我也感到一阵异样，把稿纸塞进信封扔进了垃圾桶。

集会那天

最后，我决定把装着 S 君的瓶子用手帕包起来带到学校去。

"什么也看不见不要紧吧？"

"那倒没什么，就是别把我掉地上了。"

"我当心着呢。可是美香怎么办？"

正说着，妈妈走上了楼梯。

"小美香，早上好！妈妈用哆来咪宝贝的杯子装了香香的热牛奶哟……"

妈妈在门口停下脚步,来回打量着我和美香。

"你,不会是想带她一起去吧!"

我默默地摇了摇头,紧紧握住装着S君的瓶子。迅速地朝美香使了个眼色后,我走出了房间。下楼梯时,身后传来妈妈那唱歌般的声音。

"小美香的哥哥呀,这里有点儿毛病。小美香可千万不要变成哥哥那样哟。"

"道夫君的妈妈才是有毛病吧?"

S君小声说。我没吱声,在玄关那里换了鞋。脚尖一伸进去就觉得有点不对劲,拔出脚来一看,发现鞋里有个纸团,袜子上粘得黏黏糊糊的,怎么看都像鼻涕。

"巧合,巧合。"

我一边说,一边脱下鞋子放在旁边,然后从鞋柜里取出以前穿的运动鞋。虽然觉得有点儿紧,不过松松鞋带,还能穿得进去。

"道夫君,那是什么?那个白色的小盆?"

S君似乎是注意到了鞋柜深处有一个白色的塑料小盆,于是好奇地问我。

"为什么放在鞋柜里啊?光有土,好像也没种什么植物啊……"

"那也是垃圾。就是垃圾而已。"

出了家门,迎面吹来一阵清凉的风。已经好久都没有清晨就出门了，总觉得有点新鲜，心情也好了许多。我走在被晒得发亮的柏油马路上，抬头望了望澄明的蓝天，远处飘着大块的积雨云，和理科教材上《云的世界》那一页上的照片完全一样。

"这么说，那个用胶合板做的云彩就派不上用场了？就是打算在剧会上用的那个。"

"噢，你说那个云彩啊。"

"我变成了这副模样，总觉得挺对不起道夫君你的，合作的搭档就这么没了。不过今年的剧会恐怕要泡汤了吧。"

暑假一结束，四年级全体就要举行一次剧会。这是戏剧部的顾问岩村老师主办的。大家抽签分组，然后在体育馆表演各自的戏剧。我和Ｓ君被分在了一组。戏剧的内容还没有确定，在准备的时候，Ｓ君提议先做个背景的云彩。其实我对剧会深恶痛绝，只是一直尽量不把这种情绪表现出来而已。所以Ｓ君才会至今还对我抱有歉意吧。

"Ｓ君你不用那么在意。嗯——对了，慌慌张张跑了出来，现在还早着呢，干点儿什么好呢？"

"正好。本来也想在去学校之前让你带我去个地方。"

Ｓ君不好意思地笑笑。

"——我，想看看我妈妈。"

我当时就想，幸亏早点从家里出来了。Ｓ君的爸爸已经去世，从小他就和妈妈一起生活。那天出事以后，Ｓ君就和他的妈妈分开了，现在他一定非常想念妈妈。

"那就去吧。到学校太早的话,在人少的地方碰见岩村老师就坏了。先去看你妈妈吧。"

"不过说是去看,其实也不能说话。我妈妈要是看到我现在这副样子肯定会吓昏过去的。她一直就讨厌虫子。"

"但是如果她知道是S君的话就不会怕了吧。我来告诉她吧。"

"不行不行,绝对不行!"

S君干笑了几声。

"即便是妈妈,也不是自己的孩子变成什么样子她都能接受啊。"

虽然一直在笑,可是S君的声音还是难掩伤感。

"——这么说起来,S君的妈妈现在怎么样了呢?"

这事我从未考虑过。那天出事之后,我一直以为S君的妈妈会到我家来向我询问一些情况,但是至今为止她还没有。

"是不是以为S君已经死了?"

"呃,可能期待着我还活着吧,毕竟还没见到尸体啊。做妈妈的都是这样。"

不经意间我们停止了交谈。我默默地垂着头向前走。

忽然间,我的脑际闪过一个念头。最好不要让S君的妈妈看见我吧。或许S君的妈妈根本就不想见到我——

总觉得是这样。我刚想把这想法说出来,手帕里就传来了S君愉快的声音:"就要看见妈妈了,果然我还是很想念她啊。弄不好我还会哭呢。真想跟她说说话。唉,还不到两星期吧。哇哈哈。"

我刚刚迈上竹丛边的小路,前方就传来大吉剧烈的吠叫声。

"S君你听,大吉在叫!"

"真的啊!有谁来了吗?难道说……"

我就这样站在那里,向前面望了一会儿。竹丛间的小路以一种奇妙的角度向右弯去,所以我站在这里根本看不到S君的家。

"过去看看吧。"

左右两边风吹竹叶的声响不时传入耳中,我慢慢地沿着小路向前走,走了大约三十秒,就看到了S君家的大门。在门口有一个人背对着我站着。

"道夫君,谁在那儿。"

S君小声问。我也小声地回答说:"一个男人。从背面看不出来是谁。不过肯定不是岩村老师。"

"哎,把这手帕拿开点让我看看,没准儿是我认识的人呢。"

我解开手帕的时候,冷不防听到一声悲鸣。我急忙抬起头。

"怎么了?道夫君,到底……啊!喂喂!别晃啊!"

我马上跑了过去。被大吉骑在身上,扑倒在地大声叫喊的是一个穿着灰色工作服的老爷爷,似乎是刚一进门就遭到了袭击。我冲进院子，抓起老爷爷的手拼命往外拉。大吉转而向我扑来，我举起拳头做出反击的样子，大吉鼻子里哼了一声，向后退去。我使出全身力气拼命拽着老爷爷，最后终于把老爷爷拽到了即使大吉脖子上的绳子绷紧了也够不着的地方。

老爷爷翻着眼睛，看看大吉，又看了看我，呼哧呼哧地喘着粗气。

"大吉的戒备心真强啊。"我说。

"啊，那只狗……叫大吉啊……"老爷爷还是上气不接下气。

"噌"的一声，大吉又冲着老爷爷扑了过来，也不管脖子上拴着绳索，爪子蹬地狂跳着，又被绳索拽回去。

"真能咬啊……这狗……"

"在这儿就没事了，绳子拴在桩子上呢。"

但是，当我扫了一眼桩子的时候可吓坏了。因为大吉每跳一次桩子露在地面外的部分就变长一点。

"要出来了……"

我话音还未落，桩子就被整个拔了出来，飞向空中。大吉又弓下身子，做出一副准备进攻的架势。

"停下！"

玄关的门从里面被打开了，里面传出呵斥声，是S君的妈妈。大吉看向那边，嘴里发出"咕噜咕噜"的声音。S君的妈妈左手抓住大吉的项圈，右手把脚边被拔出来的桩子插回原处，又拣起一块拳头大小的石头把桩子往下砸了砸。然后才向我这边看过来。

"是道夫君啊……"

脸颊瘦削，看得出来Ｓ君的妈妈是在硬撑，和Ｓ君一样有点斜视的眼睛在微微颤抖。

"您早！"

我先是鞠了一躬。Ｓ君的妈妈报以一种极为复杂的表情，似乎是本来想要笑笑，但却被一种莫名的、极为强大的感情阻止了。

"哎呀，怎么是……"

老爷爷慢吞吞地站了起来，弓着身子，啪嗒啪嗒地拍打着屁股上的尘土。

"哎呀，实在是太抱歉了。我们家的狗吓着您了吧……"

Ｓ君的妈妈好像是才回过神来，走到老爷爷的近前说道。老爷爷低声笑了笑。

"哎呀，没事儿，都怪我。您家有这么厉害的狗我还毫无准备地进来……"

"您的衣服都弄脏了……"

"衣服？啊，这个呀。没事儿没事儿。本来也好多天都没洗了。"

我一边看着他们两个人交谈，一边调整了包着瓶子的手帕，露出来一小块地方好让Ｓ君能看到外面。

"呃,您是,道夫君的……"

S君的妈妈一脸疑惑地看了看我,又看了看老爷爷。

"啊,不是不是,我是住在附近的古濑。就住在您家前面柞树林的对面。这孩子刚才帮了我。"

S君的妈妈看着我,说了一句"谢谢。"那是一种几乎听不见的微小的声音。

"那么,古濑先生,您到我家来有什么……"

"噢,实际上,是……"

老爷爷一时语塞,最后只说了一句"是关于您儿子的"。S君的妈妈紧紧地抿着嘴唇,和老爷爷两个人站在那里一起陷入沉默。我觉得大概是因为我在场的缘故。

"我得去学校了。"

"道夫君——"我刚要转身离开,S君的妈妈叫住了我。我回过身,抬头看着她的脸。那副和S君极为相似的薄嘴唇好像要说些什么似的微微开启,可最后还是闭上了。S君的妈妈就这样看着我,满面哀怨,缓缓地摇了摇头。

我离开了S君的家,不知为什么,觉得异常压抑。

"道夫君,刚才你为了我把手帕拉开了,谢谢啊。"

耳畔风吹竹叶的声响中,我听见S君说。

"多亏了你,我终于看见我妈妈了。虽然就那么一会儿。"

"很想你妈妈吧?"

"嗯,当然了……"

似乎是有点儿难为情，S君的声音显得很羞涩。

"S君，那个老爷爷是谁呀？"

"啊？噢，就是我说过的那个老爷爷啊。每天早上八点到柞树林里查看箱子的那个。"

"是他啊，腰果然是弯得厉害呀。那老爷爷到S君家去干什么？好像，想跟你妈妈说说你的事情。啊！难道说他是来告诉你妈妈，在你被杀的那天早上他在柞树林里看到了岩村老师？"

"我也是这么想的。如果是这样的话那倒好，不过……"

"不过，为什么要把这件事跑来告诉S君的妈妈呢？为什么不报警呢？"

"是啊，为什么呢？想不明白啊。也许已经对警察说过了。要是进展顺利的话，没准儿咱们都不用偷偷溜进岩村老师家去了。警察要是采取行动，咱们就不用去冒险了。"

我使劲儿地点了点头。要是真这样就太好了。

"可是，刚才大吉那家伙叫得可真厉害啊。"S君困惑不解地说。

"不只是大叫啊，它都向那老爷爷扑过去了。我要是不出手帮忙就真危险了。"

"啊？真的吗？刚才我就听见瓶子外面很大的响动了——大吉那家伙，我不在了，性格也变得暴躁了。都快学坏了!"

拐进 T 字路口,进了柞树林,就开始陆陆续续看见其他学生的身影。我抬头看看儿童公园的大钟塔,距离集会的时间刚好还有十分钟。

"要是转世变成小狗和大吉一起玩儿就有意思了。那时候要是对神说不变成蜘蛛变成小狗就好了……"

"神?"

"啊,对不起。不是跟你说的。"

"S 君,你见到神了吗?"

"嗯。不过,也不能说是真正的神吧,就是向日葵。"

我越听越糊涂。

"那天,我最后看到的就是向日葵。"

S 君的声音里充满了对那一天的怀念。

"你知道吧,我家的院子里种了很多向日葵。就在我死的那个和室的正对面。我家的院子朝北,因此向日葵都是朝着房屋的方向开。那天我被岩村老师吊起来时,刚好面对着那些向日葵。失去知觉的那一瞬间,在我眼里的那些向日葵却更加鲜艳了……"

我一言不发,静静地听着 S 君的话。

"在一点点变暗的视线里……那么耀眼,真像是神一样。我在就要死去的时候向它许了愿。我请求它要是转世的话别再让我做人了。人类实在是太讨厌了。我喜欢蜘蛛,最好能变成蜘蛛。当然啦,那时我已经不能说出声了。"

S君说的每一个字都像是敲落的冰块一样,让我的心骤然冰冷。

"人类讨厌……"

"本来就是这样啊。我的那个人生啊,就是在学校里被忽视,然后回家,吃饭,睡觉,接着再到学校去,继续被忽视,然后再回家——这就是全部了。"

说完,S君又重复了一句"这就是全部了。"

"到头来,还是被人给勒死了,连尸体都被弄走了——不过当时还不知道尸体会被人弄走。"

我们走到了校门口。

后面的座位

集会是在体育馆举行的。讲台上校长的讲话和我预想的大相径庭。校长没有点出我的名字,S君吊死的尸体曾经有人目击以及尸体消失之类的事情也只字未提。公布的事情只是"四年级学生S君失踪"。

"……所以为了收集S君的消息,我们老师暑假期间也每天都到学校来。大家一旦有什么线索要马上跟学校联系。比如遇到一些危险的情况啊,或者碰见什么怪异的人啊——"

集会结束后,岩村老师把自己班上的学生叫到了教室里。

"他还有什么别的要说吗？"

"谁知道呢,反正他是不会宣布'人是我杀的'。"S君小声嘟囔着。

走进教室,我在靠窗子的座位上坐下。放在黑板旁边的不锈钢毛巾架反射着从窗子照进来的阳光,在天花板上留下地图一般的影子。可我总觉得这椅子坐上去很别扭。难道是坐错位置了？可是那天一边听着窗外恐怖的风声一边在桌上画的涂鸦还在桌角。十一天过去了,我似乎已经有点忘了坐在这椅子上的感觉了。

我忽然转过身去,可后面的座位上并没有隅田的身影。隔了很长时间,其实我心里真的很想见到她,所以那一瞬间颇有一点失落。

我把装着S君的瓶子放在椅子上,用双膝夹着。因为有腿和桌子挡着,所以周围人看不见瓶子,于是我解开了蒙在上面的手帕。弯腰向瓶子里看去,可以看到S君眼睛滴溜溜地转着,兴奋地望着四周。

班里的同学们三三两两回到教室中,很多人都晒黑了。当隅田和女同学们一起走进来的时候,我感到脚底发痒,<u>坐立不安</u>。

"喂,道夫君,你怎么了？"

我没有理睬S君。

隅田坐到座位上，我马上转过身说了一句"早上好"。S君在瓶子里嘻嘻地窃笑起来。估计他是感觉到了我的膝盖在微微发颤。

"早上好！好久不见哦。"

稍显慵懒的、淡淡的声音。在脸颊晒得黑黑的同学中间，隅田的白皮肤是那样美丽而清新。

"嗯，好久不见。"

我们之间的对话就这样结束了。不过这在我和隅田的对话中已经就算顺利的了。

"好了，都回座位上！"

岩村老师大声说着。我也只好转回身来。

"紧急召集大家集会，都很意外吧？"

岩村老师站在讲台上，缓缓地扫视着我们的脸。当他与我四目相对的时候，一瞬间，他的视线停了下来，微微地向我点了点头。

"我把大家叫到教室里来是有事想问问大家。刚才，校长好像已经说过了——"

岩村老师把刚才校长的话又重复了一遍。之后，问了我们两个问题。

"第一个问题，结业式那天有没有人在什么地方见过S君？有没有？"

没有人举手。岩村老师向我微微使了个眼色。似乎是在说"你就不算了"。

"那第二个问题，那天在 S 君家附近有没有看到过什么人？除 S 君和 S 君的妈妈之外？"

还是没有人应答。

"这样啊——嗯，好吧。"

岩村老师带着一种极为微妙的表情，自顾自地不住点头。特意把学生们召集在一起问这么两个问题，这其中的意图我最清楚。一定是岩村老师担心那天自己究竟是不是被人看见了。

之后我们就解散了。岩村老师第一个走出教室，随后班里的同学们吵吵嚷嚷地说着一些不负责任的闲言碎语，也走了出去。我刚要站起来，前面的伊比泽拧着净是赘肉的上半身向我转过来。

"呀，道夫。听说了哦。"

伊比泽的眼睛还是一如既往地被两颊的肉挤压着。

"是你吧，看到 S 君尸体的。"

伊比泽向我凑过来，几乎要贴上我的脸，嘴里沾满唾液的舌头像一条鼻涕虫似的来回移动，看得我直恶心。我想，要是伊比泽死了，肯定会转世变成鼻涕虫。

"怎么样？挺过瘾吧？"

我什么也没有说，移开了视线。我不想搭理伊比泽，不知道他昨晚是吃了饺子还是别的什么，嘴里臭气熏天，我实在受不了。

"怎么了嘛！你装什么呀！我听我老爸说，人要是吊死了会伸得老长老长的！"

"什么老长老长的！"

伊比泽兴奋不已地说："脖子！脖子啊！"

"不知道。想不起来了！"

我敷衍着，可是脑海中却清晰地浮现出那一天S君的模样。的确，那个时候S君的脖子伸得很长。

"道夫君！道夫君……"

S君小声地叫我。我慌忙看了看伊比泽的脸，他似乎并没有注意到S君的声音。我装作累了的样子，趴在桌子上。实际上是把耳朵贴向了双膝之间的瓶子。

"我说，你对那家伙这么说……"

S君向我提了一个建议，我立刻就执行了。我收起笑意，一脸严肃地对伊比泽说："实际上吧——"

我完全依照S君的授意说了起来："以前，S君对我说过这样的话……"

伊比泽一脸期待地把脸凑了过来。我尽量压低声音，用似乎就要揭示一个惊天谜底般的口气说："他说，永远都不会饶恕伊比泽。"

那一瞬间，伊比泽的脸色可有得看了。堆积着脂肪的脸痉挛起来，原本充满期待的双眼也失去了光泽，刚才还在嘻嘻傻笑的嘴唇，就那么保持原状，僵直在那里。接下来的那一瞬间，脸上的筋肉好像一下子泄了气一般耷拉了下来。

"我……我先走了……"

伊比泽晃晃荡荡地站起来，僵尸似的向门口走去，途中砰的一声腰撞在了桌角上，可是他似乎是一点儿都没察觉。看着伊比泽那副模样，我和S君都拼命忍着不笑出声。

"——真坏啊，道夫君，还有S君。"

就在那一刻传来了隅田的声音。

我不由得一阵脊背发凉，战战兢兢地转过身去。

"S君果然死了啊。那瓶子里的就是S君吧？"

"啊，不……"

我立刻环视四周，教室里只剩下了我和隅田。

"转世是人死以后的事情了。S君好可怜喔。"

我一时不知该说什么。

"那是什么……哦，蜘蛛啊。说起来，从前S君就有点像蜘蛛呢。"

瓶子里的S君发出一声不合时宜的感叹："是吗？"

"是啊。"隅田回答说。我夹在他们两个中间，半张着嘴，一句话也说不出来。

"皮肤黑黑的，罗圈腿，两只眼睛离得那么远……不过，我并不讨厌你。"

S君愤愤不平地说："哦，那可真谢谢了。"这时有个女生走了进来，隅田匆匆地说："没事儿，我跟谁也不会说的。"

那个女生看了我一眼,然后带着隅田离开了教室。

"糟了……"

我呆呆地目送着隅田消失在走廊里。

"我说,糟了啊,S君。隅田知道你的事情了!"

"无所谓吧,她不是说了吗,跟谁也不会说的。"

"可是……"

"没什么可是的。道夫君啊,也该行动啦!"

"啊?行动——什么啊?"

"跟踪啊!跟踪。"

S君一副理所应当的神情。

"今天这么好的机会怕是以后就没有啦。道夫君!"

推理的修正

依照S君的建议,我们准备埋伏在教学楼外等着岩村老师。

我刚走出教学楼,就碰到了两张意外的面孔。

"啊,是你啊。上次多谢了!"

谷尾警官笑着,眼角的鱼尾纹也随之越发深了。

"道夫君,感觉好些了吗?"

竹梨警官一脸担忧。

今天他们两个都穿着半袖的衬衫。我看了看他们,问道:"从那以后,又有什么新的发现吗?"

"嗯,至今还是没有什么进展。我们这些警察真没用啊,抱歉。"

谷尾警官歪着头,从口袋里取出手帕,嘭嘭地拍着晒黑了的脑门。竹梨警官接着说:"今天我们来就是要和老师谈一谈。总觉得会有一些线索。现在我们就要去教师办公室了。"

我突然间想起来了。

"嗯,我问个问题可以吗?"

"你想问什么?"

"是S君的尸体消失那天的事情——那天是岩村老师给警察局打的电话吧,那个电话是什么时候打的?"

两个警官同时扬起眉毛,彼此看了看。

"玩侦探游戏?"

谷尾警官搔着自己的耳垂,困惑不解地看着我。

"噢,不,不是这个意思。我那天很受打击,很多事都记不起来了。总觉得应该彻底弄明白——所以就想,如果能知道什么时间发生了什么就好了。"

真是个漂亮的谎话。可是,警察们似乎没中计。

"别担心。岩村老师什么坏事也没做。"

谷尾警官苦笑起来,从竹梨警官的衬衫口袋里拿出记事本翻开。

"报警电话,十二点五十三分。然后和距离最近的派出所联系，接到信息巡警立即出发。在Ｓ君家的门前和岩村老师会合，两人一起进入Ｓ君的家中——"

谷尾警官啪的一声合上记事本，放回到竹梨警官的口袋里。

"没有问题吧？"

"十二点五十三分……"

岩村老师走出教室办公室大概也就是那个时间。

也就是说，当时岩村老师的确是马上打电话报警了。这样的话——Ｓ君判定岩村老师离开学校后先是藏起Ｓ君的尸体然后再报警的推理看来就不成立了。

"好啦，我们得走了。老师还在办公室等着我们呢。"

"我还想问一件事。"

两个警官就要转身离去的时候，我慌忙又开了口。

"那天早晨有没有人看到过一个奇怪的男人？比方说，在Ｓ君家附近……对，比方说在那片柞树林里？"

竹梨警官又想从口袋里取出记事本，但是被谷尾警官制止了。然后谷尾警官就一直盯着我。

"你为什么要问那样的问题？那天早晨？那不是Ｓ君尸体消失前的时间段吗？还有，你说的奇怪的男人……"

我一时语塞。谷尾警官以一种教育我的口吻说："嗯，不管怎么说，那天早上谁也没有看见什么奇怪的人。当然了，因为是Ｓ君的尸体消失以前的事情，所以还没有进行那样深入的调查。"

谷尾警官开玩笑似的拍拍我的头,说:"大侦探,失败啦!"说完大声笑了笑。竹梨警官也在一旁苦笑起来。

两位警官就那样转身离去,走进了教学楼。

"道夫君,你是不是在怀疑我的推理?"

"嗯。因为……"

"那天晚上我不是说过了吗?不要把我的话全当成是正确的。我又不是夏洛克·福尔摩,不可能一下子就说对。无论看上去多么准确无误的推理也能找出细微毛病来。重要的是,发现错误之后接下来该怎么办。"

"那接下来该怎么办?"

我暂且没告诉S君他把那个大侦探的名字记错了。

"我正在想呢。不过这次倒不用多想。"

"啊?那……"

"那天,岩村老师离开办公室就和警察会合,然后到我家去了。可那个时候我的尸体已经不知道被弄到哪儿去了。也就是说,在那个时候岩村老师已经把我的尸体藏起来了。那他究竟是什么时候藏的呢?只有一种可能。"

"那是什么时候?"

"道夫君离开我家之后。你哭着从我家跑出来的时候,岩村老师正在竹丛里或者别的什么障碍物后面监视着你呢。你离开后他马上把预先停在附近的车子倒进我家门口,把我的尸体塞进去,然后再把车子藏起来,返回学校。"

确实那时岩村老师是在我之后返回的学校。

"这样想确实比以前的推测要更合理一些。如果你到我家去发现了我的尸体，而这个时候岩村老师只是在学校里等消息的话，就没办法应对一些不可预见的事情了。"

"不可预见的事情？"

"比方说，你觉得到我家去给我送东西怪麻烦的，途中不去了。或者你发现了我的尸体之后，不是马上返回学校，而是直接就报警了等等。"

"噢，的确如此。岩村老师要是藏在Ｓ君家的附近，就能够应付这些意外的事情了。"

"如果你没有去我家，他就会给你家打电话，跟你说'什么？你还没去Ｓ君家？快点儿去吧！'如果你发现了尸体马上去报警的话，他也能趁着你离开的时候溜进我家把尸体藏起来。这样警察赶来的时候尸体还是不见了。"

"可是，如果我用你家的电话报警，然后就一直留在你家等着警察呢？"

"那样的话就连你也一起杀了。"

"啊……"

看着我吃惊的反应，Ｓ君笑了起来。

"说着玩儿的。你是不可能用我家的电话报警的。因为我家的电话已经停机啦。"

"啊，是啊。"

好像是谁在教室里说起过这件事。

"所以呀，道夫君，你看到的就是被岩村老师塞进车里之前的我的尸体。"

第一个疑问就这样解决了。

"另一个问题。警察说那天早上没有人看见什么可疑的人。这说明那个老爷爷还没有把真相告诉警察吧。为什么啊……"

"是啊，这一点我也注意到了。可能是我们认为老爷爷看到了岩村老师的推测错了？或者说老爷爷忘了那天早上看见岩村老师这件事了？要不，他不对警察说出来是另有什么原因？"

"会有什么原因啊？"

S君考虑了一会儿，回答说："说不定他是被岩村老师威胁了，不许告诉别人那天早上看到了他。"

"老爷爷要是真的不对别人说，那岩村老师不是也就没有必要把尸体藏起来了吗？"

"是啊。所以究竟是怎么回事儿还是不清楚。不过这些细节以后再好好想也可以。反正今天是岩村老师的末日了。我们俩——不，你就要在他家里找到我的尸体了！"

S君说得轻描淡写，很是轻松。我突然间对他充满了恨意。他倒是无忧无虑了，因为他是蜘蛛，如果行动失败被岩村老师袭击也没必要担心。可我是人，而且又弱又矮，常常被班里的同学取笑为"迷你夫"或是"袖珍夫"。

"不过我说道夫君啊，现在咱们干什么呢？看来岩村老师一时半会儿还出不来。"

"是啊，警察说要在办公室里问很多问题。"

"那咱们回趟家吧，然后带上小美香。"

"什么？"

我张大了嘴。

"为什么要带着美香啊？"

"你想啊，如果你被岩村老师抓住了，是不是需要人帮忙呼救？"

"S君，你是认真的吗？"

虽然我这么问，但是在脑际却迅速掠过一个念头：如果带上美香或许我会觉得更有底一些。

"不过其实跟踪也不是什么大不了的事儿。就是被发现了也没什么。只是发现了我的尸体之后离开的时候要特别注意。好不容易有这么个机会，带着小美香吧。"

"好不容易……"

虽然满心犹豫，我还是向家的方向走去。心里还没有想明白就已经到家了。

走近玄关，我发现房檐下有一个巨大的蜘蛛巢。

"哇，道夫君！你看你看！络新妇大蜘蛛[①]！真是个大块头！"

确实很大。那肚子足有我的拇指那么大，黑黄相间的

[①] 一种大型蜘蛛，雌蛛体长三十到五十毫米，雄蛛仅七到十毫米。体色艳丽，身上有黄色和黑色斑条，结网直径可达一米。

纹路上可以看见细细的茸毛。

"S君,你没变成这个样子可真万幸啊。"

"只是对于你来说而已。"

我们说着话上了二楼。在窗边看到了美香的身影。她似乎在向我们做着什么手势,可是因为窗玻璃反射着耀目的阳光,所以看不太清。

扭开锁,我从玄关走了进去。

这个时候妈妈不在家,所以带着美香出去不会有问题。

第五章

跟踪岩村老师

在教学楼的时钟刚好指向十一点时岩村老师终于出现了。

"走吧,道夫君!小美香!"

我默默地点了点头,从藏身的柊树丛中走了出来。

岩村老师一出校门,就垂着头径直走进了榉树林,和刚才在教室里看到的一样,还是穿着半袖的衬衫。他一边走,一边慢吞吞地解下领带,塞进西裤的口袋,然后抬头看了看艳阳高照的天空,似乎是叹了口气,接着拐进了左边的小路。

"是不是去买东西了?"

美香问道。因为这条巷子的尽头就是一条商业街。

"不,肯定是去车站。穿过商业街就是车站。"

"道夫君,你有买车票的钱吗?"

我什么也没说,只是拍了拍裤子口袋。

在小路上拐了两个弯,岩村老师走进了商业街。我们三个顺着熙熙攘攘的人群一直紧紧跟在后面。

商业街的一端有一条宽宽的大道。大池面粉厂就在那里。在那个十字路口向右拐，就是我家的方向。岩村老师向左拐去，前面是N车站。

"啊呀呀，这不是道夫君和小美香嘛！"

突然传来的声音让我大吃一惊。抬头一看，在和大池面粉厂相邻的民宅窗口，所婆婆正向这边。岩村老师停下脚步，看了看所婆婆，又向这边瞟了一眼。我连忙弯下腰，躲在旁边一位路过的胖阿姨身后。

"你们又来啦！婆婆好高兴哟——"

所婆婆似乎注意到了我在唇边竖起了食指，于是没有继续说下去。

岩村老师又向前走去。看起来他没有发现我。我一边依旧紧紧盯着岩村老师，一边迅速地靠近窗台，小声说："我们下次再来！"所婆婆很失望地应了一声，接着就开始念起了她的经文："哦嗯，阿密哩体，唔嗯，啪嗒……"

那声音充满了热情，似乎已经知晓一切并且在给我鼓劲。

我们继续跟着岩村老师走出了商业街，接着，在转角左拐，走上大街。在"N车站入口"的十字路口，岩村老师又向左拐进了车站，向检票的工作人员出示了定期票后，径直走了进去。我急忙来到售票机前，在投币孔里投进了三枚一百元的硬币，按下了亮灯的按钮中最右边的那一个。

"道夫君，钱够吗？"

"不知道。总会有办法的。"

我在来来往往的人群中穿梭，一路小跑着终于来到了检票口。我紧紧地抱着美香，把车票放进检票机，正要穿过检票口的时候，背后传来工作人员的声音。

"小朋友，等一下！"

"我一个人买票就可以吧？妹妹才三岁，S君……"

我慌慌张张地说着，可工作人员却摇了摇头。

"当然了，上学之前是不用买票的。不过，你买票的时候没按'儿童票'的按钮吧？所以买了成人票啊。"

一瞬间我也觉得吃了亏，不过现在我完全没有心思理会这个。

"我来给你换票吧。"工作人员说。

我急忙含糊地朝他笑了笑，跑开了。跑上通向站台的台阶时，我和站在那里的一个男人撞了个满怀。

"对不起！"

"啊——你在这里干什么？道夫？"

我感到全身上下的血都被一口气吸干了。这个挑着粗粗的眉毛，一脸疑惑地望着我的男人正是岩村老师。我的第一反应就是把装着S君的瓶子藏在身后。不过事后回想起来，这真是毫无意义的行为。

"要上哪儿去吗？"

我克制住下颌的颤抖，勉强回答说："到表哥家去。表哥约我去玩儿。"

"噢，是嘛。那跟老师一起坐车吧。你到哪站下？"

"哪站……"

我几乎什么也说不出来，双腿打战，两手乱抖。就在此时，美香说了一句"M大正门"。

"是……M大正门。"

"在那里啊。和老师家正好是反方向啊。"

岩村老师一边说，一边回头向后看。因为去往M大正门的电车是从岩村老师身后的方向开过来的。

"小孩子自己出门可要格外小心啊。"

电车进站了。

"那老师先上车走啦。"

岩村老师看了看我，又看了看美香，随后上了电车。我慢慢地沿着停着的电车一点点向站台的一端走去。就在发车广播之后，车门就要关闭的瞬间，我迅速从最近的车门跳上电车，车门随即在我身后关上了。

我上车的位置和岩村老师大概隔了两个车厢。

"你看，我说带美香来对了吧！"

"嗯，是帮了大忙。谢谢你，美香。"

"我呀，只是说出了知道的站名而已。"

是这样啊。

"不过，哥哥，刚才好危险啊！"

"我说道夫君,刚才你那样子怕是要说出'不、不知道在哪里下车!'了!"

看到他们两个嘻嘻哈哈笑着,我一脸的不快。不过总算是摆脱了危机,我还是松了一口气。

启动的电车一点点地加快了速度。

每到一站停车的时候,我都把头伸出车窗外,寻找岩村老师的身影。终于发现他的时候,是从N车站出发后的第四站。

"我们走!"

出了站台,岩村老师的身影混在稀疏的人流中,我始终和他保持着一定的距离,紧紧尾随着。周围的街景比起我们生活的N镇稍显落寞。

沿着站前的大路走了约十分钟,在左边墙壁的一个断口,岩村老师的身影消失了。那里有一个水泥台阶。等岩村老师上了楼梯,我急忙紧跑几步追了上去。这是一个没有什么人气的住宅区,正面是一个二层楼的公寓,原本白色的墙体上已经因为霉斑而遍是黑点了。

"道夫君,那就是岩村老师家了吧?"

"嗯,周围也没有更像的了……"

和我们想的一样,岩村老师走到公寓近前,从口袋里掏出了钥匙。我们躲到路边,在电线杆后面偷偷窥视。一楼外廊的右侧摆放着邮箱。岩村老师向其中一个看了看,取出一个茶色的信封,不住地看着。随后他走向并列的房间中最左边的一间，打开锁，推门走了进去。开门的一瞬间，我看到了幽暗的玄关。岩村老师的背影就消失在了门中。

"——S君，我们现在怎么办？"

"公寓看上去挺小的，岩村老师在家的时候我们溜进去藏起来看来行不通啊。好吧，计划改变！等岩村老师出来再说。"

"要是他一直都不出来呢？"

"那就没办法了。不过咱们现在待在这个地方太危险了。岩村老师出来经过这条路的时候，我们连逃跑的地方都没有。"

公寓左侧有一个铺着沙土的停车场，我们决定到那里去。

靠近停车场一侧的墙壁上有一个挂着窗帘的窗子。那应该是岩村老师的房间吧。也不知道岩村老师什么时候会露面，所以我紧紧地贴着公寓的墙壁，始终保持着那个姿势。

"岩村老师的车也停在这儿吧？"

听S君这么一说，我开始环顾四周。

"啊，在那儿！"

停车场是由锁链隔开的，在每个空间的一端，都有一块长方形的白色金属板。其中有一块上写着"岩村"的字样，停在那里的是一辆落满灰尘的灰色轿车。

"他就是用这辆车把我的尸体运到这儿来的吗?从那儿再把尸体搬到房间里去可就很简单了。"

S君的声音非常冷漠。

"道夫君,估计很可能会留下什么证据。去看看车里!"

"可是,如果岩村老师拉开窗帘往外看的话——"

这时,玄关那里传来了开门声。我们马上躲到身边的货车后面。脚步声一点点逼近。我趴在地上,不顾扑鼻而来的一股臭气,从货车下面盯着。岩村老师的大皮鞋踩着沙土,一步步走向停车的地方。开门声。打火声。

"好极了!"

S君叫了起来。我谨慎地抬起身。

在货车的阴影中,我们目送着岩村老师的车子渐渐远去。

"道夫君,小美香,这是机会呀!"

"嗯。"

只有美香应了一声。我的双脚像粘在地上一般一动不动。那一刻,我感到恐怖从指甲一直贯穿全身。

"道夫君!快!"

"哥哥!"

"知道了。"

我总算挪开了脚步,可是手掌心里全都是汗,每喘一口气双肩都一上一下地抖动着。

到现在为止，我所做的一切都是为了找到S君的尸体。可是现在让我继续行动的，却是另一个理由——我不想让妹妹看到我一副没出息的模样。如果当时我知道接下来我会看到什么的话，我想我一定会把虚荣心什么的全都抛开，径直跑回车站。

我其实应该知道我所做的一切是多么危险。

我咽了一口唾沫，慢慢地沿着公寓的外墙向前走，跨过外廊和栅栏之间的空隙，来到岩村老师家的门前。我握住门把手，轻轻地转了转。门没有锁。难道说岩村老师打算马上就回来吗？

"不，不会那么快就回来的。因为他是开车出去的。"

我相信了S君的话，推门走了进去。屋里很暗。——突然间，我有一种强烈的不祥的预感。

"还是把美香留在这里比较好。"

"为什么呀……"

"听话，藏到停车场边上的墙壁那儿。"

我坚持把美香留在了那里。

"S君，走吧！"

"OK！"

我再度走进岩村老师的房间，脱下运动鞋提在手里。左手拿着装S君的瓶子，右手拎着运动鞋，走了上去。狭窄的走廊正面有一扇镶着磨砂玻璃的木质门。沿着走廊继续走，在左边厕所和浴室之间有一块小空间。我轻轻地快速拉开了正面那扇门，里面是一个窄小的厨房，右手边的水槽里堆放着用过的餐具。厨房里有一张四方的餐桌，两把椅子，还有一个冰箱，大概是为单身生活准备的，我从没见过这么小的。

厨房的另一边有一个半开着的隔扇。

"那里面就是岩村老师平时生活的房间吧。"

我默默地点了点头，向里面的房间走去。那里面究竟有什么呢？会是S君的尸体吗？双腿被折断，嘴里塞着香皂的尸体？我几乎难以呼吸。吸进的空气要远远多于呼出的，我感到肺叶膨胀起来，不停地急促喘息着。站在房间的门口，我向隔扇对面的那一侧窥视。就在那一瞬间——

我注意到了那样东西。

六块榻榻米大小的房间里面有一张床。左面是电视机和录像机，没有贴标签的录像带在录像机旁边堆积如山。房间的右面似乎是一个壁橱。房间的正中间摆着一张玻璃桌子——

"道夫君，那是什么？那照片……"

玻璃桌板上，扑克牌一样散放着许许多多的照片。我走到玻璃桌旁边，弯下身。这些照片和普通的照片略有不同，纵向伸长，上部倾斜。

"是快照吧。"

S君说道。玻璃桌上的照片确实都是快照。我伸出手，移开叠放在上面的几张，目光落在下面的照片上。

"这……"

我一时说不出话来。S君也一直沉默不语。

照片上全都是男孩。那些和我年纪相仿的男孩在四方的照片中或笑或哭，或是摆出各种姿势。他们都是一丝不挂。没有穿内裤。什么都没有穿。

我拿起其中一张。照片中树荫下的男孩裸身面对着照相机做出一个"和平"的手势。背景是一片大海。

我又拿起另外一张。投币式自动保管箱前，一个男孩背对着镜头正在脱内裤。看来，这一张是偷拍的。

这些照片旁边，是一个茶色的长方形信封。大概就是刚才岩村老师从邮箱里取回来的吧。信封用透明胶封得严严实实。

"打开看看吧……"

我含混地说。S君什么也没说。我轻轻地揭起透明胶，一点点，一点点，格外小心。大概用了三十秒，信封打开了。里面似乎是照片。我伸进手指，把里面的东西取了出来。是五张照片。也是快照。和桌子上散放的那些没什么两样。但是有一张却格外引起了我的注意。那是在一间屋子里，一个全裸的男孩子坐在一张椅子上，脸无法确认——因为男孩的两眼周围戴着黑色羽毛假面。而且男孩的唇边露出稍显羞涩的笑意。双手和双脚，都被人用黑色的绳子绑在了椅子上。

我把照片放回信封，重新贴好透明胶，仍旧是什么也说不出来。

"道夫君。"

S君的声音异常落寞。

"——岩村老师杀死我的理由,你是不是能猜出一点儿了?"

就在我刚想张嘴回答的那一刻,汽车引擎的声音忽然由远及近。接着就是轮胎碾压砂石的声音——

"不会是——"

S君迅速地说。我立刻跑到窗边,透过窗帘的缝隙向外看去,一辆灰色轿车的门正在被打开,能看见里面岩村老师慢吞吞移动着的上半身。

"道夫君!糟了!"

我向玄关跑去,就在到达门前的那一刻,S君突然大叫起来。

"现在出去肯定就被发现了!"

我只好转身,又跑回房间里。

"道夫君!藏到厕所里!啊,不,不,浴室里!"

我折回到走廊,拐进左手边,迅速拉开浴室的滑动门钻了进去。几乎摔一般把门砰地关上,然后屏住呼吸,侧耳倾听。混杂着自己的呼吸声,能听见玄关外的脚步声一点点靠近——

"停下了——"

脚步声突然停下了,停在玄关的旁边。接着传来一阵自言自语声。那是岩村老师的声音。那一瞬间，我似乎是嘴里被塞进了一支冰棒一般，全身僵硬起来。

"美香！"

我在心里大喊。

"道夫！喂！道夫！"

是岩村老师的声音，他在叫我的名字。我的身体开始抖个不停。紧贴着我额头的浴室门也因此发出了声响。不过岩村老师似乎还未觉察到我藏在他家。

玄关的门被打开了，他似乎在脱鞋。走廊里传来脚步声。我轻轻地将面前的门拉开一道缝，屏住呼吸，准备随时从门缝里逃出去。

"别慌！"

S君劝告我，可我已别无选择。岩村老师如果来到浴室我就完了。现在还能逃出去。

我用余光瞄了一眼走廊的另一边。里面的房间——也就是隔扇另一侧的那个房间里，是岩村老师盘膝而坐的背影，摆弄着似乎是超市里的白色塑料袋。岩村老师从塑料袋里取出罐装啤酒，打开喝了一口。我屏住呼吸目不转睛地盯着他。

接着，似乎是想起了什么，岩村老师慢吞吞地站了起来。巨大的身躯消失在房间左侧隔扇的暗影之中，似乎在摆弄着什么东西。

机会来了！我想。

我来到走廊，尽量放低脚步声，向玄关移动。我像在薄薄的冰面上行走一般，小心地移动着双脚，一步一步，小心翼翼地走着，腋下全都是汗。终于走到了玄关时，我感到自己的大脑里一片空白。门把手触感冰冷。能逃出去！可是——我却在那一刻停了下来。因为我听到了Ｓ君的声音。

——从背后传来。

我转过身。岩村老师又回到了玻璃桌旁，在桌子上支着肘，脸朝向房间的左边，似乎在全神贯注地看着什么。Ｓ君的声音还在，能听到他似乎在笑。

不觉间我已经转身面向那一边，似乎被什么吸引住了一般向里面的房间走去。

"道夫君！你干什么！"

Ｓ君在瓶子里怯怯地说。但是我还是继续向前走，着了魔一般。厨房对面，岩村老师的背影一点点逼近，一点点变得大了起来。渐渐地，我们之间的距离仅有一米了。

岩村老师看着的东西也映入了我的视线。是电视。画面不停地颤抖，时不时晃动起来。画面上有一个人。

Ｓ君。没有穿内裤的Ｓ君。

（不要啊……）

画面上的Ｓ君扭捏地笑着，面朝镜头，脸上始终带着笑容。

（都说了不要啊……）

拿着摄像机的人似乎是做出了某种指示。画面上的 S 君流露出一丝厌烦，不过，从他的表情上可以判断出，他并不是真的觉得厌烦。相反，S 君看上去似乎很快活。

从背景上我一下子就明白了 S 君当时所在的地点。白色的，不锈钢质的保管箱。墙上用胶带贴着"请不要忘记随身物品"的手写告示。

是学校的更衣室。

岩村老师按着手边的遥控器，画面中 S 君的声音突然变大了。岩村老师目不转睛地看了一会儿。然后突然起身向前扑倒，伸出手臂抓住了耳机，把插头插进了电视机插孔中。S 君的声音消失了，岩村老师又恢复了刚才的坐姿。

我回转身，慢慢地离开了。我的头一阵绞痛。一些莫名的念头在心中不停地搅动。穿过幽暗的走廊，我打开玄关的门，炫目的阳光刺痛了眼睛。岩村老师究竟有没有觉察我的行动这种担忧已经在我的脑海里荡然无存了。即便现在岩村老师突然转过身向我扑来，我只要大声叫就可以了。只要大声叫。

门关上了。停车场一侧的墙壁旁边，美香带着哭腔说："岩村老师回来了——我，我不知道该怎么办啊——岩村老师看到我了，然后就大声地喊哥哥的名字——可是，如果，我不说点什么让他进屋的话……"

或许，岩村老师只是觉得在车站看到的美香和在这里看到的美香有一点儿相似罢了。

"对不起,让你担心了。"

我低着头对美香说。

"——回去吧。"

回家的路

我们在岩村老师家所看到的一切我都没有对美香提起。

回到 N 车站时是午后一点钟左右。美香说肚子饿了,于是我来到出租车上车点旁边的烤肉店,递给店里的大叔一百六十日元,买了大葱金枪鱼和烤软骨。

"道夫君,不去别的地方转转去吗?"

一直沉默不语的 S 君突然很软弱无力地说道。

"那,就到那个公园去吧。以前写生会活动的时候去过的。"

与车站相反的方向有一个缓缓的上坡,半途中就是那个大公园。我们不知道那公园究竟叫什么,都叫它"JR 公园"。从那里放眼望去,可以看到车站和周边的街景。今年春天,全班同学在那里举行过写生会的活动。那时我画了流过公园一端的那条人工河。还记得我在本来一个人也没有的河边上画上了隅田的身影,被伊比泽和八冈大大地嘲笑了一番。

我在入口旁边的自动售货机买了一罐可乐。这样一来，钱包里就只剩下一枚十日元硬币了。

我们来到展望台，那里没什么人。我打开可乐，那清甜冰凉的液体流入喉咙的瞬间，我感到四肢又恢复了力气。我打着嗝，也让美香尝尝，美香说她不喝。

"啊，对啊。这是碳酸饮料。"

我和美香坐在长椅上吃着烤串。S君在瓶子里一言不发。

"这样也挺别有风味的啊。"

我故意用一副自然的口吻说着，可是S君没有回答。

我一边咬着葱一边抬起头，我们居住的那个街区在眼前展开，还可以看到远方霞光朦胧的孤寂群山。今天早上看到的积雨云现在已经消失了，转而变成细碎的小云朵布满了半边的天空。明天或许会下雨吧。

"道夫君，我们两个人单独说说话，行吗？"

S君突然小声说。回答之前，我瞟了一眼美香。美香的嘴里还塞着鸡肉，只说了一句："好呀。"

展望广场的前端，美香一直望着风景。我和S君一边注视着美香的背影，一边谈起来。我坐在长椅的左面，S君在右面。

"在岩村老师家看到的那个，你知道是什么吧？道夫君？"

"不是很明白。"

我说的是真话。S君微微地笑了笑。

"的确，有人喜欢那个。那个，嗯，就是——就是和正常人不太一样的那种。"

"S君也喜欢吗？"

"我？怎么可能呢！"

S君的口气像是吐出了什么脏东西似的。

"我是被岩村老师骗了。第一次在更衣室他让我脱衣服的时候，我特别不愿意，很难为情。可是岩村老师说，这是快乐的事情。他还说，虽然现在什么也感觉不到，但是以后会逐渐感觉到快乐的。所以我渐渐地就信了。"

S君用一种没有抑扬的平淡声音继续说着。

"你也知道，我这人没有朋友，也没有爸爸。所以，岩村老师对我好，我很高兴。如果他要求我不要把这件事说出去，那我就绝对不会说。因为我不愿意让他不高兴。现在想想，岩村老师就是看准了我的这种想法才选择我的。道夫君，他没有让你干过那种事儿吧？"

我摇了摇头。那盘录像带没有看到最后，所以我也不知道S君所说的"那种事儿"究竟指的是什么。只能靠想象了。

"那种变态的爱好到了一定程度就会起杀心吗？还是怕我总有一天会告诉别人就杀了我……"

对于S君的话，我只能沉默着点了点头。

高台之上，习习凉风拂过。

沉默了一会儿，S君突然说："我必须向道夫君你们道歉。"

"道歉？——道什么歉啊？"

"之前我不是说了嘛，岩村老师是因为某种原因杀了我。其实说实话我也不知道究竟是什么原因。现在我也不知道。只是模模糊糊地觉得那个录像里的事儿和后来我被杀之间有种关联。所以我想，如果告诉你们我也不知道真正原因的话，你们恐怕就不会答应我的请求了。我就怕你们因为连我自己都不知道被杀的原因，于是不相信我说的我是被岩村老师杀死的那些话。"

S君的语速变得快起来。

"所以我就说是因为某种原因，挺玄的吧？让你们觉得我早就知道岩村老师杀我的原因但是故意不说出来，这样你们就会一直觉得很好奇。然后你们就会有兴趣寻找我的尸体了，我是这么想的。所以——"

"够了！"

我打断了S君。

有一架飞机缓缓飞过高空。

"以后不要再撒谎了。"

"嗯……"

"每个人都有不愿意说出来的事情——我也有。"

在那细碎的云朵之间，飞机拖出一条笔直的尾云。

我的心中充满了悲伤。

难道S君没想到在我们藏在岩村老师家里的时候岩村老师会播放那个录像？难道他没想到会被我知道？S君和

岩村老师之间究竟发生过什么？或者说岩村老师对S君都做了些什么？难道S君本打算一直缄口不言吗？S君说他并不知道自己究竟为什么被杀可能是真的。但是S君说他没有说出实情而是谎称因为"某种原因"以勾起我们的好奇心就恐怕不是实话了。S君一定只是不想说而已。他只是想隐藏真相。所以S君的什么因为"某种原因"之类的暧昧的说法不过就是为了掩饰而已。

可是尽管如此，我却没有丝毫想要责怪S君的心情。我只是觉得S君很可怜。

"不过——"

我尽量用明快的声调说。

"没发现S君的尸体真是遗憾。不过我肯定会继续找。再藏到他房间里也行。要是没机会的话，肯定还会有别的办法。一定要让岩村老师的罪行败露！"

虽然嘴上那么说，可是那个什么"别的办法"却连个影子都没有，我感到十分后悔。

我紧抿着嘴唇，目光落在脚下的草地上。我不停地思考着究竟有什么好办法能让岩村老师的罪行败露。除了在岩村老师家发现S君的尸体之外还有什么办法——

对了！把岩村老师那种变态的爱好报告给警察怎么样？这样一来，警察多少就会怀疑岩村老师和S君的死是不是有什么关联。我马上就把我的这个想法告诉了S君。

"可是，如果岩村老师否认就没办法啦。把那些照片啊录像带什么的藏起来,或者扔了,就没有证据了。就凭一个小学生说的话就真的搞一次突然搜查,估计不太可能吧……"

的确如此。只能再想别的办法了。我叹了口气,拿起可乐罐送到嘴边,可乐的汽都已经跑光了。

就在这一筹莫展的时候,从我脑海的角落里突然一点点一点点冒出了一个想法。岩村老师离开家的时候——不对,从我们看到那些照片和录像带的时候就开始产生了的一种微弱的莫名的想法。

有什么东西不对劲儿。其实也不是。究竟是什么呢?一种说不清楚的,暧昧的——

那个想法一点点一点点从我脑海的角落里冒出来,逐渐成形。

"对呀,我当时怎么一点儿都没有吃惊啊……"

我不经意间说了这么一句。

"啊?"

"我一点儿都没有吃惊啊。看见那些照片和录像带的时候我虽然很受打击,可是在心底却并没有感到震惊。那个时候我觉得并不是很意外。"

看到录像里出现了 S 君的身影,我的确吓了一跳。可是,对于这种东西出现在岩村老师的家中这件事我却没有丝毫的震惊。那是一种感觉不到异样的异样感。一种暧昧不明的感觉。

"对于岩村老师的那个爱好你是不是猜到什么了?"S君说。

我想了想,摇了摇头。

我的脑海里浮现出有一次在教室里给我们发调查问卷时,岩村老师略显不自然的、不安的目光。

——这是不记名的。画〇和×就可以,也不用担心笔迹暴露自己——

调查问卷上尽是些古怪的问题。在家里的时候有没有一个人碰过大腿间的那个东西?有没有看着自己的身体觉得最近变样了?一个人洗澡吗?(如果画×)为什么呢?……

——尽量如实回答。这可是很必要的正规调查——

我们一边咻咻地笑着,一边往问卷上画记号。收问卷的时候,也是尽量打乱顺序毫无规律地收上去的。

"S君,那个调查问卷真是很古怪啊……"

"嗯,根本就不是什么必要的正规调查。那完完全全就是岩村老师的爱好而已。他就是想知道那些我们不会对别人说出来的事。"

"那个问卷根本就不是不记名的。"

当时我全都看见了。分发之前,问卷被扎成了一捆,侧面有一道画上去的斜线。

"这样一来不写名字,不知道笔迹,甚至收问卷的时候打乱顺序就都没关系了。每一张问卷究竟是谁写的,过后全都能知道。只要在发问卷之前用铅笔啊什么的在侧面斜着划一道线就行了。问卷收上来之后再按照那条线排列一下，只要记住发问卷的顺序，就能马上知道是谁填的问卷了。——岩村老师肯定把我们写好的问卷带回家去了。然后铺在那张玻璃桌子上，一个人得意地笑。"

我也中计了。当时我对那个调查问卷没有任何怀疑。所有的问题我都如实回答了。我想既然是匿名的，就没什么不好意思的。

"还有别的事儿吧。"

对于S君的话，我点了点头。有印象的事还有几件。春天写生会的时候也是如此。岩村老师要求我们从学校到公园这一路上排成两列，相邻的两个人要手牵手。也就是女生和女生牵手，男生和男生牵手。女生们没有任何异议，按照岩村老师的要求拉起了手，可是我们男生就不同了。说白了，我们不愿意手牵手。男生之间拉着手，真叫人恶心。可是岩村老师却说："要是走散了怎么办？"强迫我们拉起手。然后他心满意足地看着我们手牵手的样子。

"说白了那家伙就是个变态！"

S君的声音里充满了愤怒。

"脑子有问题。我就是被那个脑子有问题的变态家伙杀死了。我什么坏事儿也没干，却被他杀了。连尸体都不能葬到坟墓里去，现在肯定还在那家伙手里呢。我都已经死了，可那家伙还在我身上干一些古怪的事情。可能把我的腿折断了,然后还在我的嘴里塞了块香皂。要不就是什么更恶心的事情。我——"

S君似乎是还想继续说些什么,却忍住了,只低低地说了一句"真不甘心"。之后就陷入了沉默。

我把烤串的签子插入可乐罐,站起身来,有一种想把什么狠狠打一顿的冲动。有生以来,这是第一次。

"美香,我们回去吧。"

我向待在展望广场一边的美香走过去,途中回过头对还在长凳上的S君说:"一定会找到办法的。总会有办法的。我是不会放过岩村老师的!"

S君似乎说了些什么,正好一阵风袭来,没能听清。

那时我还没有察觉。衬衫前胸的名签不知道什么时候不见了。

七月三十一日上午九点〇八分。

这栋房子里有一种古旧的气味,泰造想着。

这种古旧的,日本式的,因长年累月地生活在这里堆积、发酵而成,一点点刺入鼻翼的气味泰造并不感到厌烦。童年时代九州的老家里就弥散着这种气味。

刚才的那只狗还在玄关那里叫着。那狗很瘦,叫大吉,这名字真怪。看起来戒备心很强——没想到还会扑上来。刚才要不是那个小学生帮忙,真不知道会怎么样呢。

现在泰造想起来仍觉得后怕。

敞开的窗外，向日葵正在盛开。大概有十多株吧。黑黄相间的大花齐刷刷地排列着。不仅仅是花朵，从粗壮的花茎向四面八方伸展着的叶子也都非常美丽。花茎底部的叶子那么大、接近地面的部分比泰造两只手并在一起都大。不过，有一株叶子像包裹似的合着，向下低垂，一定是蚜虫干的。仔细一看，只有那一株向日葵没有开花。

把视线转到向日葵前面，庭院里真的栽了不少树。樱花、楠树、枇杷、山茶——似乎都不想被修剪似的，仿佛带着怒气，向四面八方伸出枝干。

蝉叫声令人心烦意乱。无数叫声混杂在一起，似乎要把这炎热的空气彻底鼓噪起来。

在那刺耳的声响中，泰造从刚才就听到了一个特别的声音。

那是警报。别人听不到的警报。只在泰造的心中响起的，微弱的声响。

"是不好的预感吗——"

从小时候起就是如此。在泰造的内心深处，存在着一个莫名的、微小的东西，不经意间就会像这样发出声音。如果对那个声音不理睬的话泰造就一定会后悔，就会想如果一开始能够听从那个声音就好了。

"那个时候也是如此……"

九岁的时候，泰造的母亲死了。母亲当时刚刚年过三十。父亲已经战死,泰造和母亲两个人租住一间小屋,相依为命。母亲在附近的一家纺织工厂做工,一个人含辛茹苦地把泰造带大。没有星期天,也没有节假日,母亲总是忙忙碌碌。

直到如今,泰造依旧记忆犹新。

母亲虽然形容憔悴,却非常美丽。在儿子泰造的眼中,母亲简直美若鲜花。

可是母亲却猝然去世。那天早晨,泰造掀开被子,发现母亲睁着双眼,身体已经冰凉了。母亲的猝死,连医生都说不出个所以然来。

母亲没有亲人。所有的亲戚都死于战争。所以,母亲的葬礼都由附近的邻居来操持。那时专门负责葬礼的公司还没有普及。那天,泰造一个人坐在一边,呆呆地望着庭院。看着眼前认识的、不认识的人忙碌地来来往往,感觉到似乎自己也已经死去了。那也正好是一个酷热的盛夏。

"那个时候'警报'也响起来了——"

像是一支坏了的笛子,又像是婴儿的喊叫,那几乎听不见的微弱声音在内心深处不停响着。接着,渐渐变成了人的语言,变成了执拗地向泰造倾诉的声音。不可以不可以——堵上耳朵——堵上耳朵——堵上——

"该死……"

泰造用力地摇摇头,想要摆脱记忆的残影,一边深呼吸,一边用两手的指尖按了按太阳穴。似乎是在对自己强调说，接下来要做的一切绝对是正确的。

"——请吧。"

突然从侧面递过来一只茶碗，泰造冷不防吓了一跳。不知什么时候Ｓ君的母亲已经来到了自己身边。真是个没声没响的人啊，泰造心里想着，重新打量了一下那张脸。肤色略黑，脸颊消瘦。和Ｓ君一样有点儿斜视的眼睛混浊而黯淡。

"要是不好喝的话，那就请您见谅。"

轻轻掠过的，细微的声音。

"呀，哪里哪里。别这么客气。"

Ｓ君的母亲似乎是叫美津江。

美津江静静地挪动膝盖，移到了泰造的斜前方。她穿着一件皱巴巴的，看上去也不太干净的深灰色衬衫和一条相似颜色的长裙，目光并没有落在泰造身上，而是直勾勾地盯着榻榻米。那侧影让人完全感觉不到她身上有生气。

"您家的庭院里栽着好多树啊。"泰造把视线从美津江身上移开。

"啊，这个啊，是啊。这是按照开花季节种植的，春天是樱花，初夏是楠树，秋天是枇杷，冬天是山茶——夏天就是向日葵啦。我丈夫生前很喜欢的。"

"有一株向日葵好像被蚜虫给蛀了。在叶子展开之前要是被这些蚜虫给碰上了，叶子就会那样卷起来，像个包裹似的。最后不开花，恐怕也是这个缘故。"

"古濑先生，您知道的真详细啊。"

"呀，哪里，上岁数的人都知道一些的。"

泰造大声地笑了笑，可是对方却没有任何反应。

接下来的一段时间里，耳边只剩下蝉鸣声。

"嗯，您是说，有话要对我说？"

美津江似乎是下了很大决心才开口问道。

泰造也终于做好了准备，伸手拿起茶碗，一饮而尽。然后转向美津江。

"我想先说明的是，您作为S君的母亲，可能并不愿意听到这些话。"

美津江看上去吃了一惊，身体僵硬起来。

泰造就把S君死去的那天早上在柞树林里他曾经看到过S君的事讲了出来。

"是吗——原来那个人是古濑先生啊……"

看来美津江已经从警察那里得知，当天有一个目击者。于是，泰造继续说："那天下午，有两个警察到我家来了。我对警察说了我在柞树林里看到的情况。可是，那个——有一件事情我忘了对警察说了。"

一直盯着自己膝盖的美津江突然抬起了头。

"我，听到了S君的声音。"

"那，那孩子的声音……"

"是的。我听到那声音的时候，一直以为是他在自言自语。于是我就想，S君一个人在那儿嘀咕什么呢。但是事后一想,其实那是——"

内心里的警报又响了。泰造没有理会那声音,加重声音说:"其实那是在对什么人说话呢吧——现在想起来。"

美津江直直地盯着泰造的脸,紧抿着嘴唇,好不容易才用几乎听不见的微弱声音说:"那,也就是说,古濑先生想说的是——"

"S君并不是一个人。当时他一定是跟什么人在一起。"

泰造越说越来劲,已经是毫无顾忌了。

"我所听到的S君的话好像是说我什么什么的。他究竟在说些什么,我也不知道。可能是因为柞树叶子沙沙响,所以没有太听清。不过,我之所以事后觉得那不是自言自语是因为当时S君的这些话似乎是在向什么人提问,或者是确认什么,就是那种口气。所以我听到的那个应该是我怎么样怎么样,绝对不是自言自语。后来我想,要是自言自语的话,一般都是小声地嘟囔,在嘴里嘀嘀咕咕的。不可能从这个房间穿过院子传到树林里。那是——"

泰造停了一下,咽了一口黏稠的唾沫。

"那是在跟什么人说话。我是这么想的。"

同一天的午后两点四十分。

泰造和美津江一起在雨中沿着坡路向下走,都沉默不语。两个人分别撑着一把透明的塑料雨伞。那是刚才离开警察局的时候，谷尾警官把他们送到门口，抬头看看天，觉得快下雨了而借给他们的。白色的塑料伞柄上，用万能笔写着"一课"。

"今天真是非常感谢。"

美津江的声音似乎要消失在雨声之中。

"还陪我一起到警察局来，您真是个坚强的人啊。"

泰造怀着极为复杂的心情摇了摇头。

刚才泰造和美津江来到了警察局，被招待在二楼的第三接待室。闻讯而来的谷尾警官一开始脸上还写满了期待，可是听了泰造和美津江的话之后，失望的表情就掩饰不住了。

——作为一条线索，我们会参考的。但是，如果说说我此时的感想的话——

抬起头，分别打量了一下泰造和美津江，谷尾警官额头的皱纹更深了。

——恐怕，那还是 S 君的自言自语吧——

无论泰造怎么肯定，谷尾警官的态度还是没有改变。这令泰造感到非常意外。被认定是自杀的少年，很有可能另有隐情。可是警官对此却没有什么特别的反应。

不过，仔细想来，这个态度对警察来说可能更合适。现在他们正在调查的是自杀尸体失踪的事件，眼下的工作是搜寻尸体。所以这种暧昧不明的线索他们当然会认为将给整个案件带来没有必要的混乱。调查案件的警力是有限的。但是，已经过去十多天了，仍然没能发现尸体。如果现在警方决定集结全部警力全力搜寻尸体也是无可厚非的。

自己的想法过于天真了，泰造感到非常难堪。

可是，还有办法——

泰造想起了前天的事情。图书馆。小说。六村薰这个作者的名字。

不经意间，雨声紧了。啪！刚觉得有一滴大大的雨点落在伞上时马上就有无数的雨点砸下来，地面上顿时形成了许多黑色的水坑，雨水飞溅。天色渐暗，还起风了，就像是海上风暴突然袭来的样子。

"什么天气啊！打伞根本不管用了！"

"嗯，真是啊……"

两个人的交谈声也消失在了倾泻而下的雨滴中。

"还是叫出租车吧？"

没等美津江回答，泰造就扭头在道路上搜寻出租车。但是雨太大了，根本看不清前边的路面。很多人为了快些躲到屋檐下面去，脚步十分急促地在路上穿梭。

"古濑先生，再走一会儿就到车站了。在那儿有出租车——"

"噢，对呀。"

两个人小跑着走下了坡路。车站前有好几辆空出租车停在那里。泰造走到其中一辆的近前，打了个手势，车门开了。

"来，您坐吧。"

"多谢您了。——古濑先生，您不坐车吗？"

"噢，我啊，我得在站前办点事儿。"

泰造从钱包里拿出两张一千日元的钞票，塞给了坐在后排座的美津江。不管美津江怎么摇头拒绝，泰造还是把钱硬塞到她的手里，随即离开了。

走进车站，可能是伞面上的雨声消失了的缘故，泰造感到格外寂静。背后是出租车驶离的声响。

泰造合上雨伞，长出了一口气，抬头望着灰暗的天空。

"一直要等到雨停啊……"

其实，泰造在站前根本就没有什么事情要办，他只是想一个人好好想一想。

为了不影响来往的行人，泰造慢慢走到了墙壁旁。两手像挂拐杖似的挂着那把塑料雨伞，双眼直直地盯着自己这双淋湿了的，布满皱纹的手。

"不好的预感也有不准的时候啊——"

结果什么都没有发生。泰造的行动看起来毫无意义。

这时，泰造忽然听见吧嗒吧嗒的脚步声一点点向站台走去。

"是那孩子……"

一个熟悉的脸庞出现在对面的雨中。

第六章

递过来的字条

"哥哥,快!"

"知道了——S君,你没事儿吧?瓶子里没进水吧?"

"差一点儿。不过最好别把手从盖子上拿开啊。"

离开展望广场,走出JR公园的大门时,突然下起了雨,随着我们跑下坡路而越下越大。我们没带雨伞,只能尽快跑回车站。

"好啦,道夫君,能看到车站了。"

飞跑进车站,我好不容易松了一口气。

"啊,这下好了。"

甩甩头,头发上的雨水飞溅开去。这时我听见远处有人喊我的名字。回过头看去。"啊,老爷爷!"

正是今天早上在S君家门前见到的那个老爷爷。

"啊呀,太好了,你记得我呀。"

我简短地把情况对美香说明了一下。

老爷爷挂着那把透明的塑料雨伞向这边走来,身上穿着的灰色工作服两个肩膀都被淋湿了，有两块黑色的水渍。

"今天早上多谢你帮了大忙。你可真勇敢啊。"

"我一年级的时候就认识大吉了。以前大吉不是那个样子的……"

"大吉因为最喜欢的S君不在了而感到寂寞吧。我听S君的妈妈说，S君和大吉最要好了。"

这么说，今天早上老爷爷的确是有话要对S君的妈妈说才去他家的。于是，我决定问问老爷爷。

"啊，没有没有，没什么重要的事情。"

总感觉老爷爷的话里话外似乎在遮掩着什么。

"是和S君有关的事情吗？"

"嗯，是啊，差不多吧。"

"是不是出事那天早上的事情？"

被我这么一问，老爷爷的双眼似乎在一瞬间放大了好几倍。

"怎么会这么想呢？"

老爷爷的声音突然间变得低沉起来。

"为什么——是因为我说了出事那天早上？"

不好！这就相当于告诉他我怀疑S君并不是自杀了。于是我在脑子里不停地组织语言。

"我以前就听S君说起过您的事情。好像因为什么工作，每天早上八点钟都要经过S君家庭院的前面。所以我才说了早上。"

乱七八糟的说明勉勉强强让那个老爷爷听进去了。我也暂时放下了心。接下来,我想借这个机会确认那天早上老爷爷是否看到了岩村老师。我调整自己的声音,尽量用一种轻松的口吻询问。

"老爷爷——那天早上,在柞树林里您看到过什么人吗?"

当时老爷爷的反应绝对是我始料未及的。布满皱纹的脸瞬间就绷紧了,正望着我的那一双眼睛也瞬间瞪大了。干燥的嘴唇颤抖着,越来越强烈。那一瞬间,我甚至在想,这老爷爷会不会向我扑过来啊。不过,实际上并没有。良久,老爷爷从我身上移开了视线,盯着自己挂着伞柄的双手。就这样待了一会儿,老爷爷的喉结"咕咚"动了一下,他又重新转向了我。

"你——是不是已经知道些什么了?"

嘶哑的声音听得出来是在努力使自己平静下来。这时我确信老爷爷一定是在那天早上看到了岩村老师。但是因为一些原因而没有向警察说明事实。

"不,我什么都不知道。"

老爷爷向我跨近了一步。

"你真的什么都不知道吗?"

老爷爷的脸上毫无表情,但却十分恐怖。我不由自主地向后退了一步。

"我真的什么都不知道。只是……"

"只是什么?"

S君在瓶子里简短地说了一句"说出来吧"。我听从了S君的建议。

"我无论如何也不能相信S君是自杀的。当然了,并不是说S君吊起来的样子是我看错了。但是,怎么说呢——我总觉得S君是卷进了一件什么不好的事情里面。"

老爷爷的表情微微地变了一下。

"都说有个同班的学生看到过S君的尸体,那就是你啊。"

我以为老爷爷已经从S君的妈妈那里听说了这件事,所以老爷爷的这句话让我很意外。

"这样啊。那,那可真够呛。"

老爷爷垂下眉,目不转睛地看着我,然后好像是想起了什么似的凑近我的脸。

"你说不相信S君是自杀的,你还觉得S君是卷进了一件什么不好的事情里面。这究竟是什么意思啊?"

"我只是这么觉得。"

"你想说的是不是这么回事——S君不是自杀而是被什么人杀死的?"

我想说的话反而从老爷爷的口中说了出来,这让我感到非常震惊。但是紧接着我又想,是不是这样老爷爷就会把他目击的事实对我说出来了呢?

"你是不是想说这个?"

老爷爷又问了一遍。我终于点了点头。

我无比紧张地等待着什么时候能从老爷爷的口中听到岩村老师的名字。不对,或许老爷爷并不知道岩村老师的姓名。很有可能老爷爷会用"大块头的男人"这个说法。

"《对性爱的审判》……"

最终老爷爷说出了这么一句话。

"咦……"

"这是个书名。你知道吗?"

我摇摇头。老爷爷摸了摸裤袋,掏出一本记事本,取出铅笔,在淋湿了一角的纸页上飞快地写着。然后,他嚓的一声撕下来,把字条递给我。

　　对性爱的审判　六村薰

老爷爷方方正正地写下了上面这几个字。

"不知道和你所想的有没有关系。不过我觉得这个很重要。"

"您说的是这本书吗?"

老爷爷点了点头,并没有正视我。那样子看上去似乎是心存愧疚。

"前面是书名,后面是作者名——就是写书人的名字。当然了,这是笔名。真名不叫这个。"

我还是不能明白老爷爷究竟想对我说什么。

"这本小说的内容挺恶心的。主人公是个男的,杀害少年，然后糟蹋尸体。"

"杀了，然后糟蹋尸体？"

周围的声音似乎都在那一瞬间消失了。我的耳朵里只剩下了老爷爷的声音。我的视野也缩小了，在正中间只剩下老爷爷那褪色的嘴唇在蠕动着。

"我真不明白写这本小说的人在想些什么。居然写杀死孩子。而且，还对尸体做了那些——那些不好的事情。以前我读这本小说的时候就后悔得不得了。但是现在知道 S 君的事情之后，我就觉得似乎有什么关联。于是不知怎么就想起了这本小说。然后就怎么也忘不掉了。"

"这本小说和 S 君的死有什么关联吗？"

"这个嘛，我也说不上来。只是总有这种感觉。要是误会就好了……"

老爷爷抿了抿嘴唇，咽了一口唾沫。

"不管怎么说，你先拿着这个字条。你要是怀疑 S 君并不是自杀的话，这个也许能带来什么启发。"

"嗯。可是——"

老爷爷依旧面对着我，向后退了一步。

"这样会感冒的，快回家去吧！雨好像停了。"

这一刻我才发觉我的侧脸已经沐浴在了明亮的阳光中。抬头一看，覆盖半边天空的灰色云朵已经变成了白色，云朵的间隙中缕缕阳光洒下。

老爷爷向我微微点了点头，随即向人群中走去。但是，他又似乎有些踌躇，停了下来，重新转向我。

"道夫君，你，多大了？"

"噢，我，九岁了。下个月中旬就满十岁了。"

"是嘛……"

老爷爷的脸色突然变得很悲伤。也可能是我看错了。

我呆呆地目送着老爷爷的背影。很快，老爷爷的背影消失在了人群之中，我这才把视线转移到了手中老爷爷递过来的那张字条上。

"这人有点儿怪啊。"

S君疑惑不解地说。

"好像挺钻牛角尖的。对了，老爷爷是怎么知道道夫君的名字的啊？"

"可能是今天早上你妈妈叫了我的名字吧。要不就是看见了我的胸牌。今天我可是难得地规规矩矩戴了胸牌的——"

一边说着，我一边低头看了看自己衬衫的前胸，顿时我吓得脸都白了……

英语和大吉

一句话，如果不快一点儿真相大白的话，我就必定要身陷危险之中了。

"还用说吗，那胸牌肯定是掉在岩村老师的家里了！"

走在回家那条大路的人行道上，我还是充满了大叫的冲动。

"哥哥——"

"冷静点儿，道夫君。没事儿的。"

"怎么会没事儿？你想想吧，岩村老师要是在自己的房间里发现了我的胸牌，他会怎么想？我偷偷溜进他家里的事情不就全败露了吗？"

"那是自己班里学生的胸牌吧？他可能会认为是自己不小心带回家来的啊。在学校里也不知道什么时候就带进公文包里，然后就那么——"

"不可能！今天岩村老师在玄关还看到了美香啊！可能他会觉得她和刚才在车站看到的跟我在一起的美香有点儿像而已——因为美香什么都没有说。可是要是他在房间里发现了我的胸牌就不会这么想了！他肯定会认为当时我就在房间里，我看了扔在玻璃桌子上的照片，还看了录像带里的东西，绝对会！"

我一股脑儿说个不停。如果不这样的话，我就要被这恐怖压迫得崩溃掉了。

"我只能继续追踪岩村老师了，只能让警察尽快把岩村老师抓起来关到监狱去了。不这样的话我就会被岩村老师盯上，那我也就完蛋了。"

"道夫君，你先冷静。就为了这个，你也要冷静下来好好想想啊。"

"S君是没事儿了！反正已经死了！"

我突然大声叫了起来。可是马上就后悔了。

"对不起……"

我在路边停下脚步。

"这不是我的真心话，真的，不是。"

"可这是事实啊，我的确是已经被杀死一回了。"

S君在瓶子里低声笑了起来。

"不过我这句话说在前头，我其实并没有死。只是用这种方式和你还有小美香在一起。虽说我还没有死，但是随时都有可能死。而且，我死的可能性比你的要大多啦！要大出许多倍，许多倍！"

"S君，我……"

"道夫君你总不会被别人一脚踩死吧？你觉得你自己能被人用手捏死吗？还有，叫那种比自己大很多的什么动物一口咬住，然后吞下去？被苍蝇拍那么一拍就扁了，肚子里的内脏全飞出来——"

"所以才说要保护你的嘛！"

已经消失了的焦虑和烦躁似乎重新被燃起了。

"不是已经把你放进瓶子里盖上盖子还扎了透气孔了吗？刚才下雨，我不也是为了你而小心不让瓶子里进水了吗？而且每天还给你抓虫子吃。"

"为了我，为了我，为了我——哼，道夫君，你是这么想的啊。S君这么可怜，我要不是好好保护他喂养他的话，他就会马上死了。是这么想的吧？行了，道夫君，只告诉你一句，我不是你的宠物！"

"只一句？从刚才开始你就说'只一句'，你到底有几个'只一句'？"

"对不起，我只能说同样的话。真遗憾，我是个蜘蛛，所以没办法像人那样动脑子。"

"真烦人……"

美香突然间这么插了一句，完美地打断了我们之间的谈话。美香的口气的确是非常厌烦的。

"一起好好想想吧。哥哥，还有S君你也是。"

"就算想，也——"

我张开嘴还要对这个三岁大的妹妹说些什么，可又及时意识到了，努力把要说的话咽了回去，然后深深叹了口气，重新移动脚步。

道路上来往行驶的车辆轮胎碾过淋湿的路面，发出巨大的声响，我一边听着这声响，一边拼命思考着。岩村老师如果在房间里发现了我的胸牌，首先他会做什么呢？一定是给我家打电话，叫我出来吧？还是说在什么地方躲藏起来伏击我？当然了，九月份新学期开学后，总会在学校碰面的，但是我总觉得岩村老师绝对不会等那么久。他一定会在暑假里采取什么行动。我们已经没有时间了，必须尽早想出揭露岩村老师的办法。

"啊，已经回到这个地方啦。"

听了Ｓ君的话，我抬头一看，原来前面几米远就是商业街的入口了。

"会不会在啊……"

听到这句美香低低的自语时，我沉寂黯淡的心情一下子明亮了起来。

"对呀！我们有个了不起的伙伴！"

我小跑着来到大池面粉厂。在工厂入口处，看见了面粉叔叔的身影，他正在啪啪地往墙上拍打着被小麦粉弄得全白了的围裙。面粉飞舞，面粉叔叔眯缝着眼睛朝我们这边转过脸来。

"呀，又过来啦！怎么啦，看上去没精神啊。"

"叔叔，您好。所婆婆在吗？"

"噢，在那儿冥想呢。把她叫起来也没关系。"

面粉叔叔一边说，一边大声地笑起来。接着又开始往墙上拍打起围裙来。我们又来到了窗边。

所婆婆在敞开的窗子边闭着眼睛。当然不想马上就把她叫起来，所以我们就在原地等了一会儿。房间的深处，军荼利明王依旧在石基座上直直地瞪视着。

"三只眼，八条胳膊——啊呀，真像道夫君你说的那样啊。呀，手脚都缠着蛇。"

"听说那是代表转世的意思。"

"啊啊，转世啊……"

不久，所婆婆突然颤动眼睑，微微睁开了眼睛。

"哎呀呀，对不起啊。奶奶我呀，刚才在想事。"

"奶奶，您好。上次谢谢您啦。奶奶您的那个提示起作用了。"

"提示？"

所婆婆用那种力量之后，自己说的话事后她都不记得了，一直都是这样。于是我就又说了一句："不管怎么样，还是要谢谢您。"

"对啦对啦，道夫君，小美香，上午的时候我看见你们啦。可是……"

所婆婆无意间变了声音。

"那个危险的事情已经过去啦？"

"啊？您是怎么知道的？"

"我知道的哦。因为我和你们相处得很久了。不过呀，可千万别做危险的事情啊，如果发生什么，那可就晚啦。"

可是，那个"什么"其实已经发生了。

"还有事情想跟您商量。我们现在非常迷惑。前阵子说过的，我的一个好朋友自杀。婆婆您还记得吗？"

"当然记得了。你的朋友好可怜啊……是叫S君吧？尸体找到了吗？"

"还没有，实际上……"

我犹豫了。我很想得到所婆婆的帮助，但这样就不得不把来龙去脉都说出来。不过说出来好吗？我不想把所婆婆也卷进来。可是，不说出来龙去脉，所婆婆就没办法帮我啊。

"想让您看样东西。"

我把装着S君的瓶子拿了上来，放到所婆婆的近前。所婆婆"啊呀呀"地叫了一声，表示心领神会。

"明白了？"

"明白了。"

所婆婆自信地说。

"这是果酱瓶呀。大概是草莓酱吧。"

"嗯。是的，不过——"

我刚想好好解释一下，可所婆婆似乎是吃了一惊，把鼻子凑近了瓶子。

"里面好像有什么东西呀。"

"……好。"

S君似乎是小声地说了句什么，我没听清。

"啊？"

所婆婆把鼻尖贴得更近了。

"婆婆……好。"

"啊？"

"婆婆您好！"

S君冷不防大声地喊起来，从自己的巢上高高地跳了起来。所婆婆"哇噢！"地大叫一声，马上躲开了。S君明显是在故意吓唬人。

"喂喂，S君，别开玩笑了。"

我提醒他，可是他在瓶子里却似乎很是快活，咧开嘴笑个不停。

"这是什么啊？蜘蛛？蜘蛛也会说话？"

所婆婆不停地盯着S君看，两只眼睛瞪得圆圆的。

"是的。实际上，婆婆，这就是S君。"

"啊？"

我把一切都告诉了所婆婆。S君变成了蜘蛛到我家来的事情；S君其实不是自杀的事情；每天早上八点钟都要到柞树林来的老爷爷的事情；潜入岩村老师家里的事情；还有在岩村老师家里看到的那些东西。这期间，所婆婆一言不发，只是静静地倾听着我的讲述。说到男孩的照片还有S君的录像这些的时候，虽然也在意身旁的美香，可是美香似乎没听懂是怎么回事，表情一成不变。

"原来是这样啊……"

我说完的时候，所婆婆意味深长地叹了口气。

"真是变得很复杂了呢。"

那声音里没有丝毫的质疑。这一点让我感到十分高兴。因为一般的成年人是不会这么信任小孩子的话的。

"就是这样的。所以我们想找到揭露岩村老师的办法。"

"这个很难啊……"

"刚才在车站我们碰到那个老爷爷了。就是那个每天早上都去柞树林的那位。我总觉得那个老爷爷好像知道些什么。他还给了我一张很奇怪的字条。"

所婆婆说想要看看,我便从口袋里拿出老爷爷给我的字条举到所婆婆的面前。

"好像是一本小说。说是把孩子杀死了,然后又糟蹋尸体……"

"对性爱的审判,六村薰。嗯……"

可是所婆婆似乎也对其中的含义一无所知。

"所婆婆呀,你做做'那个'好吗?"美香说。

其实我也想提出同样的请求。

"婆婆,能不能帮个忙?"

这回所婆婆马上就答应了我们的请求。

"可是,会不会吓S君一跳啊?"

"我没事儿。道夫君他们给我讲了一些。就是嗯啊嗯的那个吧?"

"还有点儿不一样。"

说着,所婆婆的眼睛就闭上了。大约十秒钟之后,就开始在嘴里嘀嘀咕咕念起了经文。

"哦嗯,阿密哩体,唔嗯,啪嗒……"

我们已经熟悉了的所婆婆的经文。军荼利明王的——

"哦嗯,阿密哩体,唔嗯,啪嗒……哦嗯,阿密哩体,唔嗯,啪嗒……哦嗯,阿密哩体,唔嗯,啪嗒……哦嗯,阿密哩体……"

不过，时间这么长还是头一次。所婆婆似乎是全身心投入地在祈祷。那声音时而高亢，时而低沉，最后又爆发似的发出了极为洪亮的声音——

然后就戛然而止了。

我们一动不动地盯着所婆婆的脸，强忍不安地等待着从她口中说出的话。

"大吉……"

所婆婆说出来的话非常出人意料。

"大吉……英语……"

只有这些。

"我说，婆婆，您说的大吉是不是指我的那只狗？"

对于S君的询问，所婆婆什么也没有回答，只是微微睁开眼，深呼吸，看着自己的鼻尖。

"S君，你就是问，她也不知道。婆婆每次做完这个都不记得自己说过的话了。不过，肯定会有帮助的。回家吧，我们再好好想想。"

"真的能有帮助吗……"

S君似乎是半信半疑。

"真的，总是这样的。会有帮助的。"

我们向所婆婆道了谢，就离开了窗边。

名　字

回到家里，已经是下午三点半了。没一会儿，妈妈也从打工的地方回来了。

"小美香，妈妈回来啦！"

妈妈胸前抱着的，是一个印着夸张的圆形"范西—Q1080"的小写的粉红色塑料袋。

"小美香呀，你猜猜看，妈妈买什么回来了？"

妈妈一边夸张地叫着"你看看呀"，一边从塑料袋里掏出了"哆来咪宝贝化妆组合"，就是电视里总在宣传的那个。

"有点儿早了是吧？不过呀，小美香，小姑娘要是化妆了就会变得很漂亮哟。来，过来，坐在这儿。妈妈给你化妆。"

我假装上二楼，悄悄藏在走廊的阴影里观察着。S君似乎也很感兴趣。妈妈蹲在餐室椅子的旁边，从化妆组合的盒子里一样一样拿出儿童用的化妆品。一边不停地叫着"多棒噢""好可爱哟"什么的，一边开始在那脸上展示这件礼物的效果。但是，那张很快就被涂得五颜六色的脸既看不出很漂亮，也看不出可爱，一句话概括起来，是有点儿恐怖。妈妈似乎也马上注意到了这一点，刚才还兴冲冲的脸顿时变了颜色。

"适应这个新化妆品之前还真成问题呀。"

妈妈从自己的手袋里拿出手帕，一溜小跑去了厨房，拧开水龙头润湿了手帕。

"咱们一点点练习吧。现在这个不算，不算。"

不到二十秒，那张脸又恢复了原来的样子。我也终于松了一口气。

"那张脸可真吓人啊。"

我们回到卧室，关上门，S君忍不住发出了这样的感叹。

"那张脸要是在黑暗里突然出现，我一定吓死了。"

对于这个生硬的玩笑，我有一点没笑的意思。一个不经意间闪现的念头总是在我的脑海里挥之不去。

女孩子到了一定的年纪似乎一般都是要化妆的。美香似乎也不喜欢刚才的那张脸，不过总有一天她也会想打扮得漂亮一些吧。我悄悄地瞟了美香一眼，可美香却没有向我这边看。美香究竟在想什么呢，我一点儿都不知道。

"哎，你们俩都是怎么啦？"S君疑惑不解地问。

"没什么。"我回答。

"还是先来好好想想所婆婆的话吧。"

"是啊是啊，必须要明白那个暗示。道夫君，有纸和笔吗？"

我打开抽屉，笔马上就找到了，可是没找到记事本之类的东西，于是只好用学校发的入学纪念材料的背面。这是一个叫作《我们生活的街区》的带插图的地图，一共有十二张同样的。似乎是让我们每个月都要在我们这个街区走走看看，不过我一次也没有实行过。

"那，道夫君，先把那个魔法师的提示写下来好不好？"

我还判断不出S君到底是否信任所婆婆，不过我还是依照S君的要求做了。——大吉。英语。

"什么呀，道夫君，怎么是红笔啊。"

"抽屉里只有这个。啊，我包里有。等一下啊。"

"算啦算啦。就是有点儿别扭。"

的确，用红笔写出来的这两个词的确有一种恐怖的感觉。

"好啦。那么，道夫君，接下来——"

"接下来？"

"想啊。"

接下来我们搜肠刮肚，拼命地推断这两个词的含义。S君认为，"大吉"这个词可能代表着"狗"的意思。

"狗用英语怎么说？"

"是叫dog吧？"

"对，dog。这就是一个提示——"

但是这个推论很快就行不通了。从dog联想起来的事物一个也没有。所以，我还是主张"大吉"这个词，就代表大吉。

"所婆婆的提示总是词汇量不够，不会用别的词来替换。到现在为止一次都没有过。"

"那'英语'又代表什么呢?"

"这个嘛,估计也还是'英语'的意思。虽然我还不明白代表什么。"

"不明白代表什么就没办法了啊——嗯?——啊!"

"怎么了?"

"'英语'可能是我们听错了。其实不是外国人说的'英语',而是指的别的什么。比方说人的名字,'英吾'什么的?"

"是啊,男人也有叫这种名字的。如果指的是名字,那么和'大吉'之间好像也就有关联了呢。"

我决定在那地图材料的背面用红笔写出一些读音是"eigo"的名字。可是脑海里却一个汉字也浮现不出来,于是就先写下了片假名的"エイゴ"。写完我就感觉到这个思路可能也错了。

"名字叫'eigo'的人我一个也不认识啊。——S君呢?"

S君也不知道。美香也一样。

"啊,道夫君,岩村老师呢?岩村老师的名字叫不叫岩村エイゴ?"

"他叫这名字?不对不对,不是。好像是叫什么更变态的名字。现在岩村老师的名字已经不算提示了吧,因为我们已经知道是岩村老师杀了你。"

"也是啊。"

"不是'狗',不是'dog',也不是'eigo'……"

就在那个时候,S君突然大声叫了起来。

"明白啦!明白啦!明白啦!"

我和美香满心期待地等着S君的下文,但是S君并没有马上说下去。

"……嗯……所以……就是说……"

这似乎并不是一些没用的废话,S君好像正在脑子里拼命地整理着什么。

"道夫君!"

不一会儿,S君终于说话了。

"还记不记得我当时给大吉取'大吉'这个名字时的事情?"

"啊,以前你对我说过的。一开始是英语的……"

不知道为什么,我的脑子里也突然间"当啷"响了一声。

S君继续说:"是啊,一开始,那家伙迷路了,流浪到我家,我本来是给它取名叫Lucky的。后来总觉得跟它不搭调,所以就改了。可是,如果改成一个和原来的名字完全不相干的新名字,还觉得有点对不住它,所以干脆就把Lucky这个名字直接翻译成了日语。"

"也就是说,改成了'大吉',是吧?"

似乎我终于多多少少能够领会一些S君想说的话了。但是却很难准确顺利地全部理解。答案似乎近在咫尺,可是却又难以明辨真正的含义。

"在那里。"

S君压低了声音。

"道夫君,给我看看那老爷爷在车站递给你的字条。"

我从口袋里取出字条,放在地图材料旁边。

"这个字条和这事有什么关联吗?"

"当然有啦,关联还大着呢。——所婆婆那个提示,其实指的就是这本书的作者名字。'六村薰'。问你个问题,岩村的'岩',英语怎么说?"

"嗯……"

我也终于明白了。

"是rock!也就是说,'六村'是——"

"岩村①!"

美香突然叫了出来。S君非常满意地说:"就是这么回事儿。"

"那本小说——就是那本写了杀死孩子还糟蹋尸体的小说,作者就是岩村老师。岩村老师说过,他以前出版过小说,原来是写过那样的小说啊!'薰',是他的原名吧?"

"哦,对,对。岩村老师好像就叫'薰'。"

想起来真觉得自己没用。

也就是说——

---

① 日语中"六"的读音与英语的"岩石",即"rock"读音相近。

S君重新拉开架势，慢悠悠地说。

"所婆婆是提示我们，这本小说就是揭露岩村老师的工具。"

"可是，怎么使用小说这个工具呢？"

"很简单。只要把岩村老师写过这样一本小说的事报告给警察就行了。这样一来，虽然警察也许不会马上就突然逮捕岩村老师，但是总会产生一种感觉，觉得'这家伙很古怪'。然后就会对岩村老师进行调查了。只要一碰，就会有问题败露的。当然是悄悄调查啦。只要他那变态爱好被发现，杀死我的证据也肯定会被查出来。如果搜查他的车子，就会发现车子里装过死人的痕迹，肯定会发现。"

原来如此。我不禁拍了一下手。真是云开雾散。

"不过，道夫君，在这之前必须要做一件事。"

"什么事？"

"报警之前，咱们必须要证实一下咱们这个推测对不对。也就是说，六村薫究竟是不是岩村老师。而且最好也亲眼看看小说的内容。即使不是全看，至少也得看几页。不这样的话，报警的时候也没有说服力啊。"

"小说的内容，可以在书店翻翻看看。可是，怎么才能证实是岩村老师写的呢？"

S君想了一会儿，忽然大叫一声："对了！"

"明天上图书馆去！既能看到小说的内容，问问图书管理员，就能明白作者的情况了。一石二鸟吧？"

好像"一石二鸟"这个词在计划跟踪岩村老师的时候也曾说起过。

我有一种不好的预感。

图书馆

七月过去了。那一年八月一日的气温是整个夏天最高温度的纪录。这是后来我才知道的。

柏油马路上蒸腾着热浪。我像是在热浪中游泳一般,到了图书馆时已经是浑身汗湿,脸上好像裹着一层闷热的毛巾一样。

"美香,马上就到了。S君,你没事吧?"

"没事。就像蒸了一回桑拿。"

我们穿过红砖路,从女孩跳舞的石雕前经过。走进自动门,凉爽的空气立刻包围了全身。

因为正值暑假,所以在儿童书架前和阅览室到处都是父母带着孩子来看书。经过阅览桌的时候,我突然停住了脚步。在吵吵嚷嚷的小学生中间,我似乎看到了隅田的身影。

"道夫君,怎么啦?"

"哎,你看,那是不是隅田?"

"哪个?在哪儿?"

"你看,就在那张桌子边上……"

S君小声地笑了笑。

"不是她,就是有点儿像。我说道夫君,你脑子里怎么净是隅田啊?"

"怎么会呢。可是……是啊,只是有点儿像。"

仔细看看,的确正如S君所说。

"隅田是谁呀?"

美香问道。我只回答说:"班里的同学。"就走开了。

"小美香,那个隅田,可不是一般的同学哟。"

S君故意用意味深长的口气说。

"那是什么?"

"她就坐在道夫君后面的座位上。实际上——"

"少说废话!"

我已经猜出S君想说什么了,于是当即打断了他。

"咱们得赶紧办正经事儿!"

"哎呀,道夫君,你看看你,生气了?"

"就是啊,真奇怪……"

美香也小声说。

说着,我们就走到了书架前。书架上满满地码着一排排的书。最靠近的一排,贴着"本地作家"的索引标志。

"道夫君,会不会就在这里啊?"

"是啊。啊,在那儿!"

很快就发现了要找的那本书。我伸出手,把那本小说抽了出来。

《对性爱的审判》 六村薰

精装封面上是一幅令人毛骨悚然的画。四方的房间。墙壁、顶棚、地板，一切都是水泥的灰色。地板的正中央有一只木箱子。箱子里有一个赤裸的男孩面向右抱膝而坐，仰着脸，本该有双眼和嘴的地方全都裂开了，只被画成了黑洞，宛如坟墓中埴轮①的脸。男孩的身边，有一个小丑般的人物。说是小丑，其实只是服装看起来像个小丑，脸却被黑色的羽毛遮住了。一片比团扇还要大的羽毛。那个人一边用右手拿着羽毛遮住自己的脸，一边像扑克牌里的大王一样跳着舞。正面对着我。

"这是什么呀，真不想看。"

S君嘟囔着。我一声不响地翻开了书。看了看第一页，只觉得难懂的汉字太多了。于是，我一边啪啦啪啦地翻着书页，一边扫了几眼书的内容。这个时候小说的故事已经不重要了，只要能确认老爷爷所说的那些情节就大功告成了。而这很快就得到了确认。或者说，几乎整本书都在描写杀死男孩，然后再凌辱他的尸体这样的情节。从一开始就几乎没有什么故事情节。性器、喜悦、愤怒、黏液、乞

---

① 埴轮，日本上古时代古坟时期特有的素烧炉。

求。——每一页上几乎都反复出现着这些词语。有的意思我明白,有的就不太明白了。我所看到的文章内容,阅读起来都没什么障碍,可是还有一些个别的地方很难懂。肯定是由于作者的所思所想超越了我所能理解的范畴。

翻着书页时,不知道为什么,我总觉得我不是在读书,而是实实在在目睹了什么,总感觉自己的身体被包裹在一种令人不快的腐臭的空气之中。那感觉难以言表,就好像是干了的牛奶,或者是贝类的肉,或者是污秽的水槽——就是那种腐臭的气味。

终于,我合上了书。

"走吧。"

拿着那本书,我来到了入口正面的接待处。柜台的另一边,是一个年轻的女人。我把那本书递了过去,说想了解一下作者的事情。那个女人露出极为惊讶的神色。

"这本书最近很流行吗?前阵子有位老先生也来打听过的……"

密　告

"那个老爷爷肯定已经知道了杀死我的凶手就是岩村老师。他不只是在柞树林里看到了岩村老师,肯定什么都知道了。"

走出图书馆，S君这样对我说。我的腋下夹着那本《对性爱的审判》，最终还是借出来了。

"肯定是由于什么原因没把真相说出来。所以才把这本书的名字告诉了道夫君。老爷爷肯定是期待着道夫君替他把岩村老师的罪行揭露出来。"

我也赞成这个观点。

"不过，你说是由于什么原因呢？"

"也许是被岩村老师威胁了，要不就是对自己的想法还没有把握……"

S君的声音变得越来越小。

路边，一朵葫芦花绽放着白色的花朵。已经这么晚了啊。可能是在图书馆看书占去了大部分的时间吧。

"道夫君，不管怎么说，只能靠我们了。虽然我们也不明白为什么老爷爷自己不对警察说出岩村老师的事情，可是不管怎么说，他是把这事托付给你了。而且还有胸牌的事，岩村老师要是发现了你偷偷潜入过他家里，那咱们可就没有时间了。"

是啊。这一点昨天我自己也说过了。

腋下夹着的那本书似乎变得更沉了。

"有电话。"

美香说。眼前就是一个电话亭。

"正好啊，道夫君。就在这儿给警察局打电话吧，把小说的事儿告诉他们。"

"可是，怎么说明呢？把老爷爷的事情也全都说出来吗？"

"那个嘛，最好别说。如果说老爷爷有什么别的原因而不愿意亲自对警察说的话，那最好把古田这个名字……"

"古濑。"

"总之不要把名字说出来。你就说，是你自己注意到这本书的。这么说也没什么不合理的吧？"

"是啊——好吧，打个电话。"

下了决心，我走进电话亭。从口袋里拿出钱包，刚好里面有一枚十日元的硬币。我摘下听筒，把硬币投了进去。

"拨一一〇就行了吧？"

"那两个警察没给你留联系方式吗？"

对啊，谷尾警官曾经给过我一张名片，现在就夹在钱包里。我找出了那张被水泡过了的名片，按照上面印刷的号码拨了过去。只响了一声，就传来一个女人的声音。我说出了我的名字，请她帮我转接谷尾警官。电话那端响了一阵《雪绒花》的等候音乐，又传来了那个女人的声音。

"谷尾好像是去N小学了。现在你在家里吗？我马上就让他和你联系。"

"啊，不用了。我就是N小学的，我去找他吧。"

要是给我家打电话，妈妈接了的话又是一通麻烦。我放下了听筒。

"你干吗说要到学校去啊？要是碰见了岩村老师怎么办？多危险啊！"

听S君这么一说，我也恍然大悟。糟糕！彻底给忘了。

"怎么办啊，再打一次电话？可我已经没有钱了。"

"唉，算了。在警察面前，岩村老师也不可能干出什么出格的事情来……"

心里举棋不定，可我还是一步步向学校走去。最后我们得出一个结论，那就是与其某一天在什么地方和岩村老师突然碰面，还不如在学校这种人比较多的地方更安全。

"可是，道夫君，如果一旦碰见了岩村老师，你可一定不能离开警察啊。"

"明白了。"

我们途中回了趟家，把美香留在了家里。因为昨天岩村老师见过美香了。

穿过榉树大道，来到了学校。此时太阳已经开始渐渐偏西了。

我们走进了光线微暗的教学楼。玄关大厅和左右延伸的走廊都十分寂静，地板砖上映出了我的影子。我突然间强烈地意识到，虽然我是和S君在一起，但是实际上我还是一个人。

"到教师办公室去看看吧。"

我点点头，顺着一楼的走廊走了进去。教师办公室的门关着，但是透过磨砂玻璃的小窗子能够看到白色的亮光，所以办公室里应该有人。我站在门口刚要敲门，就听到里面传来了熟悉的声音。

"哎呀，总是打扰您，真是非常抱歉。如果再有什么情况，我们再联系。"

哗啦一声，门开了。走出来的人"哇"的一声举起了双手。

"——啊呀，是道夫君啊。你怎么在这儿？"

是谷尾警官。他举着双手，一副高呼万岁的姿势，眯着眼冲我笑。在他身后的是竹梨警官。我的心中顿时升起一股安全感。

"我按照名片上的号码打过电话了，听说你们要到学校来。"

"啊，打过电话啦，谢谢啊。——有什么事吗？"

谷尾警官两手放在膝盖上，弯下腰看着我的脸。

"嗯，我，我注意到一件事情，觉得……"

"道夫！你在这儿干什么呢？"

一听到那个声音，我就一下子变得好像一块石头一般。在两位警官身后向这边窥视过来的，正是岩村老师。

"天快黑了，你一个人来的吗？不是对你说过吗，要注意安全！"

我听得出岩村老师的口气里暗藏着愤怒。我一时什么也说不出来，只感觉全身从指尖开始一点点变得冰凉。

"好啦，老师。难得这孩子来了。"

谷尾警官在一旁劝慰着。岩村老师的表情稍稍缓和了一些，双臂交叉叹了口气，视线却忽然移到了我的身体右侧，神色一下子变了，双眼瞪得大大的，紧抿着嘴唇。岩村老师的视线正落在我的右手抱着那本书上。我真后悔没有放进包里。可是已经晚了。

"那么，道夫君，你注意到什么事情了？"

谷尾警官又转向我，在他身后，岩村老师依旧死死地盯着我手里的那本书，时不时地还会扫一眼我的脸颊，那表情里混杂着愤怒与不安。

"有什么不好说出口的吗？"

谷尾警官一直盯着我的脸。

"不，不是。也不是什么重要的事情……"

"我来问问他吧。"

岩村老师说。

"他还是个孩子，面对警察总是会紧张的。"

"面对我这张脸也会紧张啊。"

谷尾警官扭过头，拍拍自己的脸颊，笑了笑。竹犁警官也笑了。岩村老师笑得最大声。

"过后我把结果通知你们吧。——我干这个可是内行啊，比较善于和孩子打交道。虽然自己说自己有点那个。"

"当然，当然。"

谷尾警官直起身，拍了拍我的肩。

"那你就和岩村老师好好谈谈吧。"

"可是……"

正在犹豫如何回答的时候,岩村老师突然说了一大堆莫名其妙的话。

"哎呀,手里拿的什么?那不是老师借给S君的书吗?啊,你从S君那里借的吧?S君出了那么大的事情,这书不知道怎么处理了,是不是?好吧,那就还给老师吧。哈哈,就是这件事吧?不过啊,什么注意到一件事,你呀,说话总是这么夸张。"

谷尾警官一会儿看看我,一会儿又看看岩村老师,然后撅着嘴,扬起了眉毛。

"是一本书啊。"

那声音似乎是有点儿失望。

"就是这么点儿事。警察先生,这孩子总是什么事都言过其实,挺让人头疼的。当然啦,他本人没有恶意。"

岩村老师笑眯眯地对两位警官说。

"那就这样吧,警察先生,真是辛苦啦。天已经晚了,我来送这孩子回家吧。"

"对呀,天都黑了,这时候让小孩子一个人回家,我们也不放心。就拜托您了。"

谷尾警官从我身边走了过去,走出了稍显幽暗的走廊。在他身后,竹梨警官也跟了过去。

"岩村老师,告辞了。"

"好的。有什么情况马上和您联系。因为就算是一些不起眼的小事情，我们这些外行也不知道对案件的进展有没有帮助，所以还是请你们来判断。"

"是的。老师，您说得很对啊。"

警官的身影渐渐地走远了。我呆呆地望着他们的背影。

"道夫！"

一个和刚才完全不同的、低沉的声音骤然响起。

"过来！"

我按照那声音的指示走了过去。教师办公室空荡荡的。我拼命寻找其他老师的身影，可是办公室里再没有旁人。

"其他人都回去了。"

岩村老师似乎是猜中了我的心思。

"刚刚回去。现在这里只剩下我和你了。"

岩村老师向我迈近了一步，我不由自主地向后退去。

"那本书是怎么回事？"

"没，没什么……"

"不对吧。你想对警察说些什么？"

那声音似乎在竭力克制着什么，异常缓慢。昏昏沉沉的、毫无表情的眼睛。

"没什么……"

"你不是说你注意到一件事吗？"

"不，不是。也不是什么大事……"

"其实是一件大事吧？一件很重要的事吧？"

岩村老师那硕大的身躯一点点向我逼近。突然，他举起右手，伸向了墙壁。墙壁上正好是电灯的开关。啪！岩村老师的手掌按住了开关，发出很大的声响。随即灯灭了。因为背对着窗外的夕阳，岩村老师的身影变得一片漆黑。

"你是想把那本书拿给警察看吧，道夫！"

还没等我回答，岩村老师就劈手从我的右手中抢走了那本书，举到自己的眼前。

"有两下子啊，你已经知道了这就是我写的小说吧。"

岩村老师把书翻过来，看了看封底。

"图书馆。嗯，原来是这样，是谁告诉你的？"

那毫无表情的眼睛死死地盯着我。

"谁告诉你的？"

"那个，就像老师您说的，我，我是在图书馆……"

"不是指那个！你倒是有可能从图书馆里打听出来这本书的作者是我。可是，是谁告诉你有这么一本书的？你自己是不会知道的！一个小学生是不会知道这种小说的！"

岩村老师靠近了我的脸，反复地问着："谁告诉你的？"胡子和皮肤的凸凹都看得一清二楚。

"不想说，是不是？"

我既不能点头称是，也不能摇头否认，只是紧闭着嘴，身体僵直，膝盖瑟瑟发抖。整个身体好像变成了一个巨大的心脏，手、脚、耳朵里面、眼睛深处，全都咚咚咚地鼓动着。随着鼓动的节奏，岩村老师的身影在我的视线里变得忽大忽小。

"好吧，我来把这本书还给图书馆。你给我把这本书的事情统统忘了！不要再想着对警察说些什么没有用的话，明白吗？"

岩村老师背对着我，重新回到了那个橙色的房间里，似乎是把那本书扔在了自己的桌子上，然后转回到我的面前。那张脸宛如一个黑影。

"明白了吗？"

我点了点头，飞跑出了教师办公室。

夜晚的声音

凝视着餐桌另一边并排摆放着的哆来咪宝贝餐具，我机械地移动着双手，慢慢地咀嚼着。柳叶鱼的味道也好，腌咸萝卜的味道也好，我什么都尝不出来。

我的面前，只剩下两条路中的一条了。

继续寻找揭露岩村老师的方法，或者是放弃。

"现在看来，似乎是放弃比较好。"

从学校回家的路上，S君这样对我说。

"虽然不能揭露岩村老师的罪行挺叫人遗憾的，可是这样继续下去实在是太危险了。"

尽管如此，可我还是不想就此罢手。我想一定会找到更好的方法的。当然，这是有危险的。就像S君说的那样，把这一切都放弃的想法也在我的脑际不停地盘桓。可是最后坚持到底的信念还是更强烈一些。可能是和S君是同学的时候没能和他好好相处让我感到后悔的缘故吧。所以，我总是想努力为S君做些什么，这种念头在不停地驱使着我。

真是变得越来越复杂了，我连自己的想法也弄不明白了。

放下筷子，我呆呆地思考着。揭露岩村老师的方法真的没有了吗？

无论是潜伏到岩村老师的房间里寻找尸体，还是把那本书的事情报告给警察，现在看来都行不通了。岩村老师对外人潜入房间肯定已经有了戒备之心，此外，如果警察就那本书对岩村老师进行询问的话，他肯定就会明白是我告发的。如果警察能够马上逮捕岩村老师就好办了，可是这又不太可能。相比之下，肯定是岩村老师对我的报复行动来得更快一些。

"怎么了？没食欲吗？"

爸爸少见地问起我来。眼镜背后那双惺忪蒙眬的眼睛正看着我的脸。

"是不是热伤风？好不容易到了暑假——"

"喂喂喂，你在听我说话吗？"

突然，妈妈插了话。撒娇一般甜腻腻的声音。妈妈一向是那副样子。看到爸爸和我说话就打断我们，似乎是不愿意我和爸爸谈话。特别是我发现S君吊死那天以后，妈妈的这种反应就变得愈发露骨了。

"昨天，我给小美香化妆啦。弄得好漂亮的哟。宝贝也本来就很可爱。"

"噢，是嘛。化妆啊……"

爸爸还是一副又像哭又像笑的表情。

"小美香本来皮肤就很白净，所以很适合化妆喔。头发是栗色的，所以呀就很适合明亮一些的色彩。是吧，小美香？一会儿咱们给爸爸也看看，妈妈再好好给你弄一次。"

美香似乎是在小声地嘟囔着什么。我清楚地听到了"真恶心"什么的。可是妈妈却继续说道："是吧？高兴吧？"我瞟了一眼美香，噘了噘嘴，美香吐了吐舌头，作为对我的回应。

"哎，洋子。"

爸爸似乎是好不容易下了决心似的，叫着妈妈的名字。

"化妆什么的，是不是没必要啊？"

妈妈眼中的笑意瞬间消失了。

"你什么意思？"

爸爸的视线落在餐桌上，唯唯诺诺地说："我对那个，那个，有点儿……"

空气凝固了。接下来要发生的一切也都不是什么新鲜事儿了。我沉默不语地站了起来，向美香微微点了点头，两个人迅速离开了餐桌。妈妈早就不再理睬我们了，只是死死地瞪着爸爸的脸。穿过走廊，走上楼梯的途中，我心里想着，马上，马上就要发作了，果然就在此时，传来了妈妈的尖叫声。妈妈开始用极为可怕的声音对爸爸大骂起来。偶尔，爸爸也会低声反驳一句，但是马上就会被妈妈的声音淹没。爸爸的声音渐渐就听不见了。

"道夫君，你妈妈又开始了。"

回到房间，关上门，S君在窗台上对我说。

"道夫君，你对这些大人吵架什么的已经无所谓了吗？听他们吵架，你什么都不想吗？"

"嗯，大概是习惯了吧。"

"我很小的时候爸爸就死了，所以也没见过他们吵架——真吓人啊。"

少见的胆战心惊的声音。难道说是因为揭发岩村老师的事情受挫而使S君变得脆弱了吗？不过，也许这种夫妻间的争吵在从未经历过的人看来的的确确是非常恐怖的事情吧。

对于我而言，比这夫妻争吵的声音更加令人厌恶的是在争吵的夜晚肯定会听到的另一个声音。躺在床上闭上眼睛时从走廊里传来的那种微弱的声音。妈妈的声音。一开始很小，很低沉，接下来渐渐地变大，变高——最后变成哭泣的声音。

"S君，别管那个，还是好好想想咱们的事吧。"

我转移了话题。

"好好想想怎么揭露岩村老师吧。"

但是，那个晚上什么好办法也没能想出来。

怀着一种混杂着不安与烦躁的难以平复的心情，我钻进了被窝。S君看上去也是累了，在我的枕边很快就沉沉睡去。可是我却无论如何也难以入睡。无数次地翻来覆去，对着幽暗的天花板叹气。

"哥哥。"

总算有了点儿睡意时，床下传来了美香的声音。我哼了一声，算是回应。

"隅田——怎么样啊？"

这突如其来的问题让我睡意全无。我侧过身，把脸探出床边。

"隅田？干吗问这个？"

"告诉我嘛。"

那口气似乎是在指责我。

"什么怎么样啊——"

我也不太清楚，就在心里开始罗列对隅田的印象。刚刚想到一点，另一点就马上浮现出来，刚想说出来，可是马上又有了下一个，结果我没完没了地说了一大堆我对隅田的印象。

"哦……"

可是美香的反应只有这个。我就想，如果不感兴趣，刚才你就别问我啊。

我重新仰面躺下来，闭上了眼睛。可就在这个时候，美香又开始叫我。

"又干什么呀？"

"我有点寂寞，想和S君一起睡。"

"什么？"

"把S君搬到我身边来吧。"

虽然我觉得很麻烦，但还是答应了美香，伸手拿起枕边的瓶子，走下双层床的梯子。

"哎？道夫君，这是干什么？"

"我也不知道啊，美香说她寂寞。"

我把装着S君的瓶子放在美香的旁边，重新爬上梯子。

我躺在床上，放松身体，可是却彻底清醒了。

（……吧？）（不是啊，我呀……）（啊？真的吗？）

床下传来S君和美香的耳语声，搞得我更是睡不着了。

（那，美香你……）（有时候吧。）（可是，什么时候……）

我听不清他们对话的内容，干着急。我也不是就想偷听他们谈话，只是觉得要么就听得一清二楚，要么就什么也听不见，这两种情况怎么都行，可像现在这样实在叫人难受。

"你们太吵了！我没法睡觉了！"

我气呼呼地说。一瞬间，他们的声音戛然而止，可是马上又能听见他们哧哧地偷笑起来。我故意发出一声烦躁的叹息。笑声终于消失了。

好不容易安静下来了。

时间就这样一点点过去了。

我感觉到心中搅动着一种异样的感情。而我自己也不清楚那是一种什么样的感情。喜怒哀乐之外的一种混乱芜杂的感情，就像干冰里升腾出来的白雾一般，在我的心底静静地扩散。

楼下传来了那个声音。妈妈的声音。渐渐变高的声音。

我一如既往地把毛巾被拉过头顶，盖上了脸颊和耳朵。虽然呼吸困难，而且那个声音也不是完全听不见，不过我还是能感觉好受了许多。

可是那天晚上效果却截然相反。

因为呼吸困难，我的脑海中许许多多的画面不停地闪现。在岩村老师的房间里看到的那些照片。赤裸。害羞的脸，含着笑意的脸。接着就是在图书馆里看到的那本书，只言片语地重新浮现。汗。张开的双腿。向那里贴近的嘴唇。——透过毛巾被，那个声音也是片刻不停地传到耳朵里。我实在受不了了，用双手捂住了耳朵。声音消失了。一点儿也听不见了。可是我却又听到了Ｓ君和美香耳语的声音。绝对不可能啊，因为我明明已经死死地堵住了耳朵啊，不应该能听见的。

可是，他们两个人的耳语声却没完没了没完没了地继续着。

进　展

八月二日。

我是被尖锐的警车鸣笛声吵醒的。

"发生什么了……"

我坐了起来。S君在床下回答说："不是一辆，可能有两三辆呢。说不定更多。"

我急匆匆地下了梯子，跑到窗边。可是当我拉开窗帘，向外张望时，却一辆警车也没看到。只有一片晨雾笼罩。

"是我家——道夫君，警笛声是向我家那个方向的。"

"你家出什么事了吗？"

"不会吧！不会是我妈妈受伤了吧……"

S君的声音充满了不安。

"不会的。如果是受伤了，警车不会来的。"

"那，那就是说……"

S君似乎是开始了一些极端的猜想，所以我马上抢先否定了。

"S君，你妈妈不会有什么事的。没事的。不过咱们还是去看看吧。"

我匆匆忙忙地换好衣服。壁钟的指针显示现在还不到七点钟。

"哥哥，你干吗呢？"

美香迷迷糊糊地问道。我只说了一句"出去一下"，就马上离开了房间。爸爸妈妈似乎还在睡觉。

外面一片白茫茫的。周遭宛如梦境一般，一切都是轮廓模糊，我们就在这样的景致之中向S君的家走去。时不时地，道路两旁就会出现一些黑色的人影，环顾四周，扭头看看，果然还是在看警笛的方向。

不一会儿，前方的白色雾霭之中就能看见有红色的警灯在闪烁。

"S君，竹丛前面停着警车。"

"果然，我家肯定是出什么事了。"

一共停着三辆警车。身着制服的警察在忙碌地穿梭着。也有警察在驾驶座上对着对讲机说着什么。警车周围聚集着许多还穿着睡衣的大人。

（真可怜啊。）（为什么在院子里啊。）（太惨了……）

我穿过人群来到通向S君家的小路入口，晨雾中传来大吉的吠叫声。胆怯而又充满愤怒的声音。

"喂，小朋友，别过来。"

站在旁边的警察在我面前伸出手。

"现在这里不许进来。"

"我是被谷尾警官和竹梨警官叫来的。"

我灵机一动这么一说，那个警察先是一脸疑惑，接着扬起眉毛，放下了手臂。我飞快地跑向了S君的家门口。大吉的嘴角满是白沫，疯狂地吠叫着。

"院子里好像有人在说话。"

我沿着墙壁打算走到院子里去的时候，突然整个身体都僵硬了。

"妈妈在哭啊……"

一个声音似乎撕裂了这白色的晨雾。那是S君妈妈的哭声。肝肠寸断的恸哭。她似乎是一边哭一边在拼命说着什么，可是由于场面混乱，所以听不清她说了些什么。

我悄悄地伸长脖子，向院子里望去。四五个身着制服的警察围成一个半圆，站在院子的正中间。

S君的妈妈瘫坐在地上。竹梨警官轻轻扶着她的肩膀。谷尾警官背对着他们俩，正对着对讲机快速地说着什么。

一股难闻的臭气袭来。

"找到了啊……"S君似乎是一块石头落了地似的自语道。

我什么也没有说，只是点了点头。

S君的妈妈就瘫坐在警察们围成的半圆中心。她的正面，被所有人围拢起来的杂草斑驳的地面上，是S君的尸体。

灰色的T恤衫，深茶色的短裤。就是那天我所看见的S君的样子。尸体仰面朝天，呈一个"大"字形，手脚都已经变黑。脖子上依旧挂着绳子。S君的尸体就那么对着白色的晨雾瞪大双眼，大张着嘴。——不，不对。双眼和嘴一团漆黑并不是由于大大张开的缘故，而是因为已经变成了三个黑洞。S君的尸体已经开始慢慢变成一堆骸骨了。那已经不再是一张人的脸了。那张脸已经变得好像一个保龄球，或是一尊埴轮了。

"为什么在院子里——你说，为什么我的身体会在院子里……"

S君的声音颤抖着。

我一时无法回答，呼吸变得急促起来。吸气的时候，那难闻的臭气深深流入我的肺叶里。左右两边似乎有针在不停地刺扎，让我开始耳鸣。

我感觉有一个身影在一点点靠近。那是耳朵仍旧贴着对讲机的谷尾警官。他一边急匆匆地说着什么，一边一直盯着我。通话结束后，谷尾警官把对讲机塞进西服的里怀，大踏步地向我这边走过来。

"道夫君，你在这儿干什么？这里不允许进来，没有人告诉你吗？"

我扬起脸看了看谷尾警官，然后又把视线转到S君的尸体上，真是不知道应该怎么回答。

随着我的视线，谷尾警官长出了一口气。

"算了，就是这么回事。今天早上我们发现了S君的尸体。好啦，道夫君，你现在最好回家去。S君也不是应该让他的好朋友看到的样子。"

我一言不发地离开了，双腿软绵绵的，仿佛在水上行走一般。

穿过竹丛的小路，那些还穿着睡衣的大人们不停地盯着我。那些人看上去好像要问我点儿什么，可是谁也没有上前跟我搭话。

一路走过榉树大道的左边，我们谁都没有说话。

正要从通向我家的拐角向左拐进去，路边一个熟悉的面孔向我们走过来。

"是所婆婆……"S君说。

可是所婆婆似乎根本就没有注意到我们。她呆呆地迎面走过来，然后径直向S君家的方向走去。我本想叫住她，可此时我一点儿力气也没有，连出声都觉得疲惫。所以，我只是目送着所婆婆的背影消失在晨雾之中。

电视新闻

我们详细地了解S君的尸体被发现的来龙去脉是在当天的中午。餐厅的餐桌旁，我和S君，还有美香一起看了电视里的新闻。

新闻里没有说出真实的姓名，只是用"N镇的某小学生"来称呼S君。S君的尸体似乎是在昨天夜里被他

"饲养的家犬"从什么地方给运了回来。然后今天早上被"小学生的母亲"给发现了。但是，被发现的时候，尸体是装在一个大塑料袋里，很难看出移动的轨迹。也就是说，很难判断是从什么地方被运回来的。

"肯定是岩村老师在夜里把我的尸体扔在我家附近的！"

S君一边看着新闻一边兴奋地说。

"你还记不记得，我妈妈把拴大吉的那个木头桩子重新插进土里了，就是大吉扑上去咬老爷爷那个早上，当时桩子肯定没插好，所以大吉晚上就跑出去了。然后意外碰上了被岩村老师扔掉的我的尸体，就运回家里来了。"

我也是相同的看法。

但是，新闻里并没有出现"腿被折断"之类的报道。我亲眼看到的尸体的双腿也的确并没有被折成古怪的形状。

"岩村老师似乎没把S君的腿折断啊。"

"嗯，是啊，还算好。"

但是，新闻主持人最后说了这样一句话："由于从该小学生的口腔内检测出了香皂的成分，所以警方认为可能与近日该地区接连发生的虐杀动物事件有关联，因此似乎准备沿此方向进行调查。"

我坐在椅子上浑身僵硬。

"这混蛋，还是把肥皂……"

S君的声音里充满了不甘。

"不过我也想过他肯定会糟蹋我的尸体的——可是这事儿当真发生了还是觉得很受打击啊。"

和S君一样,我也受到了很大的打击。

"S君。"

新闻结束了,我关上电视机,重新面对着S君。

"你觉得岩村老师为什么突然间把藏了这么久的尸体给扔了呢?"

说完,我就十分后悔自己用了"扔"这个词。虽然刚才S君自己一直在用这个词,可是从别人的嘴里说出来,听起来总是不会令人舒服。

但是S君似乎是根本就没有在意。

"这个嘛,很简单。因为他害怕了。昨天岩村老师就知道道夫君发现了那本书,并且已经开始对他产生怀疑了。原以为自己犯的罪被掩盖得天衣无缝,可是没想到被自己班上的学生给看破了,他肯定很震惊啊。而且,岩村老师肯定想,知道这本书的人绝对不只道夫君一个人。肯定是什么人把这本书的事情告诉给道夫君的。所以啊,至少还有一个人知道他就是凶手。这个人就是把书的事情告诉给道夫君的人。而且这个人绝不是小学生,肯定是个大人。所以岩村老师就——"

"所以他认为如果继续把S君的尸体留在身边的话太危险了。"

"就是这么回事。"

"但是，为什么特意把尸体运到Ｓ君家附近呢？弄到深山里烧了再埋了不是更好吗？"

"那样更危险啊。盘查不是还在进行着嘛。要是途中被发现就完蛋啦。而且现在是专门对从本地出发的车辆盘查啊——"

是啊，真是这样。

"——可是要想把尸体扔到Ｓ君家附近也得开车啊。"

"是啊。"

那天下午三点和六点，我们又聚在电视机前，关切地看着新闻的后续报道。六点钟的时候，妈妈回来了，所以我只能把装着Ｓ君的瓶子藏在衬衫里面，让Ｓ君只能听电视的声音。但是什么新消息也没有。除了换了一个新闻主持人以外，新闻的内容和中午的完全一样。

"好像没什么进展啊。"

"可能只是警察没有公开结果罢了。"

让我们哑口无言的是在夜里十点钟。我把频道调到一天中最后的一个新闻节目，我的心里已经不抱什么期待了，只是怔怔地看着电视画面。棒球比赛的结果、全国各地焰火大会的日程、明天的天气预报——

"哎？"

我先是歪了一下头。

画面上，伴随着红灯闪烁的警车，出现了眼熟的景象。当然，在新闻里出现我家附近的街景倒没有什么稀奇的。只是，这一次让我感到不可思议的是，画面的背景一片黑暗。黑夜，或者是傍晚的影像。为什么转暗之后还有警灯闪烁呢。

"S君，可能是发现什么了。"

我的预想被证实了。只是，真实的情况和我所想的大相径庭。而且说起来，这个报道并不是S君事件的后续。

采访话筒指向了一个男人，他神色慌乱，一边哭一边拼命地说着什么。断断续续的话语中，男人反反复复地说着"绝对不能原谅"。那张沾满了泪水和鼻涕的脸，我是那么熟悉，在灯光下泛着光亮。

"面粉叔叔！"

美香喊了出来。

画面切换了，电视里出现了"大池面粉厂"的招牌。新闻主持人，淡然地说明着："尸体被随意地丢弃在胡同一侧的沟里，腿被折断……"

电视的声音仿佛从极为遥远的地方传来。

"……而且，根据口里塞有香皂这一情况……"

画面又切换了。是一张照片。若有所思的侧脸。那也是我万分熟悉的。

"……警方认为，这一事件与近来发生的虐杀动物事件，以及今天发现的小学生遗体事件可能有所关联，因此正在展开调查……"

"为什么……"

我无意识地自语道。

照片上的是所婆婆。

第七章

S君的秘密

第二天,我和S君一起去了大池面粉厂。原本也要带着美香一起过去,可是一早美香就说不太舒服,看上去也没什么精神,于是就没有带着她。

"小美香没事吧?她说肚子周围有点儿痒……"

"啊?她这么说了?"

"是啊。刚才你上厕所时候她对我说的。"

"是吗?S君,你和美香挺合得来的啊。"

"合得来?她还是个小孩子嘛,我就是陪她玩儿。不过她可真可爱啊。"

我们来到了大池面粉厂。

面粉叔叔看到我来,"哟"了一声,软弱无力地笑了笑。

"婆婆死了……"

面粉叔叔两眼通红。平时总是刮得干干净净的胡子现在黑丛丛地在鼻子下面和下巴上生长着。工厂的门口,有一个穿着破旧西装的男人正在面露难色地和面粉叔叔的太太谈话。一边说，一边在记事本上写着什么，看来可能是个警察。

"要是抓到凶手，我就要宰了他！把他的腿也拧断，嘴里也塞上香皂！就像他对待婆婆一样……"

面粉叔叔低着头，自言自语地说着。那声音很小，却异常激动。

"我时刻准备着，随时随地都能给婆婆报仇……"

一边说着，面粉叔叔一边把右手伸进裤袋里，摸索着什么。

"准备？"

我刚刚问了一句，面粉叔叔就把右手往我面前一伸，说"这个"。掌心上是一块白色的香皂。

"我预备了好多，让我老婆去买了一大箱子。道夫君，也给你一块。你也想给婆婆报仇吧？也想让凶手尝尝一样的滋味吧？你一向和婆婆那么亲……"

面粉叔叔抓起我的手腕，把香皂塞在我的手里。可能是一直放在口袋里的缘故，香皂的表面黏黏的，触感就像是面粉叔叔此时的情绪一样。我下意识地一抖，缩回了手，那块香皂啪的一声掉在了地上。面粉叔叔也没有去捡起来，只是直勾勾地盯着地面，嘴唇微微地颤抖。

"嗯，叔叔，实际上……"

等面粉叔叔慢慢恢复了平静，我就把昨天早上见到所婆婆的事情说了出来。

"哦，那个时候啊……"

面粉叔叔眨巴着通红的眼睛点了点头。

"道夫君，除了你之外也还有很多人对警察说在那个时候看到了婆婆。昨天我起床的时候，婆婆就不见了。肯定是早晨出去散步，然后就被……"

"以前所婆婆也有过那么早就出去散步的时候吗？"

被我这么一问，面粉叔叔回答说："婆婆可一向是想干什么就干什么啊。"

这时，那个警察模样的人在后面叫面粉叔叔。面粉叔叔又对我露出了那种寂寞的微笑，说了声"那我过去了"，就转身离开了。

我走到了那个窗边。幽暗的房间里，唯有军荼利明王的雕像一如既往面色狰狞地瞪视着前方。我的胸中涌起一种无以言表的情绪。我的想法和面粉叔叔一样，我也要杀了害死所婆婆的凶手。折断他的双腿，在他的嘴里塞上一块香皂。

"那个什么神根本不灵嘛！"

S君气愤地说。

离开了大池面粉厂，我们向S君的家走去。关于昨天的一切，我们想好好问一问S君的妈妈。我们都认为，新闻报道之外肯定还有些情况没有公开。如果问警察，怕是不会告诉我们，所以我们想去问问S君的妈妈。

"你妈妈肯定很累了——不会给她添麻烦吧？"

我只是有点儿担心这个。

"可是道夫君,我们也没有别的办法啊。为了抓住杀死我的凶手,我们必须搜集情报啊。要是凶手抓到了,妈妈也会很高兴的。"

玄关的门开了,S君的妈妈看见我之后,似乎很是吃惊,一时没说出话来,是用她那有点儿斜视的眼睛怔怔地望着我。

S君的妈妈穿着黑裙子,黑上衣。

"我听说S君的事情了。"

S君的妈妈仍然看着我,慢吞吞地说:"是看了新闻吧?"

看起来,谷尾警官没有把我昨天早上溜进S君家里的事情告诉她。我想那样也好,就没有解释。

大吉在它的小宠物房里,似乎已经累了,蜷成一团。可能是警察对它的身体还有口腔都没完没了地检查过了。

"嗯……"

该如何开口,我根本就没有考虑过。我正在脑子里拼命地搜索语言的时候,S君的妈妈对我说:"进来吧。"于是我就跟在S君的妈妈身后进了玄关。

经过宠物房的时候,大吉好像被针扎了一下似的惊恐万状地昂起头,然后发出一声宛如穿过缝隙的风声一般低低的吠叫,拼命向宠物房的里面躲。那可怜的样子似乎除了主人之外任何人都让它害怕。

在S君吊死的那个和室里，我和S君的妈妈相对而坐。

"道夫君，真谢谢你啊。那孩子的事情，你帮了警察不少的忙。"

S君的妈妈觉得直到今天都没有对我好好地道谢，所以向我道了歉。

我一个劲儿地摇头表示没关系。

"那个——是蜘蛛吗？"

S君的妈妈瞟了一眼我屁股旁放着的那只瓶子。

"暑假里自己研究用的。"

我敷衍道。S君的妈妈马上眯缝起眼睛，视线重新落到自己的膝盖上。

"是啊，现在正是暑假呀……"

一段时间内我们都沉默无语。

我把目光投向院子，一排排的向日葵正在盛放着硕大的花朵。另一侧茂盛的杂草被踩得东倒西歪，可能是由于昨天来了很多人的缘故。

"那孩子很可能不是自杀而是被别人杀死的。"

那淡淡的声音让我重新把脸转向S君的妈妈。

"电视新闻里说了香皂的事情。说是在嘴里面发现了香皂的痕迹。"

"是的。说是牙齿里面好像有香皂的成分。"

我终于下定决心要开口问一问了。

"阿姨，如果S君是被别人杀死的——您觉得那个凶手会不会和在附近杀死小猫小狗的凶手是一个人？"

S君的妈妈似乎是很迷惑，停顿了一会儿，然后说："我也不知道啊。"

"可是，嘴里都被塞了香皂啊。我觉得这不可能是巧合。警察好像也这么认为，虽然他们对我说'可能有些关联'，可是我觉得他们已经确定了。从他们的对话中我觉得他们就是这么认为的。而且您看，昨天夜里又出事了。"

"所婆婆……"

"是啊，大池面粉厂的。听说也被弄成了那副样子。而且尸体和S君的是同一天被发现的。所以肯定不是什么巧合。大池家的老婆婆一直都很关照我们。我……"

S君的妈妈移开视线，闭上了眼睛。

寂静的院落里，一只蝉开始鸣叫。马上，无数只蝉开始跟着一起叫了起来。夏日的空气瞬间被搅乱了。

"阿姨，关于凶手您有没有什么线索啊？"

S君的妈妈慢慢地摇了摇头。

"您也没注意到什么吗？S君死的前后？"

"警察也问过我了，可是我想不起什么啊。"

说完，她轻轻地叹了口气。

"我啊，好像对那孩子不是很了解。出了这个事儿后我才意识到我只是为了养活他而去赚钱，去拼命地工作，却从来都没有跟他好好说过话。而且那天早上，我要是没有早晨起来就出去上班，那孩子今天恐怕还活着……"

S君的妈妈那毫无血色的嘴唇微微颤抖着。我实在不忍心看下去了。

"道夫君，我知道你一直都在为那孩子着想，可是，对不起啊，我真的什么也想不起来了。"

说完，S君的妈妈没完没了地重复着"对不起"。我感觉那并不是说给我听的。

"大吉究竟是从什么地方把S君的尸体运回来的？现在还不知道吗？"

"嗯，好像还不知道。"

S君的妈妈用瘦削的双手遮住了脸，深呼吸着。

我觉得也就能了解这么多了。S君的妈妈太痛苦了，而我也很痛苦。

"嗯，谢谢您了。我告辞了。"

我刚要站起来，S君的妈妈叫住了我。

"道夫君，等一下。"

停了一会儿，似乎内心在斗争着，S君的妈妈终于还是看着我的脸，说："我，有一件事情没有对警察说。"

"哦……"

"我觉得对抓住凶手可能也没什么帮助，所以就没有说。也不想对别人说。这也是为了那孩子着想……"

我重新坐了下来。

"您说是——为了S君才不愿意说出来……"

"我有时觉得那孩子挺可怕的。虽然是我自己的儿子，可我总觉得那孩子什么地方不太对劲。"

"不太对劲……"

这时，S君的妈妈突然问了我一句。

"你知道大吉为什么把那孩子的尸体运回来吗？"

我弄不明白，只能沉默不语地等待她的解释。

"那孩子以前曾经训练过大吉干这个。"

"训练？训练大吉寻找自己的尸体？"

我不由自主地抬高了声音。可是S君的妈妈却摇了摇头，说："不是那样的。"

"不是找自己的尸体，而是找腐烂的肉，训练大吉把烂肉叼回来。为什么训练大吉干这个，我实在是弄不明白。只是觉得有点儿害怕……虽然他是我儿子，可我还是觉得害怕……所以就没问……"

泪水顺着鼻侧流了下来。

S君的妈妈开始讲了起来：

一年前的一个傍晚，她不经意间向院子里看了一眼，发现S君抓着大吉的项圈，似乎是在郑重地对大吉说着什么。大吉脖子上的绳索已经解开了。

"去吧！"

S君话音一落，就放开了大吉。大吉一下子蹿了出去，穿过院子，向另一边的角落跑去，把那里的什么东西叼在嘴里，然后马上又回到了S君的身边。

"我仔细一看，那是一块猪肉。我马上就想起来了。

几天前，本来应该塞在冰箱里的猪肉不见了——当时我以为自己记错了，根本就没留意。现在想起来肯定是那孩子偷偷把肉拿出来藏在什么地方了，几天以后再用来训练大吉找肉。"

从那以后，似乎同样的事情还发生过几次。冰箱里的肉总是不翼而飞。过几天，S君就肯定要训练大吉去找那块肉。S君一声令下，大吉总是会蹿出去，有时候跑到院子里的角落，有时候跑到墙边。

"有一次，我终于忍不住问他了，为什么要做那种事。可那孩子只是盯着我看，什么都不说……"

从那以后，S君的妈妈再也没有问过他。

"我啊，真是个没用的妈妈。心里面既觉得那孩子可怕，又怕那孩子讨厌我……虽然那是我的儿子……可我真的不知道怎么办好啊……"

S君的妈妈终于放声大哭起来，我只能怔怔地看着她。

我的脑子里一片混乱。这是怎么回事？S君究竟在做些什么？

忽然，我想起来一件事。所婆婆所说的"气味"那个词。我们最开始认为指的是我口袋里岩村老师的手帕气味。而大吉是因为嗅到了杀死S君的凶手的气味才吠叫的。接着，按照S君的说法，大吉吠叫是由于嗅到了杀死自己同伴的人的气味。也就是说，因为岩村老师杀死了那些小猫和小狗，所以大吉才对着那气味拼命地吠叫。可是，难道所婆婆要说的其实是尸体的气味吗？那天，在去S君家之前，我在那辆被抛弃在空地上的车里看见了猫的尸体，而且我还凑了过去。大吉是不是嗅到了我身上沾染的那种气味才吠叫的呢？所婆婆是不是想要向我暗示这个呢？

"那个，那件事，他一直都在做吗？我是说，一直到S君死之前他一直都在训练大吉吗？"

S君的妈妈一边哭一边点了点头。

"大概有一个月吧。所以我才能勉强忍住，就当作没看见，就当作什么都不知道……"

看着朋友的妈妈在面前不停地抽泣，我真是不知道怎么办才好。我只是强烈地感觉到似乎必须要安慰她一下。

我轻轻瞟了一眼那个瓶子。S君始终待在巢的一端一动不动，似乎是没有听到我们之间的对话。

"可能，肯定是，嗯，也没有什么特别的用意吧。我觉得S君可能就是在玩，找乐子。没有什么可怕的……"

S君的妈妈站了起来，那动作实在太突然，吓了我一跳。她拉开房间一角的壁橱，从里面拿出一样东西，转身递给我。

"如果只是玩玩，就不会弄这个了。"

那低沉的声音似乎在竭力抑制着即将爆发的情感。

"那孩子带着大吉干那种怪事之前我发现的。那时候他才二年级。在墙下藏着的。"

那是一个瓶子。和现在我用来装着Ｓ君的瓶子差不多大小。只是，现在装着Ｓ君的瓶子上下一边粗，而眼前这个瓶子的瓶口要窄很多。

"我听到床下有猫的叫声，我以为是野猫生的幼仔。那叫声持续了一段时间。可是一个月之后突然间就消失了。我觉得不对劲，就到床下去看……"

Ｓ君的妈妈痛苦地闭上眼睛，身体好像发疟疾似的颤抖着。

瓶子里是一具动物的骸骨。似乎就是一只小猫幼仔的骸骨。

我顿时呆住了。无边的恐惧让我全身几乎失去了知觉。我并不是觉得瓶子里的小猫骸骨可怕，让我受到极为强烈的冲击的是——

"道夫君，你说，那孩子是不是变得可怕了？"

Ｓ君的妈妈怔怔地说。

"你能明白我的心情吧？"

"您为什么要给我看这个啊……"

我终于说出这么一句。Ｓ君的妈妈只是紧抿着嘴唇，低着头。

"我，还是回去吧。"

我拿着装着Ｓ君的那只瓶子站了起来，转身离开房间，跑着穿过走廊，飞快地出了玄关。背后传来的，是纤细、尖锐、痛苦万分的哭声。

混　乱

"怎么都不肯告诉我吗？"回家的路上我问道。

"刚才不是说了嘛，没什么特别的意义，就是玩玩而已。我就想，如果让大吉去找烂肉，会怎么样呢？就是好奇。道夫君刚才不也对我妈妈说过了嘛，就是随便玩玩，找乐子。"

"那么，那个瓶子呢？你为什么要干那种事？那也是为了找乐子吗？"

"是啊，就是找乐子。在走廊发现一只小猫仔的尸体，就把它放到瓶子里了。可真没想到妈妈居然发现了。"

S君淡然地回答着。很明显这是在撒谎。

"不可能。S君，你恐怕不是把小猫仔的骨头放进瓶子里的吧？"

"啊？道夫君，你怎么会知道的啊？你又没亲眼看见。"

"那好，你告诉我。S君，你来告诉我。"

我终于下了决心。

"你怎么把小猫仔的骨头放进瓶子里的？那个瓶子的瓶口怎么看都比小猫仔的头要小，你说，你怎么把它放进去？"

突然，S君大声笑起来。那笑声宛如金属摩擦的声音。

"你连这个都看出来了？那可就没办法喽。"S君说。

"对，道夫君，你猜中了。我一直在那个瓶子里养小猫仔来着，我看着它在瓶子里一天天长大。只是，我不让它活得太长。"

果然不出我的意料。尽管如此，听到Ｓ君的这个回答，我依旧感到全身陷入一种极端的恐惧之中。

"但是，那也不过就是一时兴起，没什么深刻的意义。你听说过瓶子船吧？跟那个差不多，我就想弄个瓶子猫玩玩。然后就试着弄了一个啊。就是这么回事。所以啊，你也千万别乱想。跟你说，我没干过你现在脑子里想象的那么可怕的事。绝对没干过。"

我停下脚步，盯着Ｓ君。

"我脑子里想象的事？"

"对啊，你可千万别掩饰了。你心里想什么，我马上就能知道。"

我咽了一口唾沫，喉咙里发出很大的声响。

"那你说说看。"

"道夫君，你现在肯定这么想呢吧？咱们Ｎ镇这一年来不断地杀小猫小狗这些事其实都是我干的。我为了掩盖自己的罪行，所以就对你说是岩村老师干的。我是想让你认为，岩村老师不仅杀了我，还杀了那些小猫小狗。"

Ｓ君一口气说了这么多，最后又添上一句："我猜得没错吧？"

我哑口无言，重新向前走去。

"说话啊！你直接说——我怀疑你！怎么样？"

是的——S君所说的千真万确。

我刚才一直在想，杀死小猫小狗的凶手会不会就是S君。刚才在S君家里看到了那个可怕的东西，实在是不由得我不这么想啊。

"你怀疑我倒也没什么。不过啊，你自己怕是也乱了吧？"

"乱了？"

"对。你想想吧。岩村老师杀了我，在我嘴里塞上了香皂。而我杀死了附近的小猫和小狗，也在嘴里塞了香皂。——如果说这个说法成立的话，道夫君，这是怎么回事啊？怎么解释啊？"

的确，正如S君所说的那样。我努力思考了好一会儿，只有一点可以解释清。

"哼，不对。"

S君的这句话让我不觉抬起了头。

"道夫君，你现在是不是这么想的？我因为什么理由而从一年前开始不停地杀死小猫小狗，还在它们的嘴里面塞上香皂。可是有一天，岩村老师突然发现了我的罪行，为了给小猫小狗们报仇，所以他杀了我，而且采取了和我对待小猫小狗一样的手段。"

我无言以对。S君所说的，和我此刻所想的几乎是一模一样。

"我不是说过了嘛,道夫君你心里想的,我马上就能知道。不过啊,你这个推测可不成立。"

"为什么?"

"道夫君,你忘了所婆婆的事了吗?婆婆的尸体也有明显的共同点啊。杀死小猫小狗的凶手和杀死所婆婆的凶手应该是同一个人吧?这么想是理所当然的。有那种癖好的人不多吧。可是道夫君,我现在已经是这个样子了,你觉得我有可能跑出去杀了所婆婆吗?"

是啊,现在的 S 君根本不可能。

"不管怎么说,相信我还是不相信我,这是道夫君的自由。但是你得让我说一句。我真是什么坏事儿都没干过。我没有被杀的理由。我是在瓶子里养过小猫仔,可是那和现在道夫君你在瓶子里养着我有什么区别吗?道夫君,你现在在做我过去做的事啊!如果我觉得在瓶子里待着实在是太难受了,那么——"

"我明白!"

我打断了 S 君的话。

"我相信你。"

S 君"嗯"了一声,重新陷入了沉默。

一直到回到家为止,我们之间什么话也没有说。

我一边低着头慢慢走,一边思考着。我和 S 君还能这样相处下去吗?我还能继续信任 S 君吗?

冲　动

我们回到房间里，美香已经睡了。在她身旁，随手堆放着脱下来的衣服。

"哈哈哈，小美香什么也没穿呀！"

"你不许看她！"

我突然间大声喊道。瓶子里传来 S 君充满嘲讽的笑声。

"噢，S 君，你回来啦。"

美香用睡得迷糊糊的声音说道。顿时，我感到血往上冲。

"美香！我也在这儿呢！"

我尽力压低声音，克制着愤怒。

"你不对我也说一声'你回来啦'吗？"

"啊？我没说吗？那我现在就说。"

"行了！现在才说有什么用！"

我把装着 S 君的瓶子放在了美香的枕边。

"你既然那么喜欢 S 君，那你们俩就在一块儿好吧！S 君也说过美香很可爱。"

我感到脑子里开始混乱。身体、嘴，都不听使唤了。

"我好像打扰到你们了，还是离开吧！"

说完我就往屋外走，走到门口，我转回身对美香说："你小心点儿，你可能还不知道呢，S 君他——"

"别说了！"

S君叫了起来。那声音里充满了敌意。我没有继续说下去，调整了呼吸。可是马上我就对自己的行为充满了愤怒，S君已经变得那么弱小，可是我却因为他的一句话而震惊和恐惧！这让我感到万分耻辱。

"我下楼了。"

我关上门，噔噔噔跑下楼梯，在最后一级楼梯上坐了下来，脑子里充斥着无数的念头。我究竟在干什么？真是不明白。只是觉得周围的一切都令人厌恶和愤怒。

坐在楼梯上，楼梯板的冰冷从下面传来。我伸出双手，遮住了脸。不知道为什么，我忽然间想起美香从妈妈的肚子里出来时的情景。眼前浮现出那家医院的大厅。那是三年前。闭上眼睛，那情景越发清晰地呈现出来。是的，那个时候，我和现在一样，坐在医院的长凳上一直低着头。

——担心吗——

爸爸拍着我的后颈。那时候爸爸的眼睛还不像现在这样像一只困倦的乌龟。那时他的双眼更加清澈和坚定。

——没事的。绝对不会有问题。医生都这么说了。你不是也听见了吗——

爸爸笑了。那笑声真叫人怀念，一直在寂静的医院走廊里回响着。远远地传来小孩穿着拖鞋奔跑的声音，听起来像是在拍手。

——你马上就要当哥哥了。得变得更坚强才是啊——

爸爸温柔地抚摸着我的后颈,轻轻地摇了摇。爸爸跟我说笑的时候总是这样。我也让身体随着爸爸的手臂来回摇晃,那一刻,我总会感觉非常安心。爸爸肯定也知道我的这种感受,所以他总是在我最需要他这么做的时候伸出手,温柔地摇晃着我。

——没事的。什么问题也没有。妈妈不会有事,美香也——

——美香——

我抬起头,看着爸爸的脸。

——噢,对了,还没对你说过呢——

爸爸低头看着我,眼睛眯起来。

——给小宝宝取了这个名字。前阵子和妈妈商量之后决定的——

——哦,是吗?那妈妈肚子里的小宝宝是个女孩——

——还不知道呢——

爸爸的语气非常轻松,还笑了笑。

——我们请医生不要告诉我们小宝宝的性别。所以还不知道呢。只是,你妈妈说自己肚子里的小宝宝肯定是个女孩。妈妈都是这样,好像心里都明白。爸爸也这么觉得。你有没有发现,最近妈妈变得比以前温柔了?那就是要生女孩的证据啊——

我突然间期待起来。在此之前,我虽然意识到自己就要当哥哥了,可还没有想过会有一个小弟弟或者小妹妹要把我当成哥哥。

——嗯,美香。太棒啦——
——你以后可要好好待她啊——
——嗯,一定的——
……
……
……

我睁开眼,两膝中间可以看到地板的木纹。

鼻子下面黏糊糊地粘着已经干了的鼻涕。我用指甲把它抠掉,然后站起来向玄关那里走去,穿上鞋,打开门,然后抬起头。

那个家伙应该还在那里。

感 情

回到房间里,美香对我说:"哥哥,刚才——"

"刚才?啊?发生什么了吗?我都忘了,无所谓了。"

我打断了美香的话,用格外轻松明快的口气说。

"道夫君,我们还是好好谈谈吧。总是这样的话——"

"S君你想说什么?我们没什么好谈的吧。我是信任你的,以后也一样。S君,你想得太多了。"

我加快语速回答道。

一开始S君似乎是有点儿迷惑,接着就长出了一口气。

"是啊,想得太多了。"

"就是啊。——你们,S君,还有美香,刚才是不是觉得我生气了?觉得我傻乎乎的,真奇怪,是吧?"

我笑了起来。接着,美香和S君也笑了。

"对了,我有个礼物要送给S君。"

"哦?什么啊?是什么?"

"给,就是这个!"

我把一直藏在背后的右手突然伸到眼前。那一瞬间S君吓得浑身僵硬,几乎停止了呼吸。

"一个新朋友。看!"

我一边说着,一边把右手拿着的一个透明塑料袋凑近S君。塑料袋里发出一阵咔咔的声响。那里面就是在玄关那里筑巢的那只巨大的络新妇大蜘蛛。

"道夫君——这是干什么,这、这……"

S君的声音微微颤抖。

"你这是干什么?那家伙……"

"我不是说过了吗,一个新朋友。啊啊,比起朋友,还是叫伙伴更准确吧?怎么称呼都行。只要你们好好相处就是了。来,你看,它多厉害啊!一只只脚像火柴棍似的!看看这肚子,有五十元硬币那么大吧。哇!还长着毛呢!看看,看看,脚上,还有肚子上那么多毛!"

我把塑料袋送到S君的近前,S君在瓶子里吓得拼命向后退。

"喂喂,道夫君!别这样!——别拿到我旁边来!啊!你要干什么!别这样!"

我一把抓住装着S君的瓶子,拧着盖子。

"成天待在这瓶子里挺寂寞的吧?我想还是你们俩一起玩玩更好。我再给你们找个大一点的瓶子。仓库里装梅酒的瓶子马上就要空了。"

"道夫君别这样!喂!道夫君!"

我完全不理睬S君的叫喊,咕噜咕噜地拧着瓶盖子。终于,嘭的一声,盖子打开了。S君在瓶子里倏地摆出防守的架势。

"哥哥,不要啊!"

美香惊恐地喊。

"不行啊,那可不行啊。S君很害怕啊!"

"害怕?怕什么啊,你们不是朋友吗?"

我把塑料袋的袋口向下,靠近瓶口。塑料袋里络新妇大蜘蛛慢悠悠地舞动着它那粗壮的腿。S君已经退到了巢的最里面。

"不行啊!它太大了!S君没法和它做朋友啊。哥哥,不行啊。"

"来,见个面!来来来,进去啊!S君正等着你呢!"

"哥哥!"

我拿着塑料袋上下摇了摇,随着晃动,络新妇大蜘蛛慢慢向瓶口爬去。

"不要啊道夫君不要啊！不要！不要——"

"你看你看，马上就到了。快点，快点！——好样的！不错，还差一步！"

"不要啊！"

S君大声地叫着，就在此时，络新妇大蜘蛛终于掉进了瓶子里。"啊啊啊啊啊……"S君发出了刺耳的悲鸣，从巢上跳了下来，落到瓶底。美香也尖叫起来。络新妇大蜘蛛的腿绊到了S君的丝上，很是不满地移动着。S君一边胡乱地叫嚷着，一边在瓶底不停地跑着。沿着玻璃瓶壁，S君骨碌骨碌地一圈一圈飞快地转着。

"哈哈，S君很高兴啊。你看，美香，你看，S君多高兴啊！"

"哥哥！"

络新妇大蜘蛛挣脱了缠在腿上的丝，慢慢地移动到了瓶子的最外侧，贴着玻璃，慢悠悠地低下头俯视着。

"你看，S君，你的新朋友正看着你呢！快过去啊！"

S君突然又加快了速度，在瓶底疯狂地跑着。络新妇大蜘蛛在瓶子侧面一步步向下逼近。美香又失声尖叫起来。

"噢，到了，到了。S君，你别总是跑啊。你那模样可让你的新朋友很兴奋哦。啊，生气了。你那新朋友生气了。"

我睁大眼睛，张大嘴，凑近瓶子细细地观察着，一边哈哈大笑，一边感觉脊背传来一阵阵麻木。握着瓶子的手心渗出了汗。我就这样凝视着苦苦挣扎着的Ｓ君。接着——

突然，Ｓ君停了下来，似乎已经明白自己在劫难逃。于是Ｓ君停在了瓶底，就在络新妇大蜘蛛的下面，然后用他那低沉、黯然、毫无情感的声音对我说："道夫君，看来人都是一样的啊。"

——一瞬间，一种恐惧攫住了我。

那是我自己的所作所为给我带来的恐惧。是对自己的恐惧。

我大声喊了出来，喊些什么我自己也不知道。然后，我狠狠挥了一下右手，瓶子从手中弹了出去，滚落到地板上。络新妇大蜘蛛从里面爬了出来，跑到地毯上。我伸出右手用力拍了过去。

在我的手掌下，络新妇大蜘蛛被压碎了。扑哧一声。

房间里一片沉寂。

我战战兢兢仰起脸。美香无言地望着我。滚落在房间一角的那只瓶子里，Ｓ君浑身僵直。耳边是我自己急促的呼吸声。

慢慢地，我抬起了右手。络新妇大蜘蛛平展在地毯上，身体里的液体四溅，已经不能动弹了。

"不是这样的——"

我看着已经压碎了的络新妇大蜘蛛，呻吟了一声。

"不是这样的。我本来不想这么做的。——你、你明白吧，这不是我的本意。我就是想吓唬一下你们俩，其实我——"

说出来的字字句句都在我的耳边不断回响。我心里有一种无可奈何的痛楚。

"我不是有意的——"

"我明白。"S君说，"你是开玩笑的，对吧？我明白。道夫君是不会故意那么做的。"

S君的声音还在微微颤抖。

"喂，小美香？小美香，你也明白吧，这是个玩笑。"

"嗯，明白啊！哥哥绝对不会故意做那种事的。"

"对吧？不过可真把我吓死了。跟真的似的！道夫君你可真会表演啊！我差点儿就真被你给骗住了！"

"S君——"

"啊，对了，道夫君，你把瓶子给我竖起来好不好？这么倒着放着太难受了。还有，把盖子也帮我盖好。没有屋顶总觉得有点别扭。"

"S君，我——"

"好了，快点。"

S君抢过话头："别说了。只要答应我别再开这种玩笑了就行，这可不是什么好玩的，而且也很危险。如果有个万一就糟了。"

我点了点头，伸手把瓶子竖了起来，重新盖好盖子。

S君心满意足地说："好，这就都恢复原状了。是吧，小美香？"

"嗯，恢复原状啦。"

美香的声音异常清脆。

一瞬间，我泪流满面。我从来都没有想过自己会干出那么残忍的事情。可是刚才一直郁结在胸中的感情现在仍旧几乎要爆发出来——要是不那么做的话，我感觉自己就要崩溃了。而当我意识到的时候，我的身体已经不听我的支配了。

现在，我似乎有点明白了S君为什么在瓶子里养小猫仔又做出那种残忍的事情。

我觉得我已经有点理解了。

焰　火

那天晚上，趁着妈妈出去买东西的空档，我从厨房的仓库里拿出了焰火盒子和打火机。这些都是放暑假前爸爸一时心血来潮买回来的。

——突然间想放焰火了。一起来吧——

爸爸当时不知道为什么，居然让我跟他一起玩儿。我们两个一起来到院子里，放起了焰火。结果爸爸被妈妈强行拉了回去，焰火盒子几乎都没有动。尽管时间很短，我和爸爸几乎都还没有来得及好好说话，可是那个场景却给我留下了极为深刻的印象。镜片上反射着焰火的灼灼光芒，那时候爸爸的面容再不是乌龟一般的样子了。我当时似乎是又一次看到了很久以前的，爸爸真正的面容。

正是因为如此，我决定和S君、美香一起放焰火。

"在妈妈回来以前，我们玩一会儿！"

我打开窗子，趿着拖鞋来到院子里。周遭夏日的青草蒸腾着炎热的空气，地面上蟋蟀在四处鸣叫。

"哇，好久好久都没有放焰火了。"

S君很是兴奋。美香也非常开心，只是由于她自己不能亲手拿着烟花，所以从一开始就没完没了地催促着："快！快点儿呀！"

天空异常美丽。万里无云，宛如深海的海底一般，渐黑的天幕中夹带着一种海蓝色，向四面八方延展。夜空正中，升起一轮鸡蛋饼似的金黄的大月亮。

"来，第一支！"

我先是选了一支红黄相间的纤细的烟花棒，用打火机点燃了捻儿。立刻，烟花的顶端就开始噼噼啪啪地飞溅出火花。我心想，这焰火怎么这么简单朴素啊，可就在此时，冷不防咻的一声，烟花喷射出一股强烈的橙红色火花，我感觉这焰火可能是受潮了。

"哇哦！还能这样啊！"

"了不得！"

S君和美香几乎是同时欢呼起来。

不一会儿，这一支就燃尽了，我又拿出一支新的，一支接一支，所有的烟花都是起初断断续续，火光羸弱，慢慢地就会释放出原本的能量，一瞬间火光通明，明亮的焰火喷薄而出。

"焰火，真的是太棒了！"

S君着迷地说。装着S君的瓶子映出了我手里的烟花。红色、黄色、粉色，光彩耀目。

"焰火看起来真好看啊，而且味道也不错啊。那火药味儿一下子就冲进鼻子里！"

"是啊，一闻到那味道，就觉得到夏天了。跟闻到蚊香的味道一样。"

"道夫君啊，你可别说那个。我一闻到蚊香的味道马上就会昏倒。"

"真的啊？"

放了五六支烟花后，回头一看，盒子里已经空了一半。我们决定再放最后一支，妈妈也就快回来了。

最后一支烟花，我们决定选择"香形烟花"。点燃垂下来的捻儿，通红中心的周围噼噼啪啪迸出小火花的声响，那些小小的、宛如惊雷的无数黄色火星瞬间向四处飞溅。望着那燃烧着的烟花，我想，如果此刻时间能够停止，肯定会变得更漂亮。那小小的惊雷火星会变成一束束纤长的枝条，凝固下来，如果伸手去按一按那些凝固下来的光亮的枝条，它们一定会像点心糖似的啪啦啪啦碎掉，那该是一幕多么迷人的景象啊。

烟花燃尽了，刚好从远处传来了脚步声。

"可能是妈妈回来了。"

"道夫君，快收拾起来，那些烟火！"

我把焰火残骸之类的东西匆匆塞进了塑料袋。回到屋子里，上楼梯的途中，传来了妈妈的声音："小美香，妈妈回来了。"

我把剩下的烟花和打火机匆匆塞进了书包里。

美香的床

枕边的瓶子里，S君睡得正香。美香似乎也是由于玩烟火玩得有些疲倦了，吃过晚饭后很快就进入了梦乡。

只有我一个人呆呆地望着幽暗的天花板。

这一天真是发生了好多事情啊。也不仅仅是今天一天。自从S君死去，也就是结业式那天开始，我实在是经历了太多太多的事情。

怎么也睡不着，许许多多的事情在脑海里呈现，弄得我浑身燥热，心跳加速，反倒越来越清醒。全身都浸透了汗水。脑后总觉得痒痒的，无数次地翻来覆去。

——婆婆已经死了——

所婆婆被杀死了,和一年间陆续被发现的那些遇害的小猫小狗一样,被残忍地杀死了。想来,只有所婆婆最了解我和美香了。而那个所婆婆却已经不在了。

——道夫君也觉得那孩子可怕吧——

为什么S君要干那种事呢?他训练大吉寻找腐烂的肉究竟是什么目的呢?S君说他也没有什么特别的目的,不过是一时兴起。我究竟应不应该相信他说的话呢?

——我没干过你现在脑子里想象的那些事儿。绝对没有——

S君说,他对杀死小猫小狗的事一无所知。

——我把小猫仔放进瓶子里,这和道夫君你现在所做的一切又有什么不一样——

——如果我觉得在瓶子里待着实在是太难受了,那么——

——噢,S君,你回来啦——

——道夫君,看来人都是一样的啊——

突然间,我想大声喊出来。我也不明白究竟是怎么回事。谁才是正确的?什么是罪恶?谁在说谎?谁说的是事实?放烟火的时候我想应该信任S君。可是现在我却觉得那种想法本身就是一个谎言。那很可能就是在燃放烟火的时候偶然升腾在我心中的一个虚假的感情罢了。烟火燃尽,我也就又重新回到了原来的状态,对S君充满怀疑和恐惧，对身边的一切感到不安。

我很羡慕美香。美香总是那么纯粹，对一切都不怀疑。

如果，我也能变成那样，我也能那样的话……

"美香……"

我轻轻地叫了一声。没有回答。房间里依旧是一片寂静。

一阵莫名的感伤陡然袭来。我的眼里溢满了泪水，拼命地瞪大眼睛盯着天花板，等待着我心中的感伤能够一点点消退。可是，那感伤却半点都没有散去。

我真希望美香能在我身边。我想去抚摸她。

现在我的心里只有这一个念头。

"美香……"

我慢慢地坐起来，床铺的弹簧发出小小的声响，我挪开毛巾被，趴在上铺慢慢移动，跨过栏杆，踩到了梯子上。

一步一步地，我静悄悄地爬了下来。

终于，我的两脚着地了。黑暗中，我静静地端详着美香那安然的睡姿。多么可爱的睡脸，和三年前第一次看到的相比几乎没有什么变化。

"美香。"

我小声唤着她。美香睡得很沉，动都没有动一下。

"美香——"

我来到熟睡的美香身边，一边看着那沉睡的脸，一边在她身边躺了下来。

美香——

"不可以碰她！"突然，这个声音在我的脑海里响起。这也许是我自己的声音，但也可能是一个更大的什么东西的声音。不可以碰她！不可以过分靠近她。我们之间有一面无形的墙。之前我从未意识到的那面墙如今清晰地出现在我的脑海。尽管如此，我还是——

我再也无法克制自己了。

我凭自己的意志突破了看不见的墙。

我伸出手，抚摸了美香的脸颊。

美香终于有了反应，迷糊糊地睁开眼睛，怔怔地望着我。

"哥哥……"

睡意惺忪的声音。我什么也说不出来，也不知道该说什么。

"你怎么睡在这儿啊？"

寂寞，感伤，恐惧，还有一些难无以名状的冲动紧紧地包围着我。我一下子抓住了美香的手腕。美香疑惑不解地看着我。

"哥哥，你怎么了？啊，别……"

我——

我为什么干这种事啊？我其实从来也没有打算做这种事。

不知道什么时候，我把美香的手指含在了嘴里。

美香吃了一惊，想要缩回手去。可是我不肯放开她。

"哥哥，不要啊！"

全身被一种从未有过的无名的冲动所缠绕，我只是想用我的嘴唇夹住美香那可爱的手指，用我的舌尖探寻那小小的关节，小小的手指。随着心脏的鼓动，我的视线里一簇红光在明灭闪烁。

八月二日早上七点二十分。

"什么？"

泰造不由自主地问了一句。其实他并不是没有听清谷尾警官的话，而是不相信所听到的一切。

"S君的遗体已经找到了，昨天夜里，在他家的院子里。"

泰造果然没听错。

"在院子里……"

泰造愕然地望着谷尾警官的脸。两人隔着竹篱面对面。

"尸体装在一个塑料袋里。就放在那里，就在那儿。"

谷尾警官的额头上显露出一道深深的皱纹，他用目光示意了一下背后院子的一角。地上铺着一大块蓝色的遮布，上面放着一个硕大的白色垃圾袋。S君的遗体似乎被移走了，已经不在这里。那间和室里能看见美津江的身影，在走廊边上一直就那么抱着膝盖，脸向着院子。她的视线直直地投向了刚好在正面的向日葵。可是，她似乎也并不是在看向日葵。只要一看美津江的表情就会明白。而且，她似乎也没有注意到正在和谷尾警官谈话的泰造。

"从那个塑料袋，还有遗体身上的痕迹来看，是被家养的那只狗运回来的。"

"是大吉啊。——那究竟是从哪儿运回来的啊？"

"哎呀，这个啊，还不知道呢。真是一点儿线索也没有。"

说到最后，谷尾警官叹了口气。

"古濑先生，您在夜里有没有听到过什么声音？比方说狗叫声，或者是拖动什么东西的声音？"

泰造摇了摇头。

"这样啊。"

谷尾警官似乎也不是很失望。可能一开始就知道这是一个不会有什么收获的提问吧。

"那好吧，我这就告辞了。您一个人走的时候一定要注意安全。还有，晚上尽量不要外出。"

谷尾警官行了个礼就转身离开了。比起前一天在警察局见面的时候，他显得殷勤客气多了。估计是案件调查没有什么进展，自己也觉得泄气的缘故吧。

"那个——"

泰造犹豫了一下，还是叫住了谷尾警官。

"您有什么新的发现吗？上次我不是和 S 君的母亲一

起去了警察局吗。为了那件事。"

谷尾警官慢慢地回转身，面对着泰造。

"您说的那件事——"

谷尾警官认真地看着泰造，紧抿着嘴唇。

"我必须向您道歉。向您，还有Ｓ君的母亲。"

"为什么？"

"我就实话说了吧。你们认为Ｓ君似乎并不是自杀身亡的。对于这个说法，我们现在正在进行调查。"

"是吗。"

泰造想，前天在Ｎ车站遇见的那个叫道夫的少年很可能按照自己想的采取行动了。可能已经把那本小说作者的事情告诉给了警察。

"就是说有了怀疑的对象……"

"不不……"

谷尾警官停顿了一会儿，似乎是在寻找合适的话语，一边想，一边用手掌摩挲着晒黑了的脸颊。过了一会儿，他终于抬起头，可是接下来他所说的却完全出乎泰造的意料之外。

"不管怎样，反正都要公开的。所以先告诉您吧。——实际上，Ｓ君遗体的口腔里发现了香皂的痕迹。"

泰造顿时无言以对。

谷尾警官再一次行了个礼，回到了其他警员那里。泰造一直目送着他的背影。

"嘴里，香皂……"

泰造在原地伫立了良久，怔怔地望着院子里匆匆忙忙的警员们。

难道说——

难道说，他居然——

——老爷爷——

忽然间，道夫的声音重新在耳边响起。

——出事儿的那天早上，您在柞树林里碰见什么人了吗——

那个少年，究竟知道多少真相？S君死的那个早上从柞树林回家的途中发生的一切，难道说那个少年也都知道了吗？或者，他不过是随便问问？

泰造自己也弄不明白了。

同一天晚上九点五十五分。

泰造走到了窗边，伸出布满皱纹的手，唰的一声拉开了褶皱的窗帘。凑近纱窗，立即感到一阵夏日泥土的气息迎面袭来。不知什么地方传来了虫鸣。

泰造的记忆被唤醒了。一切都是从那个时候开始的。一年前的那个夏日的夜晚。

——绝不原谅——

耳中响起那个小姑娘的声音。至今仍然记忆犹新的，低沉而冷漠的声音。

——我绝不原谅——

行人稀少的小巷。咚,随着一声闷响,传来一个小姑娘的惊叫:"啊!"泰造立即向着声音的方向奔了过去。

——啊啊——

没有路灯的小巷旁,一个小姑娘倒在地上。在她身边站着一个身材高大的男人,直直地盯着她。路边停着一辆轿车,还没有熄火。从听到的声音来判断,就是这辆轿车刚刚从小姑娘的身上压了过去。

——那个男的在干什么啊——

——为什么不去叫警察啊——

就在泰造打算上前一步询问的时候,那个男人突然急速转身奔向轿车,打开驾驶室的门,跌跌撞撞地钻了进去。

——等一下——

泰造叫了起来。

轮胎碾压的声音。急速的油门声。

红色的尾灯渐行渐远。

现在即使拼命追上去,也是无济于事了。泰造急匆匆地赶到小姑娘的身边。看到那个小姑娘的一瞬间,感觉她似乎是没受什么外伤。可是她身下的柏油路上已有一摊黑色的血迹在一点点扩散开。小姑娘紧闭双眼,宛如熟睡一般安静地躺在地上。

——喂！挺着点儿——

在泰造的大声呼叫下，小姑娘微微睁开眼睛看着泰造的脸。似乎是一点儿也感觉不到痛苦，表情十分呆滞。也许是由于头部受到重创的缘故吧。夜色的黑暗中，小姑娘那惨白的面庞宛若一副能剧①面具一般突出。

——明明那么多——

小姑娘的嘴唇动了动。可是小姑娘这句话的含义泰造实在是弄不明白，只觉得可能是神志不清了吧。那目光有一些古怪，仿佛是在做梦。

——等着啊。我现在就去叫救护车——

泰造环视四周，可是一个电话亭都没有，也根本就没有行人路过。路旁是一户人家的大门。可是那户人家并没有点灯，而且门边的邮箱里派送的报纸已经塞得就要掉出来了。

——明明有那么多事情想去做——

泰造吃了一惊，回头望过去，那个小姑娘继续说着。

——我绝不原谅——

机器人一样的口吻，声音平淡而漠然。那已经失去焦点的双眼始终凝视着泰造。

——不可以说话——

---

① 日本最主要的传统戏剧，主要以日本传统文学作品为脚本，在表演形式上辅以面具、服装、道具和舞蹈组成。"能剧"表现的是一种超现实世界，其中的主角人物是以超自然的英雄的化身出现的，由他来讲述故事并完成剧情的推动。现实中的一切则以面具遮面的形式出现。

为了安慰一下小姑娘，泰造伸出了手。可是少女却对泰造再一次说了同样的话。

——我绝不原谅——

泰造顿时怔住了。小姑娘把泰造当成肇事者了。

——我绝不原谅——

——不是我，你弄错了！我是——

——我绝不原谅——

小姑娘不停地重复着这句话，好像一个出了故障的录音机。泰造呆呆地俯视着那个小姑娘的面容。尽管他心里明白必须尽快去叫救护车，可却无论如何也没办法从那个地方移开脚步。双脚好像粘到了地面上一样，弯曲的脊背也变得僵硬了。

我绝不原谅。

我绝不原谅。

我绝不原谅。

五分钟以后，泰造终于叫来了救护车。又过了几分钟，小姑娘终于被抬上了担架送往医院。当天夜里，泰造被带到警察局取证。泰造把自己看到的毫无保留地告诉了警察。虽然已经记不清楚肇事轿车的型号、牌照号码，但是泰造还是拼命地回忆那个肇事者的体貌特征，并向警察做了说明。那个杀死了可怜的小姑娘的家伙是个高个子的短发男人。

第二天的晨报上登载了这起事故的报道。那个八岁的小姑娘已经死了。泰造后来也参加了告别仪式。小姑娘的亲戚、同学还有老师们都受到了很大的打击。至今，泰造还记得当时小姑娘的父母几近崩溃地号哭不止。

最后那个凶手也没有落网。

而那，正是一切的开始。

第八章

被找到的证据

我之所以注意到这件事情,是因为我要找那支四天以前用过的红笔。

"道夫君,你从刚才就叮叮咣咣地干什么呢?"

S君在被放到地板上的瓶子里疑惑不解地问道。我不停地拉开和关上书桌的抽屉,也顾不上回头,只说了一句"不干什么。"不知道为什么,总觉得我不能很自如地和S君交谈。不仅仅是S君。今天早晨一睁眼,发现自己睡在和平时不一样的地方开始我就沉默不语,和美香也什么都没有说。

"奇怪啊,本来应该放在这里的。"

我故意让他们俩听到我的自言自语,就是为了让他们感觉到我和平常没有什么两样。

"上次我们在资料的背面写所婆婆的指示——然后就把那张纸扔进了垃圾桶——啊,对了,明白了。"

那天,我很有可能把红笔还有写着"大吉　英语"的那张纸一起扔进了垃圾桶。

"对！肯定是那么回事。"

我把塞满了纸巾和废纸团的垃圾桶一下子倒翻在地板上。垃圾桶里面发出咕咚一声，似乎有什么硬的东西滚落了出来。我伸手去摸索，的确是那支红笔。我用手指尖捏住红笔，把它从垃圾里捡了回来。

"哎呀呀……"

红笔找到了，可是其他垃圾却都滚落在了地板上。我只好坐在那里把这些垃圾重新塞回去。

可是——

那一刻，有一样东西出现在我的视线里。是那张作文稿纸。是S君的作文。因为当时他说要我把作文扔掉，所以我把它扔进了垃圾桶。

不知道为什么，我把作文捡了回来。背对着S君，偷偷地藏在手里——《邪恶的国王》。字迹潦草，内容诡异的故事。第一页稿纸上，隐约可见小小的×形记号。"は、ん、靴、い、物、で、ど、せ……"一共有八个。

——我说，这是暗号吗——

我想起了美香的话。当时我也有同样的感觉。虽然我说了一句"怎么会呢"，还无所谓地笑了笑，可我还是觉得这或许就是一种暗号。可是现在不一样了。

我见过。

不知道为什么，看着稿纸上的×形记号，我的脑子里充满了这种感觉。

宛如星座一般散落在稿纸上的×形记号并不是直接写在纸面上的,而是印下的一种微微的凹痕。我绝对见过那些记号的布局形状。可是,是在哪里见过呢?我究竟是在哪里见过呢——

"道夫君,你怎么了?"

S君在背后叫我。那声音似乎并不是毫无察觉的简单询问,而是更像一种深入的探询。

"没什么。"

我摇摇头,把稿纸扔回垃圾箱。正要把其他垃圾也扔回去时,在我的视线里又出现了那张资料纸,背面用红笔写着所婆婆的提示。

突然,我的脑际闪过一种异样的声响。

我伸手捡起了那张资料纸,展平。

难道说——

我又一次把手伸进垃圾桶,把刚才扔进去的S君的作文第一页重新拿了出来。呆呆地盯着那张纸。

果然——

"美香,过来一下。"

我手里拿着资料纸和稿纸站了起来。

正在我打算和美香一起走出房间的时候,S君叫住了我们。

"到哪儿去啊,道夫君?"

那声音里隐藏着一丝不安,被我听得真真切切。

"我们想去查点儿东西。"

我头也没有回,简单地答了一声。走出房间,下了楼梯,身后传来S君急速的说话声,我虽然听见了,却没有停下脚步。

"哥哥,要查什么啊?"

"你跟我来就是了。"

爸爸妈妈都上班去了。我一边用脚踢开地板上乱糟糟的垃圾,一边穿过餐厅,来到和室。那是爸爸看书或是玩游戏的地方。我踩着榻榻米,穿过房间,打开壁橱衣柜,第二层的下半部乱七八糟地塞着许多旧报纸。

我坐在那里,把报纸一张一张抽出来,确认着日期。

"找到了!"

我喊了一声,停了下来。

《N镇的怪异动物尸体》

这是第四只小狗尸体被发现之后第二天的报道。我马上瞥了一眼报道的右下角,长方形的报栏中是一幅N镇的地图。地图上,发现小猫小狗尸体的地方都被打上了圆形的标注。当时已经发现了四只小猫和三只小狗的尸体,加上新发现的,总共是八个记号。

"那个并不是什么暗号。"

我拿出S君的作文纸，看着纸面上的八个记号的痕迹。那痕迹的形状和报纸上登载的地图上散落的圆形记号的位置几乎一模一样。接着，我把写着所婆婆提示的那张资料纸也展开，正面对着自己。那是入学纪念的时候学校发下来的地图，叫作《我们生活的街区》。这是N镇的印刷地图，上面到处都是手绘的插图。我把这张纸和刚才的作文纸重合在一起，然后把这两张纸对着窗子的光亮举了起来。

"果然一样啊。"

×形记号的位置和报纸上登载的地图上的圆形记号位置完全相同。

"什么？什么一样啊？"

美香问道。而我只是摇了摇头。

"我要和S君单独谈谈。美香，你留在这里。"

另一个可能性

"已经不可能再隐瞒下去了，S君！"

我站在房间的门口，俯视着S君。

"啊？你说什么？突然间……"

S君的声音里明显带有动摇和不安。

"杀死小猫小狗的是你吧？S君？"

"我不是说过不是我嘛！说了好多次——"

"我有证据！"

我把地图资料纸和作文稿纸拿到了 S 君的面前。

"这张地图你家里也有吧？入学纪念时给全体学生每人发了一张。"

"嗯，啊啊。是有吧。"

"S 君，你在这张地图上把杀死小猫小狗的地点都画上了 × 形记号。你在画记号的时候，下面正好垫着稿纸。那个稿纸是让我们带回家去用来做作文作业的。所以，在作文的第一页纸上留下的这些 × 形记号的痕迹根本就不是什么暗号。这不过是你在地图上画记号的时候印到下面来的。是这样吧？S 君？"

S 君在瓶子里哧哧地笑起来。

"我还以为你发现什么了呢。原来是这个啊。真蠢！"

"怎么蠢了？"

怎么蠢了？——S 君充满了嘲笑地模仿着我的口气，突然高声笑了起来。

"我说道夫君，你是不是有毛病啊？自己根本就什么都不知道，净在那儿瞎猜！"

我沉默不语，只是静静地看着 S 君。

"行啦行啦，我就把 × 形记号的事跟你说了吧。让你那么哇啦哇啦说了一大堆真烦人！就像你说的，那就是我在地图上标出来发现小猫小狗尸体的地方时印到下面的痕迹。"

"果然——"

"不过等一下！道夫君，你总是这样着急才容易犯错！"S君嘿嘿地笑着。

"真相是这么回事儿。那天，我在家里把稿纸平铺开，想开始对付国文作业。心里想着'可要好好写啊！'可是怎么都写不好。脑子里什么思路都没有。作文那东西你知道吧，不是想写就能写得出来的。所以我就想换换脑子。那时候我突然想起最近在附近发现小猫小狗尸体那件事。那些可怜的小动物们的尸体究竟在什么地方被发现的啊——不知道为什么，脑子里就想起这件事来。于是我就拿出那张地图放在稿纸上面，一边想着那些发现小猫小狗尸体的地点，一边在上面画上了×形记号。所以下面的稿纸上就印上了铅笔的痕迹。就这么回事。"

这个解释和我预想的一样。

"你能把那些发现尸体的地方记得那么清楚，真是奇怪。有点不正常吧？恐怕只有是自己干才会记得这么清楚吧？"

于是S君回答说："啊啊，忘了。——我想要在发现尸体的地点画×形记号的时候有点记不清楚了，所以就去看了报纸。报纸上不是登了地图吗，上面有圆形的记号。我就是看了那个，然后再在我们发的地图上画记号的。糊里糊涂的，忘了跟你说这个了。要是不说这个的确听起来有点怪。"

"原来是那样啊。是按照报纸的记号画的啊……"

我垂下头，叹了口气。

"是这样啊。晨报是在七月十二号登载的那张标了记号的地图，而我们交作业的日期正好是在S君死去的前一周，也就是七月十三号。在交作业的前一天晚上写作文也没什么奇怪的。"

"是吧！对了对了，要不说我都忘了。那时候我看的就是当天早上的报纸。我就是看着那张报纸上的地图，然后在我们发的那张地图上画上发现尸体的地点的。"

沉默了一会儿，我确认S君似乎没有什么要补充的了，于是慢慢地开了口。

"不可能是那样的。"

我指出了S君的失败之处。

"报纸登载地图其实不是在七月十二号，而是在七月十六号——也就是我们交作文之后的第三天。所以S君，你说你照着报纸上的地图在发现尸体的地方画记号什么的是不可能的。而且，我们交作业是在十三号，那个时候还没有发现第八具尸体。但是在原稿纸上却已经印上了八个×形记号了。S君，这个你又怎么解释？为什么你会预先知道下一个尸体将要被发现的地点？"

我停了一下。长时间的沉默之后，S君终于开了口。

"你骗我。"

我突然感到胸口一阵痛楚。但是，这并不是我在那一刻变得软弱了。Ｓ君似乎是为了掩饰所以才如此责备我。

"是的，我骗了你。可是如果不这样的话，你就不会对我说实话！"

"你还是不相信我啊。"

胸口又是一阵痛楚。为了掩饰，我故意仰起脸大声地说："我当然没法相信你了。因为到现在为止，你对我说了太多谎话。你第一次出现在这个房间里的那天夜里对我说，小猫小狗都是岩村老师杀死的。然后昨天我见到你妈妈之后，你又说小猫小狗的事情绝对不是你干的。这一切都是谎话吗？不全都是胡扯吗？"

我提高了声音。

"难道不是你在骗我吗？Ｓ君！"

楼下，美香快活地哼着歌。我异常烦躁地死死地直视着Ｓ君，一眼不眨，一秒钟也不曾从Ｓ君的身上移开视线。如果不这样的话，我恐怕就会对自己丧失信心。我感到自己的心中充满了这样的不安。

"我没有骗你啊。岩村老师亲口对我说是他杀了那些小猫小狗，这是事实。根本不是我干的，这也是事实。"

"那些话我是不会相信了！"

"那我问问你。我为什么要把那些小猫小狗的腿折断？为什么要往它们的嘴里塞上香皂？道夫君，你说这又怎么解释？"

"这些现在都不重要,过后你自己慢慢解释就好了。"

我绝对不肯把视线从 S 君的身上移开。有生以来,我是第一次以这样的态度对待一个人。

S 君似乎是无言以对了,只是在巢里瑟缩着。

"那些小猫小狗就是你杀的。你承认不承认?"

等了好长时间,S 君终于回答了。

"不,我不承认。不过,也不能说绝对没有干。"

我皱着眉,依旧凝视着 S 君。

"我记不清楚了。还是人的时候的那些记忆一点点地都忘了。现在好像我活过的九年也都已经记忆模糊了。"

S 君无限留恋地说。

"你又说谎了吧?"

"真的没说谎。真的不记得了。我也没办法。我自己也弄不明白是怎么回事,还是人的时候的记忆在我转世之后不久就一点点消退了。只是现在才意识到。想起来总觉得很虚幻,现在我算是知道了转世这回事。"

"说谎!"

"为什么是说谎?道夫君你明白吗?你没有死过。要不道夫君你也死一次试试?试一次你就会明白我说的话了。对,那样就好了,死一次就好了。怎么样?道夫君?死一次怎么样?行吗?死一次行吗?"

——死一次行吗——

我感到藏在心中的愤怒宛如烟火一般喷发了出来。视野里一下子变得惨白，喉咙深处不停地灼烧。我明白，这种感情绝对不是第一次产生了。一直积累的对于S君的愤怒以不同形式在我的心底宛如烟火般点点迸射，就像是昨天夜里那受潮了的烟火一般，一点点迸射，向着最后爆发的那一刻逼近。这一点我只是一直在自欺欺人罢了。只是一直装作不知道而已。

我深深地吸了一口气。

"道夫君，那你打算干什么？想要对我发火吗？还是想像昨天那样想弄死我？"

"我不想弄死你。我不记得这么干过。"

"不！道夫君你就是想弄死我。往我的瓶子里放络新妇大蜘蛛的时候你一定是这么想的。自己周围净是一些弄不明白的事情，不知道怎么办才好，所以就想干脆把我弄死算了，害怕继续卷进这件事。我要是不存在了，就没有揭露岩村老师的必要了。小猫小狗被虐杀的事情也……所婆婆的事情也一样——只要关键的我不存在了，这一切问题就都解决了。而你，道夫君，也就没有办法追究什么真相了，也就必须停下来了。所以你——"

"我就要追究到底。S君的事情，小猫小狗的事情，还有所婆婆的事情。我绝对要追究到底！"

"那就和我好好相处嘛！相信我吧！除此以外没有什么别的好办法继续下去了。"

我们都没有再说话，足有一分钟，只是这样互相凝视着。远远地传来飞机升空的声音，还有美香的歌声。

"再向前走走看看吧。"

S君突兀地说。似乎是长出了一口气，把一切情绪都抛开了似的。

"怎么做？"

为了不受他的牵制，我小心翼翼地选择着回答的语言。

"重新来过。现在把我对你说过的话全都忘了，把对我的疑虑都扔掉，一切都从头再来。这样一定会找到别的什么可能性。道夫君，到时你至今为止从来没有注意到的另一个可能性肯定会出现的。"

"另一个可能性？"

"是的，也就是说杀死小猫小狗的凶手如果既不是岩村老师也不是我，那么就一定还会有个什么古怪的人出场。道夫君，你听了我的话先把岩村老师当成了凶手。可是在我家和我妈妈聊过之后就又认为凶手应该是我。现在，你把这一切都忘了吧。来，你看看，这样的话会怎样？"

会怎样呢？

"还有一个人对不对？和许多事都有关联的那个人。"

那个人。

"还想不出来吗？好吧，给你个提示。这个提示嘛，还是和上次一样，大吉。"

大吉。

"想出来了吧。你发现我的尸体那天。还有学校集会那天早上。大吉的样子怎么样？"

"那天，大吉……要向我扑过来……以前从不那样的……"

"学校集会那天早上呢？"

"是啊……大吉还是跳着扑过来……"

"向谁扑过来？"

"老爷爷……"

"对呀！你总算明白了。那下一个问题。大吉向你扑过来的原因是什么？"

"那是因为我在去你家之前看见了小猫的尸体，而且还离得很近。我的身上有死猫的气味……"

我不停地思考着。大吉那天是对我身上沾染了动物腐烂的气味产生了反应。那么它向老爷爷扑去的原因难道说也是由于老爷爷身上同样沾有动物腐烂的气味吗？S君的妈妈说担心老爷爷的工作服被弄脏了的时候——"没事儿。反正也好几天都没洗过了。"——老爷爷当时是这么说的。难道说，当时大吉是由于老爷爷身上有动物腐烂的气味所以才有那样的反应吗？

如果是这样的话——

"对，那就对了。"

S君慢悠悠地说。

"杀死那些可怜的小猫小狗的就是那个看上去挺善良

的老爷爷。"

接着的一切都像一场梦。我的身体已经脱离我的意志,随意乱动起来。我把S君留在那里,自己离开了房间,走下楼梯,穿过了玄关。

"哥哥,你要出去吗?"

我听见美香的声音从背后传来,可我还是走出了家门。

八月四日中午十二点十五分。

"啊,不,不用了。我再打过去吧。"

对接电话的女孩说明之后,泰造挂断了电话,空洞的眼睛直直地俯视着黑色的电话机。谷尾警官和竹梨警官都不在。

其实或许还是让他们打过来比较好吧。

无论如何也难以自己走到警察局去,所以还是决定打电话。可是,现在自己是否能下决心再一次拨通那个号码呢?是否能拿出勇气呢?

蝉在鸣叫。泰造的脸转向院中。

结婚以来,一直和妻子女儿生活在公寓里,二十多年前泰造才买下了这座房子。选择这里也是一种妥协。因为妻子和女儿都主张一定要有院子,而泰造则认为院子没什么必要。于是,商讨的结果就是选择了这所房子。这里因为有柞树林,所以那院子看起来就不怎么像一般住宅的院子，而是像森林一角的一块空地。而妻子和女儿也都还姑且认为这是一个院子，所以就勉强接受了。

前年，妻子去世后，泰造想过要把这个院子拆掉。但是由于资金方面的原因，最后只好作罢。

但是泰造还是很讨厌院子。自己家中有一个院子这件事让他非常厌恶。

为什么会这样呢？他的记忆再一次被唤醒了。

童年生活过的九州的乡下小镇。有那样一个小小的院子的，租住的家。

母亲葬礼那天，走廊上来来往往聚集着许多来帮忙的邻居。

突然间听到那个声音。耳朵难以适应的声音。

泰造听到那个奇怪的声音时，帮忙的人正把泰造的母亲放进棺材。

——什么啊——

当时只有九岁的泰造正呆呆地在廊下望着院子。他站起身，看了过去。在院子的一个角落里，邻居的五六个女人正聚在那里，其中有泰造同学的妈妈，还有泰造常去的那家干货店的老板娘。在那群人的中心，是白衣素裹的母亲。那些女人都弯着腰，拼命地、非常不自然地做着什么。

——为什么，要做那种事——

泰造凝视着她们，无法相信自己的眼睛。是不是自己看错了？他伸长脖子，眯缝眼睛，可是他确实没有看错。

——为什么啊——

女人们相互合作，面无表情。

"那声音……"

她们折断了母亲的腿。伴随着低沉的、宛如被包裹着的钝响，她们漠然地折断了母亲的双腿。

——妈妈——

泰造一时无言。

——究竟有什么怨恨啊——

那一刻，在泰造心中浮现出了一些景象，是"怨恨"这个词让他产生了联想。

尚且年轻的母亲竟然猝死。医生也很困惑，因为死之前没有任何前兆。

父亲去世后，在没有任何亲戚的情况下，母亲一个人抚养着泰造。

母亲实在是美丽。那美丽的姿容让作为儿子的泰造倍感骄傲。

母亲作为一个女人而言极为动人。

这一切的事实和疑问始终在泰造的心中盘旋。接着，就好像是泥浆上面泛起的泡沫一般，在泰造的脑海中浮现出一个念头。

——难道说——

泰造摇摇头，想要否定这个念头。可是，想要打消自己的念头对尚且年幼的泰造来说是不可能的。

——难道说，是她们——

现在围拢在母亲身边的那些女人都有自己的丈夫。难道说，母亲和自己是倚靠她们的丈夫来维持生活的吗？而这又被那些妻子们发觉了？然后，她们决定要惩罚和她们的丈夫私通的母亲，于是就合谋毒死了母亲！

一旦有了这个想法，就会发现日常生活中许多事情都与之符合。有一次母亲带着泰造在街上走，一个男人叫住了母亲，两人在街边耳语。那男人猥琐不堪的脸。母亲一副犹豫不决地点着头的样子。

自那以后几天之内，母亲回家都很晚。回到家之后，母亲也几乎都不怎么正视泰造的眼睛。而且，母亲身上似乎还多少混杂着烟草的气味。

这一个月以来，泰造总是感觉有一些不对劲的地方。同学的母亲还有干货店老板娘那冷淡的态度。对了，就在母亲去世前几天，那个老板娘问了泰造一个很奇怪的问题。问他有没有讨厌的食物。泰造回答说不喜欢煮浅蜊。回答之后，泰造心里很纳闷，为什么要问那么一个问题呢？

——啊啊——

去世前一天母亲晚餐所吃的食物。泰造不吃的东西一如既往地放在餐台上靠近母亲的一边，所以泰造也没有过分留意。那会是什么食物呢？茶色的，小小的东西。那不就是煮浅蜊吗?

——肯定不会错的——

泰造看了一眼院子的角落,用愤怒的目光紧盯着那些表情淡漠地做着那件事的女人们。

——她们杀了我妈妈——

她们害怕妈妈会转世。

只要把双腿折断,那么这个被她们杀死的女人就不能转世了。

有一个女人注意到了泰造死死地盯着这边。那张转过来的脸泰造十分熟悉。两颊的肉耷拉着,嘴唇丰厚的那个女人。她是警察的老婆。在附近的女人们当中算是一个头目,总是对其他人指手画脚。刚才她们所做的那件可怕的事情好像就是由她来指挥的。

警察的老婆对周围的女人低声说了些什么。马上,所有人的目光都聚向了泰造。毫无表情的、冷漠的眼神。

泰造慢慢地站了起来,想说点儿什么,却一个字也说不出来。两腿颤抖着,背对着院子,泰造飞快地跑回家中,穿过厅堂和玄关,趿拉着草鞋跑出了家门,喉咙深处默默地念叨着什么,疯狂地跑了出去。

——她们杀了我妈妈——

泰造拼命地飞跑着,在心中不停地呐喊。

——妈妈被她们杀死了——

那天,泰造是一个人在山里抱着膝蜷缩着度过的。既没有看着母亲出殡，也没有去听僧侣们诵经。母亲的遗体埋葬在村落一端的墓地里。夜里，泰造步履蹒跚地回到家，家里已经空无一人，唯有黑暗潮湿的榻榻米在迎接泰造。

三天后，警察的老婆被杀了。据说是头部被石块击中，在一个行人稀少的路边死去了，满脸是血。凶手无从知晓。

——难道说——

听说这件事情之后，泰造马上赶到埋葬母亲的墓地。那是山间一个见不到阳光的地方，看上一眼就会毛骨悚然。

一排排的墓碑中，只有刻着母亲戒名的一块横倒在地上，黑色的泥土乱七八糟地堆在一旁。走到近前一看，墓穴是空的。墓穴底部，棺材的盖子被掀开了一半，可以隐约看见里面的情形。无论怎么看都觉得那里面根本就没有遗体。

——妈妈已经转世了——

泥土的味道升腾起来。

——妈妈转世了，然后杀了那个女人——

泰造对母亲的这种执着感到异常恐惧。死人轮回转世，这个事实轻易地将泰造与母亲共同生活的九年时间涂上了恐怖的色彩。那曾经温柔无比的母亲的面庞瞬间变得十分恐怖。

从泥土里一点点爬出来的母亲。

为了寻找怨恨的对象而在街上行走着的母亲。

伸出腐烂的双手抱着石块的母亲。

举起石块砸下去的母亲。

一周之后，父亲生前的朋友——一对在东京生活的夫妻领走了泰造。

那个年代，发生在偏远地区的事并不能很快传出来。那个地方后来又发生过什么，或者是否什么都没有发生，这一切泰造都是一无所知。但这却反而加剧了在东京生活的泰造心中对母亲的恐惧。在陌生的地方生活，泰造总是感觉到莫名的恐慌和胆怯。这源于对死人的恐惧，也源于对母亲的恐惧。

当然，随着时间的推移，渐渐地泰造也和周围的人一样，开始认为根本就不存在死人转世。但是对幼年时代记忆的强烈印象却使他始终无法接受这个想法。那种恐怖反倒作为一种潜在的情感在泰造的心里深深地扎下了根。后来，即使是泰造自己有了家庭也还是一样。即使时间消磨了人生，身体也愈发呈现老态，可是一切还是没有改变。泰造对谁也不曾提起过，于是那种恐惧就如同一只无形的手死死地攥住了泰造的心。

"尽管如此……"

尽管如此，那种恐惧还并没完全地支配过泰造。它不过像是腹腔里的溃疡一样，利用偶尔的痛楚让泰造难受，仅此而已。反正都是忘不了的了，所以就这么提心吊胆地活下去也没什么——泰造一直都是这么想的。可是——

有一个时刻，这种感觉更加具象化了。

它本来潜藏在心底深处，可是在那一刻却突然幻化成一只黑手，伸过来拼命地摇撼着泰造。

"那场事故……"

一年前那个夏日的夜晚。

"如果不是那个……"

黑暗的小巷里。倒卧在柏油路面上，头部流着血的小姑娘，焦点游移的目光仰望着泰造。

——我绝不原谅——

——我绝不原谅——

——我绝不原谅——

小姑娘一遍又一遍、机械地重复着同样一句话。泰造始终在一旁站立着，呆呆地俯视着小姑娘惨白的面颊。

终于，在泰造的眼前，小姑娘用尽了最后一丝力气。声音消失了，嘴唇也不动了。

——不是我干的啊——

——不是我——

泰造对着那个已经气绝的小姑娘喃喃自语。小姑娘已经一动不动了，四肢微微张开，慢慢僵直。

——得叫救护车——

泰造回过神来，慌忙跑去叫救护车。

就在那一刻，泰造的脑海里不经意间浮现出幼年看到的场景。

——妈妈——

倒下的墓碑。杂乱的黑泥。幽暗的墓穴。空荡荡的棺材。母亲爬了出来。抱着巨大的石块，腐烂的身体在不停地行走。寻找。寻找那个心中怨恨的人。那个杀死自己的人。

——不是我——

泰造慢慢地回转身。

——弄错了——

他看了看倒在路旁的小姑娘。裙下露出的一只纤细的腿搭在路旁的条石上。

回过神来的时候，泰造已经高高抬起了自己的右脚，对着小姑娘纤柔的膝盖重重地踩了下去。就在那一瞬间，泰造听到了那个相同的声音。当年在院子里响起的虚无的声音。

——不是我——

已经折断的、歪向一边的小姑娘的腿从条石滑落到柏油路上。另一条腿还搭在条石上。

——不是我——

泰造盯着那另一个膝盖，再一次高高地抬起了脚。

第九章

老爷爷的告白

老爷爷的家很好找。我想起老爷爷曾经对 S 君的妈妈说过,他家就在柞树林的另一边。往那边走去,就看见一幢小房子,门前有一个写着"古濑"的姓名牌。

我按了按门铃,屋内似乎有了响动。隔了一会儿,门缓缓地开了。从中露出的老爷爷的脸显得十分苍老颓唐。

"你——"

"老爷爷,我有些事情想问您。是关于那些被杀死的小猫小狗的。"

我没有做任何掩饰和铺垫,单刀直入地说。

"那些事,是老爷爷您干的吧?"

老爷爷俯视着我,眼睛眯缝起来。那是一双混浊的玻璃珠一般漠然失神的眼睛。

"进来吧。"

老爷爷弓着腰,示意我进去。

"我正要把事情跟警察说。负责的警官不在,所以要再打电话过去。"

老爷爷长出了一口气。

"我再也不干那种可怕的事了,放心吧。"

"那……"

"我再也不干了。"

我走了进去。

窄小的、空荡荡的起居室。榻榻米已经有多处翘了起来,粗糙不堪。窗外是一片幽暗的柞树林。柞树林和房屋之间有一块空地,杂草丛生,看起来应该是院子。可是那里只有一个小小的储物箱,花坛、盆栽一概没有。

"家里没有冷饮。"

老爷爷两手捧着热气腾腾的茶碗,从水槽向我这边走来,隔着一张小桌子坐在我的对面,把放在桌上的一只茶碗向我这边推了推。

"这是我妻子以前用的茶碗。对不起啊。"

两只茶碗形状相同,只是大小不一样。

"老爷爷——"

我刚开口,老爷爷便捧着自己的茶碗咕咚咕咚地喝起来。

"被抓起来之前,我啊,真想对什么人说一说。这个对象看来就是你了。这也是缘分啊。"

我等待着老爷爷继续说下去。老爷爷一直盯着小桌子的正中,似乎是在努力回想什么似的,长时间沉默不语。

终于，他开启了干燥的嘴唇向我询问道："你是怎么知道我是杀死那些小猫小狗的凶手的？"

我当然不能照实回答。我又怎么能说出是 S 君告诉我的呢。

"我想起了那天在 S 君家门口碰见老爷爷的时候，大吉向您扑过去了的事。其实大吉一直被训练对腐烂动物气味产生反应——"

"是那么回事吗？"

老爷爷呈现出一种十分意外的表情。

"是的。我也说不清是什么原因，S 君以前曾经这么训练过大吉。所以我想，大吉之所以向老爷爷扑过去，是不是老爷爷身上有腐烂动物的气味呢？然后我又想，那会不会就是老爷爷杀了那些小猫小狗呢？"

"是我杀了那些小猫小狗？"

老爷爷自言自语道，又重新望着我的脸。然后轻轻地"哦"了声，赞同似的点了点头。他的行为却让我十分不解。

过了一会儿，老爷爷突然问道："你以前和 S 君很要好吗？"

"怎么说呢，就算是吧。"

"是吗？那我现在要跟你说的话对任何人都不要讲，能保证吗？当然了，除了警察我也绝对不会对别人说。"

尽管摸不着头脑，但我还是点了点头。老爷爷望着我，慢慢地说起来。那声音充满了感伤和空虚。

"杀死小猫小狗的，是S君。"

我大吃一惊，感觉在我的脑子里混杂的无数想法突然间颠倒了。

"但是，刚才您不是说……"

"我干的只是把S君杀死的小猫小狗的腿折断而已。"

两个人的关系

"一开始是在一年以前。你还记不记得，在这附近的一条小巷子里，有个小姑娘车祸死了？就是那个事故发生之后不久。"

提到那起交通事故，我感到一阵痛楚。勉强抑制住自己的感情，我继续听下去。

"我那天因为工作——说是工作，其实也不过就是打工。每天早上八点到柞树林里去，去看看那个放在S君家旁边的百叶箱，把森林里的温度和湿度记录下来。"

百叶箱这个名词，以及老爷爷天天来到柞树林的这个理由我都是第一次听说。

"一年前，有一天早上，我跟往常一样到百叶箱那儿确认了一下，然后打算回家。回家的路上，在路边我发现了一个白色的东西。"

"白色的东西……"

"是个塑料袋。在那条林间小道上，竹丛旁有一个塑料袋。口扎得紧紧的。我就想，是什么东西呢？然后我走过去，把口袋打开一看，里面竟然是一具小狗的尸体……"

那似乎是一只栗色的小狗。

"就像被摔在地上或者是墙上一样，整个脸都烂了。全身都是黑色的血，都结成血块了，把我吓坏了。究竟是谁干的呢？为什么扔在这儿呢？——不过，这种震惊也没有持续多久。比起震惊，不如说我是被另一种更强大的感情给击中了。"

老爷爷痛苦地闭上眼睛，嘴唇颤抖着。

"更强大的感情？"

"恐怖。"

老爷爷的声音像从喉咙深处挤出一般。

"——我在那一刻被一种说不出来的恐惧给击中了。"

"您是害怕杀死小猫小狗的凶手吗？"

可是老爷爷却摇了摇头。

"不是的。我所恐惧的不是那个。我是——"

老爷爷垂下肩，深深地叹了一口气。

"我害怕小狗会转世。"

老爷爷的话我一点也不明白。看着一脸困惑的我，老爷爷浅浅地笑了笑。

"觉得奇怪是吧？可是我这么想是有缘故的。"

"缘故？"

"是的。我小时候——就是和现在的你差不多大——我的妈妈去世了，被坏人给杀了。然后就被装进棺材，埋进土里。但是……"

接着，老爷爷说出了让我极为震惊的话。本来已经死去的母亲却在某一天转世了。从棺材里坐起来，爬出泥土，对杀死自己的人复仇。

"从那以后，我一看见死尸就非常怕他会转世。而且还会想起我妈妈复仇的事。那天早上，看到小狗的尸体后，我就感到特别恐惧。等回过神时，我已折断了小狗的腿。"

"腿？为什么啊？"

"因为那么做了，就可以防止它转世。那些人杀死我妈妈之后，也是折断了她的腿。当然了，当时肯定是折得不对，因为最后妈妈还是转世了。"

对于老爷爷所说的，我渐渐开始理解了。

"我把小狗的腿折断之后，就想找个地方把它埋了。所以我又把小狗塞进了塑料袋里。"

老爷爷继续说着。

"那个时候，我突然觉得有人在看我。一回头，就发现 S 君在竹丛的对面向这边看着。我当时真是脊背发凉，把小狗的腿折断了这种事要是被一个小孩子看到了，那可……一瞬间，我想这孩子肯定撒腿就跑，回到家把自己看到的事情告诉别人。要不就是慌慌张张地去报警，说自己在附近看到了一个行为怪异的人。可是Ｓ君并没有那么做。"

不仅没有那么做，相反，Ｓ君根本就没有吃惊，只是直勾勾地盯着老爷爷的脸，一动不动。

"Ｓ君的眼睛里充满了同情。嘴边还有一丝微笑。Ｓ君一定是看到那样对待小狗尸体的我就觉得和他自己是同类。"

"为什么老爷爷您和Ｓ君是同类呢？"

我问道。可是老爷爷却反问了我一句。

"你知道Ｓ君为什么杀死那些小动物吗？"

我实在不知道应该怎么回答。其实答案始终在我的头脑中盘旋。迄今为止，我认为Ｓ君杀死那些小猫小狗的理由只有一个。那个理由应该和Ｓ君在瓶子里养小猫仔是同一个。我终于下定决心说了出来。

"可能是因为Ｓ君在学校里过得不好的缘故。Ｓ君总是被班里的同学欺负。所以Ｓ君就，怎么说呢——他可能就想干一些残忍的事情。"

我突然间想起那天我要往装着Ｓ君的瓶子里放络新妇大蜘蛛的事情来。那时，我觉得自己有点明白了人为什么有时候很想做一些残忍的事情。什么都干不好的时候，感到自己不被别人理解的时候，人就会做一些平时根本无法想象的残忍的事情。这是我自己的亲身经验。

"我也这么想。在学校、在家一直都承受非常大的压力,所以他就有可能通过比如说杀死小动物之类的行为来排解。——所以那时候,S君看见我对小狗的尸体做了那么残忍的事情才会认为我和他是同类。他会认为,我也是为了寻找一个发泄烦恼的缺口才干那种事的。"

为了防止转世,所以要折断双腿。这样的事情一般是很难想象的。

"那就是一个开始。打那以后,S君就开始不断地向我提供动物的尸体。"

"什么意思?"

"又过了两周的一个早上,我还是像往常一样去看百叶箱。可是百叶箱里有一张折着的纸。前一天我来时绝对没有这个。我就想,这肯定是谁在恶作剧。那个百叶箱四面都是板子,肯定是什么人从这缝隙里塞进了垃圾。"

"那究竟是什么呢?"我问道。

老爷爷站了起来,从背后的茶柜抽屉里取出了一卷纸。一张一张地,还有着当初曾经折成四折而后展开的折痕。

我大吃一惊。那张纸我见过。就在刚才,在我自己的房间里。那就是印着《我们生活的街区》的N镇地图,一共有好几张。

"你好像知道啊。"

"这是我们学校入学的时候发的。"

"啊,原来是这样啊。我也觉得可能是那种东西……"

老爷爷把地图放在盘坐的膝盖上,将最上面的一张放在桌子上。我的视线落在了纸上。地图上有一个地方画着一个×形记号,就在流过邻镇的Y河水闸附近。我一下子就明白了那个场所的含义。

"这是最开始的一张,我当时看了是一头雾水,不明白这究竟是什么意思。不过我还是非常纳闷,所以就闲着没事到画着×形记号的地方去了。那感觉就像是以前经常玩的那种寻宝游戏似的,很让人怀念。可是我在那儿找到的却不是什么宝贝。"

老爷爷到了水闸附近,一开始似乎是觉得那里什么也没有,果然是恶作剧。于是,他就决定沿着来路返回。但这时,一阵恶臭忽然袭来。

"我来到水闸的控制室,在螺旋式的楼梯下面,稍不留神就不会注意到的地方,那个,就被扔在那里。一只雪白的小猫。"

小猫和两周前看到的那只小狗一样,似乎是被摔在什么上面受了重伤而死的。

"在水闸旁边,晨跑锻炼用的柏油路上全都是血迹。"

老爷爷一面低头凝视着地图,一面说着。

"那一定是S君给我的礼物。他看到我折断了小狗尸体的双腿,觉得我跟他其实有着相同的境遇而同情我。所以，他就用这张地图来告诉我他杀死小猫的地点。"

"老爷爷，您把那只小猫的腿也折断了吗？"

"是的，折断了。"

老爷爷满脸悲痛，点了点头。

"我实在是没法克制那种冲动。尸体一旦出现在眼前，我就又被那种恐惧弄得要发疯了。所以，要想从中解脱出来，只有折断尸体的双腿。"

老爷爷的喉结动了一下，眉间的皱纹加深了。

"我对着被折断了双腿的小猫尸体发了好一会儿呆。一瞬间对自己刚刚做的那种残忍的事情抱满悔恨和感伤，连动都动不了了。可是最让我伤心的，最最让我伤心的是我竟然通过做那件残忍的事情来将刚才几近疯狂的自己从恐惧中解脱出来，重新变得平静。"

停了一会儿，我开口问道："那小猫小狗嘴里的香皂也是老爷爷您塞进去的吗？"

老爷爷摇了摇头。

"不，那不是我干的。我按照地图发现尸体的时候，嘴里已经塞着香皂了。S君为什么要那么做现在我也弄不明白，一定是有他自己的理由吧。"

"S君自己的理由……"

我想了一阵，却没有结果。

一个月之后的一个早晨，老爷爷在百叶箱里发现了第二张地图。

"就是这张。"

老爷爷把第二张地图叠放在第一张的上面。

"第二个是在农户的园子里。"

老爷爷用枯枝一般的手指了指画着×形记号的地点。这和最初发现小狗尸体的地方是一致的。那一带还有一些农户，广阔的农田之间还稀疏地分布着一些古旧的平房。

"我就明白了，那里有新的动物尸体。我看到那张地图的时候腿都发抖了。我就想，难道说S君又干了相同的事了吗？那种可怕的事。同时我也意识到一个月前在水闸那里，我自己所做的一切也是非常恐怖的。我折断了那只小猫的腿，对S君来说就是我欣然接受了他送给我的这个礼物！"

的确如此。S君得知水闸附近那只小猫的事情之后一定非常高兴。

"那天我一个人在家里抱着脑袋，不停地对自己说，什么也不许干！哪儿也不许去！"

"那为什么后来还是去了呢？"

实际上，后来就在那个地点发现了一只双腿被折断的小狗的尸体。

"一想到那地方有个尸体，而且还一直放在那里，我就觉得害怕。要是不早一点把它的腿折断，不知道什么时候它就会转世。我就是怕这个。"

第二天一大早，老爷爷就跑到了地图上指示的地点。

"在山茶花丛中，有一只茶色的小狗的尸体，嘴里塞着香皂。我把那小狗的腿又给折断了……"

从此，同样的事情不停地发生着。S君不断地把地图塞进百叶箱，老爷爷也不断地按照地图的指示到那些地点去折断尸体的双腿。地图上的×形记号就这样一个个地增加着。

"为什么S君每张地图上都要把新的有尸体的地点和此前的地点都标上×形记号呢？"

老爷爷膝上还剩最后两张地图的时候，我忍不住问道。

"可能是他想要向我转达他的想法吧。他想提醒我，他已经给了我这么多的礼物了，所以他就把所有放尸体的地点一遍又一遍地在地图上画记号，我觉得。"

我突然想起S君出现在我房间里的情景。S君请求我去寻找他的尸体，我答应了他。那个时候，我虽然很不安，但是却也感觉到有一种新鲜的力量在体内涌动。为某个人去做一些事情，这个想法让我充满了力量。S君在地图上一遍又一遍画上×形记号的时候，可能也是同样的心情吧。

"在这期间，您就没有想过阻止S君吗？"

"这个嘛，我是想过的。"

老爷爷从我的身上移开了视线，眨了眨眼睛。

"但是我却没有那种勇气。我一想到S君的内心处于多大的危险之中，就怎么也无法去阻止他，我实在是做不到。我如果阻止他，他一定会很伤心。自己给了对方礼物，对方应该高兴才是，可是如果要是知道对方其实并没有接受自己的好意的话，下一次他说不定会——"

老爷爷没有说完，只是直直地盯着自己眼前的地图，地图已经有八张了。

"这是第九张——最后一张地图了。"

老爷爷在把它放到桌子上之前，对我说。

"第九个画上×形记号的地点就是S君家附近的空地吧？"

我把自己偶然看到那具尸体的事情说了出来。并且也说明了这就是后来大吉向我吠叫的原因。

"是吗——你看到那只猫了？在那辆废弃的车里？对，那是S君杀的，我折断了腿。那是最后一只了。你和这事还真是有缘分啊……"

老爷爷自言自语般地说着，深深地叹了一口气。

从刚才开始，我的心中就浮现出一个疑问。犹豫了一阵，我还是决定说出来。

"老爷爷，您没有搬走S君的尸体吗？"

老爷爷万分惊诧地看着我，反问道："S君的尸体？我当然不会干那种事了！你觉得我能和尸体——人的尸体在一起待那么长时间吗？"

的确如此。S君尸体的腿并没有被折断。老爷爷是不会和那样的尸体在一起那么长时间的。

"我是前天,也就是Ｓ君的尸体被发现那天决定把一切都对警察坦白的。不知怎么回事,好像Ｓ君尸体的嘴里也有香皂。所以我想,警察肯定会把近来那些动物离奇死亡的事件重新调查一番的。那样一来,我所做的一切的最终败露也不过就是时间的问题了。我觉得,与其被警察抓到,还不如自己坦白。可是啊,真是怎么都下不了决心。这三天真是快烦死了。总算下了决心,刚才给警察打电话,警官又不在。我又动摇了……"

老爷爷仰起脸,对我笑了笑。

"你来了,真是帮了大忙。烦心的时候,能有人听我说说话真是再好不过了。心情好多了。该做的事情也能下定决心做了。"

老爷爷的眼角让笑容挤出一道深深的皱纹。

"而且,这样一来就又有一个人知道真相了。没什么好隐瞒的了。就算是我向警察坦白的练习吧。谢谢你啦。"

这些话听起来是真的。

太阳开始偏西了。透过柞树枝叶的橙色阳光从窗外照了进来。老爷爷的侧身沐浴在阳光里,弓着身子,一动不动,宛如一棵生根已久的老树。远处传来油蝉的鸣叫声。

我从未想到一切会是这个样子。我本以为老爷爷是杀死小猫小狗的凶手,所以才跑到这儿来的。可是,凶手最终还是Ｓ君。Ｓ君杀了小猫小狗,老爷爷把腿——

"把腿……"

我仰起了脸。一直到现在，一切都是意料之外的，我却忘了问最重要的事情。

"所婆婆也是您干的吗？"

"所婆婆……"

老爷爷疑惑不解地看着我。

"商业街那里，大池面粉厂家的。腿也被折断了，嘴里也被塞上了香皂。"

"什么？"

老爷爷的脸色变了。

"发生了那样的事吗？什么时候？"

两手按着桌子，老爷爷向我探过身子，双眼圆睁，嘴唇张开，颤抖着。

"就在两天前，八月二号——和发现S君的尸体是同一天。"

"可是，新闻里什么也没——"

"是夜里才发现的。我是在十点的新闻里看到的。"

老爷爷一脸愕然，凝视着我，沙哑地说："十点啊。"

"那天下午开始，我就没打开过电视。我害怕知道警方调查的进展，连报纸也没看。那不是我干的。我不会干那种事。"

但是我并没有马上就相信老爷爷的话。折断那些小猫小狗腿的是老爷爷，所婆婆被发现的时候也是完全相同的状态，可是老爷爷却偏偏说这件事情与他无关，这绝对值得怀疑。

我看着老爷爷的脸,他拼命摇着头。

"你想错了。真的。我没干过。我连这件事都是刚刚才知道啊。啊啊,可是——"

老爷爷伸出双手遮住了脸颊,手掌的缝隙间流出含糊不清的声音。

"那可能真是我的错。因为我干了那么多——我对动物的尸体做了那么多残忍的事情——所以可能是有人在模仿我……"

"模仿?"

"只能这么想了。有人……"

老爷爷的手指在脸颊上颤抖着,内心也似乎十分胆怯。

"道夫君——实在是对不住……"

老爷爷对我说他想一个人待一会儿。

香 皂

从老爷爷家出来,我立即向S君的家走去。

听见门铃响而走出玄关的S君的妈妈一看到我,就用手遮住嘴角,看起来,她根本没有想到我会来。

"道夫君,昨天真抱歉。我——"

"阿姨,有一件事,我想请您告诉我。"

无论如何，有一件事我必须马上确认，已经没有多少时间了。

"大吉和香皂有什么关系吗？"

S君的妈妈对我这个问题似乎一时摸不着头脑。我又一次更加直接地问了一遍。

"大吉很讨厌香皂的味道吗？"

S君的妈妈低头看着我，半带着疑惑，点了点头。

"大吉还是幼仔的时候，有一次掉进洗衣房的洗衣桶里出不来了。当时虽然正在洗衣服，可是我突然有急事出去了——大吉好像是被那些衣服缠住了脚……"

"闻到香皂的气味就受不了？"

"是的。报社的人在玄关放个香皂箱它也受不了，直发抖。"

所以昨天我走进玄关的时候，大吉发出了一种非常胆怯的声音。因为面粉叔叔往我的手里塞过一块香皂，我的手上沾染着香皂的气味。

"可是道夫君，你为什么问这个啊？"

"请让我看看院子！"

不等S君妈妈回答，我就直接去了院子。走到最里面的窗子前面，环顾着四周。S君的妈妈趿着拖鞋追过来。

"这里，警察搜查过了吗？"

"是的，全都搜查过了……"

"杂草下边呢？全都搜查了吗？走廊下呢？"

S君的妈妈为难地皱着眉头，回答说："我想已经搜查过了。"可我还是弯下腰，贴着地面，仔仔细细地审视着那些阴影。杂草丛生的地方，被石块遮蔽的地方，廊檐柱子的内侧。——没有。哪儿也没有。

　　"道夫君，你究竟是——"

　　"对不起，阿姨。马上就完事。"

　　我的脸几乎要贴到地上了，环顾着四周，伸手四处摸着。但还是没有。哪儿都没有。难道说警察已经发现了吗？或者是我想错了吗？我不停地喘着粗气。必须要找到。不找到的话——到底在哪里呢？难道是隐藏在哪里了吗——

　　我突然转过头。

　　在我的视线里，是许许多多的向日葵。

　　"明白了……"

　　我默默地自语道。

逼近一切的终结

　　我冲进玄关，带着一直留在一楼的美香，一跑上楼梯。妈妈已经回来了，因为发现了我乱扔的旧报纸，正在怒骂。我没有时间理会这些。没有时间了。已经没有多少时间了。

"怎么了？那么慌慌张张的？"

我冲进房间，S君惊奇地问道。我没有回答，只是立即逼近了S君。

"我都从老爷爷那里听说了。"

"哦，你都知道了。那又怎么了？那老爷爷全都承认了吗？承认自己是杀死小猫小狗的凶手？"

"别装了！我不是已经说了吗，一切我都已经知道了！你所做的一切我都已经知道了！"

"噢？你究竟知道什么了？"

我深深地吸了一口气，接着一口气说了下去。

"杀死小猫小狗的凶手就是你，S君。你在学校里过得不好，感觉痛苦，感觉寂寞，所以你就去杀那些小猫小狗来发泄。然后你把放尸体的地点通过学校发的那张地图告诉老爷爷。老爷爷就按照那地图找到尸体，再把尸体的腿折断！"

"哦，是这样啊。然后呢？"

"我也终于明白了你训练大吉寻找烂肉的原因了。你是为了把自己杀死的动物的尸体弄回家来。S君，你最开始就是这么打算的。因为在发现小猫小狗的尸体之前如果自己的身影在现场被发现了，马上就会受到怀疑。但是想要残杀动物的那种残忍的念头你怎么也抑制不了。所以你就打算杀死那些动物之后在夜里让大吉把尸体运回来。这是你最初的计划。但是后来你把动物的尸体当作礼物送给老爷爷了，所以这个计划就被放弃了。你决定不用大吉运回那些尸体而是送给老爷爷。不去回收那些尸体，也就是说，把尸体留在原处不动。这个计划的变更对于你而言是非常危险的。但是你非常同情老爷爷，因为老爷爷和你有着相同的境遇。所以你就冒险想要为老爷爷做点儿事。"

"真可笑！道夫君，你不知道吧，狗如果训练过一次就不会忘记了。只要记住了去寻找尸体，无论怎么阻止，大吉还是会挣脱绳索跑出去的。然后叼着小猫小狗的尸体回来。就像把我的尸体叼回来一样。"

"所以你就用了香皂！"

我一步也没有退缩。现在，我非常清楚要想压制Ｓ君就要赌上全部。

"大吉非常讨厌香皂的味道。所以你就在杀死的小猫小狗的嘴里塞进了香皂。这样即便是大吉跑了出去也不会把尸体运回来了。"

"啊？头一回听说啊。真不可思议。"

"我再也不会相信你说的话了。"

我伸出右手，把装着Ｓ君的瓶子拿到了眼前。

"啊啊，道夫君！——你要干什么？"

"什么也不干。我只是要告诉你，不许再对我说谎。"

"你那张脸好可怕啊。跟上次要把那大蜘蛛放进来的时候一样。你去照照镜子。道夫君，不觉得吃惊吗？你自己都没有觉察到吧，你身上非常恐怖的那一部分——"

我用左手拿住瓶子,右手迅速地拧着盖子。

"拿出最后的撒手锏啦?想用暴力?"

"你要是不跟我保证从今以后再也不对我说谎了,我就真那么做!"

我打开了盖子,扔到地板上,两根手指伸进了瓶子里。

"开玩笑吧你?"S君的声音变了。

"不是开玩笑。我是认真的。"

我冲着S君伸出了手指,S君慌忙地退向巢的另一端。手指尖马上就要触到他的身体时,他突然伸出八只脚蹬住了巢,一下子跳到了瓶口。

"道夫君,你冷静点儿!"

我的手指始终追着S君。S君还想再跳起来,可说时迟那时快,他的身体已经被我用拇指和食指死死地夹住了。手指肚那里能感觉到S君在蠢蠢欲动。

我和S君都已经无话可说了。我死死地盯着对方的脸。S君也不再蠕动,只是等待我的行动。

"我知道了。"

终于,S君说道。仿佛是从洞穴底部传来的声音,晦暗,毫无感情。

"我再也不说谎了。"

这句话让我感到全身一阵轻松,不觉瘫坐在地板上,S君终于能够明白我的愿望,这让我从心底感到非常高兴。

我看着S君,平静地说:"对不起,S君。我本来并不想——"

可是接下来S君的话让我浑身冰凉。

"——我把一切都告诉你吧。"

时间似乎在那一刻停止了。刚才S君说的那句话我实在不愿意相信。

"什么意思？"

我感到自己的声音无比脆弱。

"我把我所知道的一切都告诉你。一切的真相。这不正是你希望的吗？"

"我没有那么说。只要S君你不再说谎就行了。"

但是S君没有理会我的话。

"我来实现你所希望的。第一——道夫君在岩村老师的房间里看到那些是偶然的。岩村老师不过就是恰好有那种变态的爱好而已，那和我的死实际上没有任何关系。第二——我本来就不是被岩村老师……"

S君的话突然间像是被切断了一样戛然而止。

S君在我的手指下悄无声息地被捏碎了。

跟那天在和室的格窗上吊起来的时候一样，S君的身体里流出液体，死去了。不一样的只是那一天液体是滴落在榻榻米上，这回是沾在了我的手上。

我回头转向美香。

"美香，S君已经死了。"

我的手指依旧夹着S君的身体，慢慢地靠近了美香。

"美香——你喜欢S君吧?"

我蹲下身子,伸出左手抓住了美香的身体。

"那你吃了他吧!"

右手靠近了美香的嘴边。

"不用再忍了。把S君吃了吧!"

美香欣喜地张开了嘴。S君的身体就消失在了她的嘴里。

"一切都该结束了。"

我走出了家门。

八月四日下午六点三十分。

迎着太阳,泰造在柞树林的林间小路上走着。两旁的落叶在夕阳的照耀下闪着橙红色的光。油蝉那清澈的鸣叫声好像被吸进了黄昏的天空之中。

泰造慢慢地、一步一步地走着,似乎是充满了眷恋之情。

"动物尸体损害罪?有没有这种罪名啊?"

不知道是不是有这种罪名。不管怎么说,一会儿自己怕是就要被关押起来了。

"咳,算啦,反正都有思想准备了……"

就算自己被警察拘留了,也没有人会在意的。女儿根本就不怎么联系了,岐阜农业大学的这项工作已经整整一年了,正好今天早上结束。也没有给那个研究室的人添什么麻烦。

泰造现在打算直接到警察局去。他觉得打电话是不行的。如果不是面对面坦白，自己怕是还会逃开。进入正题之前说一些冠冕堂皇的话，然后挂断电话的自己轻易就浮现出来。可是，如果拖下去，警方的调查就会向前进展。离自己的名字浮出水面就不远了。等到那个时候就晚了。所以必须尽早向警察坦白。把刚才对那个叫道夫的少年所说的一切告诉警察。

尽管如此。

——所婆婆也是您干的吗——

难道说，还死人了吗？难道说，有人杀了那个老太太，然后又折断了她的双腿，在嘴里塞进了香皂吗？怎么想都应该是模仿犯罪。什么人在泰造不知情的情况之下，模仿他损害小猫小狗尸体的方法，对那个老太太也做了同样的事。

"即使如此，责任还是在我……"

泰造向前看去，百叶箱还是放在平时的地方。再也没有必要检查它了。

"哦，这个必须要还回去啊。"

泰造把手伸进裤袋，摸出了那把锁的钥匙。

走到百叶箱旁边，泰造停住了脚步，呆呆地望着这个好像小人国房屋一般的白色四角小箱子。

这样就行了吗？

那个疑问又袭上心头。

在自己犯下的罪行败露之前去警察局自首。听起来是正确的行为。可是，泰造这么做的目的却不过是为了自保。泰造想要对警察坦白的，说到底还是刚才对道夫所说的那些。

——对你说的一切，我也要对警察坦白。这就算是练习吧——

泰造对道夫这么说过。这是实话。把对自己心存怀疑，特意跑到自己家来的道夫让进屋里面对面坐着，也就是出于这个目的。泰造觉得，自己把故事对一个孩子说出来了之后，再面对警察时，就知道怎么组织语言了。

但是，真的是这样就行了吗？

无论怎么冥思苦想都没有结论。

太阳愈发低垂了，油蝉鸣唱的柞树林渐渐暗下去。

泰造在裤袋里摆弄着钥匙，手指尖无意触碰到了一个硬东西。

"忘了把这个还给那孩子了……"

泰造把那个东西从裤袋里拿了出来。那是写着名字的小学生胸牌。那天，在S君家的门口，泰造被大吉又扑又咬的时候，道夫来帮忙不小心掉在地上的。道夫走了之后，泰造捡了起来，想以后还给他，所以一直放在裤袋里。

泰造把胸牌凑近眼前，仔细读着上面的字。

"他叫摩耶道夫啊。"

摩耶,应该是释迦牟尼母亲的名字。

是摩耶生了佛。她是生出了佛的人。

"那孩子那么聪明,这个姓氏倒是很适合他。"

泰造轻轻地笑了笑。

转回身,朝家的方向返回林荫道的时候——

"太好啦,在这儿啊。"

泰造猛地抬起头。

"刚才到您家去了,您不在。我就想,可能您会在这儿吧。"

"你——"

道夫就站在林间小道的一旁。

"为什么,到这儿来找我……"

道夫嘴角挂着微笑,始终注视着泰造,他的右手拿着一只扎着口的白色塑料袋和一个似乎是装着什么东西的瓶子。那个下雨天在车站遇见道夫的时候他就拿着那个瓶子。因为夕阳西沉,所以看不清瓶子里是什么。

"老爷爷,您已经给警察局打过电话了?"

泰造摇了摇头。

"我现在想直接去警察局,不想打电话了。总觉得打电话容易动摇。"

"是嘛——"

不知道为什么,道夫露出放心的神色。

"那还来得及。"

泰造不明白道夫这句话的含义。

"什么来得及？"

道夫没有回答泰造的疑问，只是摇摇晃晃地向这边走过来。

"我差点就被老爷爷骗了啊。"

泰造无言地窥视着道夫的表情。道夫慢慢地又露出一个微笑。

"老爷爷，刚才您对我说谎了，是吧？"

"我怎么会说谎……"

"因为害怕会转世，所以就把小猫小狗的腿折断了。为了S君着想，而没有去阻止他杀死那些小猫小狗——"

道夫扑哧一声笑了出来。

"真是胡说八道啊。根本就不是那么回事儿。只要略微想一想就会明白了。"

泰造感到自己的身体一点点僵硬了。

"您为什么会害怕S君杀死的那些小猫小狗会转世？就算是它们转世了，也不会对老爷爷怀有什么怨恨啊。要说S君怕这个还差不多，老爷爷，您怕什么？您的话有点不对劲儿啊。"

"这个……我不是对你说过了吗？我小的时候，因为我妈妈转世的事情有过非常恐怖的经历。所以我害怕尸体转世。"

道夫似乎是在窥视泰造的脸一般小声地说："哦？那老爷爷，您觉得自己妈妈的尸体和那些小猫小狗的尸体是一样的了？"

"不，那倒不是。我是想说，也就是说……"

泰造慌乱地寻找着合适的语言。就在那一瞬间，道夫的嘴角突然上挑。

"果然，老爷爷，您在说谎！"

"什么？"

"我刚才是在试探您。我不过是想试一试，如果我说了那些话，老爷爷您会有什么样的反应。老爷爷，刚才您想强词夺理吧。而这正证明您的恐惧是伪装的，也证明了您说的并不是真实的感受。如果是真实的恐惧就不会在这里强词夺理了。"

起风了，周遭的枝叶摇曳作响。

"接下来还有一个。您不去阻止Ｓ君杀死小猫小狗的理由，您说是考虑到了Ｓ君的心情，其实也不是那么回事。老爷爷，您知道Ｓ君杀死小猫小狗的原因吧？因为在学校人际关系不好，压力极大，所以就去做那些残忍的事情。如果是这样的话，您好好和他谈一谈不就解决了吗？比起让他去杀小动物，有一个谈话的对象应该更能拯救Ｓ君——老爷爷您自己不是也说过吗，烦心的时候，能有人听你说说话真是再好不过了。"

的确，泰造说过那样的话。那也是泰造的真心话。

"还有一点。您第一次在水闸边上把小猫的腿折断的时候，没有把尸体藏起来。那是为什么呢？"

道夫仰视的视线死死地攫住了泰造。

"被恐惧驱使，折断了尸体的双腿——那一般来说，应该把尸体藏起来啊。在那种地方扔着一只猫的尸体，双腿还被折断，肯定马上就会有风言风语的。后来也的确如此啊。"

"我当时很慌张——"

"不对！老爷爷，撒谎的时候忘记了自己说过的话可不行哦。您是这么对我说的——折断了小猫的双腿之后，刚才已经陷入疯狂的心终于回归了平静。"

泰造感到一阵强烈的焦躁。为了不表露出来，他努力克制着，慢慢地、慎重地低下了头。

"老爷爷，您没有移动尸体，是因为您想告诉Ｓ君'你送我的礼物，我接受了。'是不是这样？"

泰造感觉到道夫又向自己靠近了一步。

"总之就是这样的吧——老爷爷您并不是害怕小猫小狗转世才折断它们的腿。而且您也从来没想过要阻止Ｓ君。相反，您倒是希望Ｓ君继续干下去。这又是为什么呢？答案只有一个，也就是——"

泰造扬起了脸。道夫的唇边依旧带着浅浅的笑意。

"老爷爷您很想去折断尸体的腿！"

听到这句话的瞬间，泰造感到包裹在自身周围的那个坚固的壁垒轰的一声崩塌了。自己像被扒光了一样暴露无遗。

是的——道夫说的是对的。

泰造真想堵住自己的耳朵，他勉强支撑着，依旧面对着道夫。

"老爷爷，您究竟为什么想要去折断小猫小狗的腿啊？您告诉我吧！"

面对着这个九岁的少年，泰造感到一种无以言表的恐惧。这就好像是老鼠害怕猛禽一般的，本能的恐惧。

片刻间，两人都沉默了——

"一开始的的确确是害怕的……对于尸体转世，真的是很害怕……"

梦呓一般，泰造开始了讲述。

"一年以前，有一场车祸把一个小姑娘撞死了。你也说记得这件事。我是那起车祸的目击者。那个被车撞了的小姑娘最后的意识中，犯了一个大错误——她把我当成了肇事者。所以……"

自己在那一时的冲动之下，折断了小姑娘的腿。泰造把这件事情的经过告诉了道夫。道夫的眼中瞬间闪过一丝锐利的光，随即消失了。

"我对自己做的事情真是很后悔。我很害怕我自己。妈妈的尸体转世那件事一直支配着我的心。我也觉得这样不对。怎么办才好啊？我总是在拼命地想，怎么样才能忘掉小时候的那个经历呢?我的结论是,我应该确认妈妈的尸体转世其实是我的错觉。我想,只有这样,这个已经在我心里扎根的恐惧才能消失。"

于是,泰造马上回到了九州的农村。在自己当时生活过的地方,调查当时发生的事。

"我在村子的图书馆里找到了一份资料。是关于当时这个地区举行葬礼的资料。我一看,真是大吃一惊。"

泰造在那个小村子生活的时候,举行葬礼时都要把死者的遗体放进"座棺"。也就是说把遗体放进一个桶状的棺材里,遗体呈坐姿,然后就以这样的状态下葬。

"那资料上写得很清楚。把遗体放进座棺的时候,基本上大都是全身僵硬了。所以就只能由僧侣、亲戚或是帮忙的人把死者的胳膊和腿折断。"

"那么,老爷爷,您小的时候在院子里看到的——"

泰造点了点头。

"那只是把我妈妈的遗体放进座棺的过程而已。那些人,就是单纯为了葬礼而来帮忙的。"

"可是,下葬之后,您的妈妈不是转世了吗?"

"那个在资料里也有记载。"

泰造回忆起资料里的内容,慢慢地讲起来。

座棺和寝棺不同,在下葬的时候,必须要在土里挖出一个很深很深的坑。但是,在殡葬公司普及之前,只靠当地人自己举行葬礼时,很难挖出一个那么深的墓穴。也就是说，当时很多座棺埋得都很浅。

"我妈妈的座棺可能也是这种情况。遗体埋得不够深，所以就会被野狗什么的刨开。这似乎也不是什么新鲜事儿。"

"老爷爷您的妈妈难道也被野狗给……"

"很可能就是这样的。就是被野狗什么的把坟墓给刨开，叼到山里去了——就像大吉叼回S君的尸体那样。"

泰造的两手抚着自己的脸颊。

"我对你说，关于我妈妈转世之后找到杀死自己的凶手复仇这件事，我也马上从别的资料上找到了真相。那个人是被一个拦路歹徒杀害的，凶手后来被抓到了。"

"一切都是老爷爷的错觉啊。"

"是的，从一开始，我妈妈被人杀死这件事就是我的幻想。总之，此后几年、几十年间，始终在我心底的那种恐惧实际上就是我自己编出来的。也就是一个故事而已。我是多么愚不可及，拿着这个虚无的东西当救命稻草！"

但是，就在那种虚无之中，泰造有一种奇妙的感觉。好像是一条抬起头的蛇一般，一种小小的，充满了危险的感觉。一开始，这种感觉究竟是什么，泰造自己也不知道。

"从我看到那只塑料袋里装着的小狗尸体开始，我就明白了那种感觉是什么。看到它的一瞬间，那种欲望就一下子涌了上来。"

"那种欲望？"

"想要折断尸体的腿的欲望。"

对于下意识涌上来的这种冲动，泰造从心底感到震惊。自己似乎是有些疯狂了，他非常讶然。

"那老爷爷您为什么想要去折断尸体的腿呢？"

"我和S君是一样的。很空虚，也很孤独，总想发泄一下。S君没有看错。和S君杀死小猫小狗一样，我的心里也渴望着做一些超出正常轨道的、疯狂的事情。而对我而言，在这个世上最疯狂的行为就是——就只能是折断尸体的双腿了。"

对着小姑娘的膝盖用力踩下去，致使关节折断的那个恶行对于泰造而言应该是必要的一种自我防卫的手段。为了从无法承受的恐惧中自我拯救，这也是唯一的方法。但是那种恐惧消失的时候只是在泰造的心中留下了他自己都能清醒地认识到的更加疯狂的一个印记。

"把塑料袋里的小狗的腿折断的时候，我感到了一种说不出来的解脱感。直到现在我还记得清清楚楚。关节被弄折的时候那种闷闷的响声。那种声音传到皮肤上，我心里那种无法克制的兴奋。我就感觉那一刻我的空虚和孤独就像雾一样散去了，当我意识到这一点的时候，那种激动……"

"那一幕被S君看到了吧？"

"是啊，被他看到了。可能我的内心也马上就被他看穿了。啊，这个人和自己是一样的，想到这种发泄方式肯定也没费多少事。"

"然后S君就开始把那些尸体当作礼物送给老爷爷了?"

"是的。"

泰造回过头,向S君家投去了黯然的目光。

"他杀了那些小猫小狗,然后把放尸体的地点告诉我。我到那个地方去,把尸体的腿折断,满足我自己的欲望。这样,S君也会有满足感。这种可怕的循环持续了九次……"

泰造长出了一口气。竹丛的另一边,S君家的窗子映出黄色的灯光。美津江在家吧。一个人孤零零地在吃晚饭吧?还是像发现S君的尸体的那个早上一样,在廊下抱着膝盖呆呆地凝望着院子呢?

那——

那个时候,泰造听到了一种奇妙的呼吸声。转回视线,他重新看着道夫。道夫垂着头,双肩颤抖,拼命地——

"有什么不对劲儿的吗?"

道夫在强忍着笑。

"算了吧,老爷爷。"道夫一边忍着一边说,"算了吧,不要再说谎了。没用的。我全都知道了。"

"我说谎?"

道夫止住了笑,扬起脸。

"是十次吧？不是九次。S君把放尸体的地点告诉给您一共有十次吧？那个半途而废的您刚才没算进去吧？"

"半途而废？"

泰造带着强烈的恐惧问道。

"那就是S君自己啊。"

道夫的目光几乎要刺穿泰造一般，寒冷，锐利。

"如果不算上S君自己的尸体那他不是太可怜了吗？虽然老爷爷您也许没能折断S君尸体的双腿，但是这毕竟是S君送给您最后的礼物啊。"

泰造感觉到一种巨大的冲击，好像脖子被钉进了一个木楔子一样。眼中那微暗的风景也开始摇晃起来。那些林立的树木和道夫的脸都像糖果一样被压扁了。

"S君的事，我——"

"您不知道吗？说谎吧？S君为了您都这么做了。"

道夫从口袋里取出了一样东西。泰造眯缝起眼睛仔细看着。

是一块白色的、已经风干的香皂。

"S君是不会不告诉老爷爷自己的尸体在什么地方的。而且他为了不让大吉移动尸体，还先在自己的嘴里塞进了香皂后才吊死的。"

道夫一边在手里把玩着香皂，一边继续说着。

"老爷爷，您总是想弄出一个假象，让别人觉得S君是被人杀死的。您还告诉我那本变态小说的事情。但是，老爷爷，S君其实是自杀的这一点，您是最清楚的！"

从太阳穴那里淌下了冷汗，泰造只是望着道夫。

"老爷爷，您不说我替您说。七月二十号，S君死的那天早上，您从S君那里得到了一张新的地图。就是刚才您不想给我看的那第十张地图。"

"你——"

"您刚才说'最后一张地图'就是放在桌上的第九张——S君家附近的空地上加了×形记号的那张。您把这张地图放上去的时候，膝盖上还有一张，我已经看见了。"

是的。还有一张。那天，泰造的确得到了第十张地图。沿着林间小路回去的时候，S君从身后追上来亲手递给他的，默默无言地把折了四折的地图递给了泰造——

"老爷爷，您看到这个怕是不明白怎么回事吧。地图上新加上去的×形记号就在S君家那里。"

道夫的话没有错。地图上所指示的新的尸体地点就是S君家。怎么看都是在他家的位置画上了第十个×形记号。而且画得格外大。还没等泰造发问，S君就急匆匆地转身沿着林间小路跑回去了。

"老爷爷，您看了这个先是这么想的吧？新的小猫小狗的尸体就放在S君的家里。但是马上您就觉得不太对劲了。您觉得自己不可能跑到S君的家里去找到尸体，然后折断尸体的腿。您觉得不对劲，就回了家。不一会儿您就明白了，这是S君在向您送上最后的礼物。想要把自己的尸体送给您。老爷爷您就马上跑到S君的家里去了。到了S君的家里,刚好是十二点半,最迟也不会超过一点。应该是在从我发现了S君吊死到岩村老师和警察赶到S君的家里中间这段时间吧?"

的确就是那段时间。泰造忽然明白了地图的含义,就马上飞奔出家门,拼命地沿着林间小路跑到了竹丛那里,探头看过去——

"S君故意选择了从外面可以清楚地看得到的地方吊死,我想,他就是为了能够让老爷爷容易看见吧?看见了S君的尸体之后,您就穿过这个柞树林把尸体运回了家。您当时的心里一半是觉得必须要接受S君这最后的好意,另一半是觉得得到了一个人的尸体,真是高兴。是不是这样?"

为了S君的念头更加强烈。为了那个能够理解自己的S君,为了那个满足自己这种恐怖欲望的S君。

"搬走尸体的时候,老爷爷收拾了一下那个和室。您擦去了榻榻米上面S君的排泄物,从大衣柜把手上解下了绳子,那把被踢翻的椅子,还有因为S君的重量而移了位置的大衣柜,您把它们都给归位了。您想隐瞒S君自杀的真相。"

是的。泰造害怕有人会发现尸体被弄走。所以他就决定隐瞒S君自杀的真相,造成失踪的假象。那是没有经过深思熟虑的,冲动之下的行为。

"但是，您做的那些都白做了。因为在那之前，我已经看到了Ｓ君吊死的情景了。"

那个时候，泰造根本就没有想到会有什么人已经看到了Ｓ君的尸体。

"老爷爷，正因为您在现场干了好多莫名其妙的事，所以才弄成这样。Ｓ君的尸体要是不消失的话，这一切就在那一点上结束了。不过现在说这些也没用了。"

道夫叹了口气。"这一切就在那一点上结束了"这句话的含义泰造实在是无法理解。

"老爷爷，您搬走了Ｓ君的尸体，装进塑料袋里藏了起来。或许就是在院子里吧。那个储物柜那里。"

是的，塞进了那个储物柜里。

"那天早上的事情您还记得吗？就是在Ｓ君家的门前，大吉向您又扑又咬。我刚才还在想，那会不会就是大吉对小猫小狗尸体气味的反应呢？老爷爷您折断过小猫小狗的尸体的腿，您的衣服上、身上会沾着尸体的气味，所以大吉会有那样的反应。但这还是有点不对劲。因为那天您到Ｓ君家之前并没有折断过尸体的腿啊。您最后一次接触的尸体，应该是在Ｓ君家附近，就是我也看见过的那个空地上的小猫。那已经过去很长时间了。再怎么有味道，隔了那么久，衣服上呀，身上呀，味道恐怕也应该消失了。老爷爷，那天早上，您接触了被您藏起来的Ｓ君的尸体了吧？"

是这样的。那天早上，泰造曾经打开了储物柜的门，和S君的尸体面对面过。

那天，泰造去拜访了美津江，对她说S君的死很可能不是自杀。当然，这都是胡说的。泰造说，他发现S君在死之前似乎是在对什么人说话，这些说法都是想作为他杀的依据的。警方如果怀疑S君的死是他杀，那么自己把S君的尸体隐藏起来的事就很难败露了。因为大家都会怀疑是杀死S君的人搬走了S君的尸体。但是，事情会不会顺利发展，泰造也没有把握。所以泰造再一次面对藏在储物柜里的S君的尸体，想要重新认识一下自己被逼无奈的状况。也是一种自我激励。

"不管怎么说，是老爷爷您搬走了S君的尸体藏了起来。您也想像对待那些小猫小狗一样把S君的腿折断。可是您却怎么也下不了手。您是不是觉得S君太可怜了？"

是的。S君实在是太可怜了。就算在结束自己的生命的时候，他还没有忘记对泰造的同情。只要一想到这些，就觉得那孩子太可怜了。但是与此同时，折断S君——人类——的腿的这种冲动还是在泰造的心中不停地涌动。这也是事实。这两种截然相反的念头在泰造的心中不停地翻腾、撞击。泰造心烦意乱。就在此时——

"老爷爷，您把S君的尸体塞进储物柜后什么都没做。但是塑料袋里还是散发出S君的气味来，被大吉闻到了。所以在老爷爷睡着的时候，大吉穿过柞树林到您家把S君的尸体运走了。"

那天早上，泰造发现储物柜的门是开着的，S君的尸体不见了。那一瞬间，泰造产生了一种错觉：难道说S君转世了？窥视母亲墓穴时的那种恐惧又一次袭上心头。泰造慌慌张张地跑到S君家。在那里，谷尾警官告诉他，是大吉把S君的尸体叼了回来。

道夫遗憾地摇了摇头。

"如果S君的嘴里好好塞着香皂就不会发生这种事情了。"

"香皂……"

"对了，香皂的作用老爷爷您还不知道吧？那是S君为了防止大吉接近、移动尸体而苦心想的办法。最开始，S君是想让大吉把那些小猫小狗的尸体运回来的。为了这个，他还特别训练过大吉。但是后来，他决定把那些小猫小狗的尸体送给老爷爷，所以如果大吉把尸体叼回来就糟了。因此S君就利用了大吉讨厌香皂的气味这一点。如果尸体上有香皂的气味，那么大吉就是发现了也不会去碰它，更不会把它叼回来了。"

原来是这么回事啊——

到现在为止，泰造唯一想不明白的就是为什么要在尸体的嘴里塞上香皂。他觉得，这应该是S君用意非常深刻的一种行为。当泰造得知不仅仅是那些小猫小狗的尸体，就是S君自己尸体的口腔里也检查出了香皂的成分时，他就想，尸体和香皂之间一定有着一个只有S君自己知道的类似仪式一般的奇妙关系。但是，没想到只是单纯地为了不让大吉去碰尸体而已。

"本来S君在上吊自杀的时候也在自己的嘴里塞了香皂。但是不走运的是，香皂飞出去了"

"飞出去了……"

"是的。S君踢翻椅子，身子吊在格窗上的时候，另一端绑在大衣柜门上的绳子因为S君的重量而将大衣柜的门拉开了，于是S君顺势往下一沉，好不容易塞在嘴里的香皂就飞到院子里去了。"

"掉到院子里了吗？"

刚才泰造还在想，也许S君嘴里的香皂是掉在柞树林里了。是自己在运S君的尸体的时候掉出来的。

"但是那院子警察不是已经搜查过了吗？"

"在向日葵里。"

道夫说。

"向日葵？"

"大叶子当中有一片枯萎了，卷了起来。香皂就在那片叶子当中，被包了起来。所以警察没有看到，他们只搜查了地面。"

"是吗，是在那里面啊……"

泰造想起来了。在那个院子里，只有一株向日葵没有开花。那叶子似乎是被蚜虫给咬噬了似的蜷缩了起来。的确如此。

"S君在弥留之际，认为那株向日葵就是神，怎么说呢——可能真的是神。如果香皂被发现了，彼此都会陷入危险的。"

凝视着手里的香皂，道夫无限留恋地说。

S君是这么说的。

泰造却无法理解道夫的话。

道夫所说的"彼此"究竟指的是什么呢？香皂没有被警察发现，对于泰造而言的确是非常侥幸的。的确如此。如果警察在院子里发现了香皂，那S君是自杀的就没有丝毫怀疑的余地了。因为如果是谁杀死S君之后故意制造出一个自杀的假现场，又为了某种理由而将香皂塞进S君的嘴里，那么一旦香皂掉进院子里，凶手应该捡回来重新再塞回去的。香皂没有重新塞回S君的嘴里就说明S君死的时候身边并没有其他人。也就是说，S君是自杀身亡的。

"现在要说的很重要。"

道夫的口气重新变得平淡而毫无感情。

"S君的尸体被大吉运了回去。那个给您送去小猫小狗尸体作为礼物的S君已经不在了。而这时老爷爷您所做的事情是非常重要的，对我来说。"

"我所做的事情……"

泰造等待着道夫接下去的话，漠然地预想着。这孩子所指的就是那只猫吧。

经常到泰造家的院子里找东西吃的那只三花猫。妻子去世后不久就在院子里出现了,所以泰造总是觉得那只猫就是转世后的妻子。

泰造杀死了那只猫。

曾经不断地提供新的尸体的Ｓ君已经不在了。作为最后的礼物的Ｓ君自己的尸体也被大吉弄走了。泰造实在是无法抑制自己那疯狂的欲望。

Ｓ君的尸体被发现的那个早上,泰造在Ｓ君家听谷尾警官讲了事情的经过之后就回到家中。那只猫又在院子里出现了,还是一如既往地眼睛里充满了渴望。看见那只猫的一瞬间,泰造感到一股强烈的烦躁,那种欲望也燃烧起来,眼前一片空白,好像被迎面重重地打了一拳,一瞬间充满了难以抑制的冲动。于是——

回过神来的时候,泰造发现自己已经抓住了那只猫的身体,高高举起,摔在了地上。

那只猫只是喵地大叫了一声就气绝身亡了。

"你是说那件事,我——"

但是道夫所说的却和泰造预想的大不相同。

"老爷爷,是您杀了所婆婆!"

泰造大吃一惊,没想到从道夫的嘴里又说出了自己杀了人。泰造拼命地摇着头。

"不是的!真的不是!不是我!我没杀过人!那、那一定是谁在模仿我和Ｓ君——"

"不对!"

道夫打断了泰造的话。

"我没说您杀人啊。"

一阵眩晕,泰造的嘴张得老大。

"老爷爷,在您家我问您这个相同的问题时您也否认了。您说您没有杀死所婆婆。后来我才意识到,其实您并不知道所婆婆是谁,对吧?"

"是谁啊?"

"所婆婆就是您杀死的那只三花猫。"

一瞬间,泰造脑子里一片混乱。

"老爷爷,在您的眼里那就是一只猫。但是对于我和美香,还有面粉叔叔来说,所婆婆就是所婆婆。"

泰造感到道夫的眼神里充满了强烈的敌意。

"上了年纪已经去世了的所婆婆转世成了猫。这是两年前的事情了。葬礼之后没过几天,它就回到了大池面粉厂。面粉叔叔看到了它就说'这就是婆婆转世啊!'特别高兴。我看到它的一瞬间也马上就明白了。动作慢吞吞的,乍一看一副爱搭不理的那张脸,都跟从前活着的所婆婆简直一模一样。从那以后,所婆婆还和从前一样在窗边天天看着商业街的风景。也和从前一样,跟我,还有美香一起说话,商量事情。"

泰造想起来了。的的确确,自己杀死的那只猫多多少少有一点人类的老太太的模样。肯定是一只上了年纪的猫。所以泰造才会觉得那可能是自己的妻子转世而来的。而且泰造还想起，的确，在妻子去世前两年，就在差不多同一时候，那家面粉厂旁边的民宅门外好像贴过写着"忌中"的丧事告示。

泰造恍然大悟。

"原来是这样啊，那是你们喜欢的宠物猫啊……"

听到这句话，道夫的目光突然变得锐利了。

"不是什么喜欢的宠物猫！"

道夫叹息了一句，然后说："老爷爷，您是不明白的。"

"我不明白……可能是吧……"

泰造的脑子里浮现出一个迷失在陌生世界的人的形象。可是自己和道夫究竟是谁陷进去了呢？泰造实在是很难判断。但是他觉得，比起他自己的世界来，道夫的那个毫不犹豫地叫一只猫"婆婆"的世界似乎要更加强大，更加难以动摇。同样的一只猫，在泰造的世界里不过就是一只猫，是死去妻子的转世化身，也是自己残忍欲望的发泄对象。

"不管怎么说，老爷爷您还是对所婆婆做了那些残忍的事。婆婆什么错事也没做，就被您杀死了，被您折断了腿，嘴里还被塞上了香皂，故意扔在路边侧沟里，为了不让警察察觉出杀死那些小猫小狗的凶手是S君。"

"你说得对。"

泰造第一次清楚地、直接地回答了道夫的疑问，没有任何隐瞒。

"因为S君尸体的口腔里也发现了香皂的痕迹——万一警察发现杀死小猫小狗的凶手是S君，那么S君是自杀的事实也就明了了。因为有嘴里有香皂这样一个共同点。于是我想，如果新发现的小猫尸体嘴里也有香皂，那就能够掩盖S君是凶手这个事实了。因为S君已经死了。"

"您忙活了大半天，就是为了制造一个假象，证明S君是他杀。这么做的原因就是不想让警察注意到是您把S君的尸体搬走了。如果S君是他杀，那么老爷爷您搬走S君尸体的事情败露的可能性就会小一些。警察自然会认为杀死S君的和搬走S君尸体的是同一个人。您是在'搅乱搜查'是吧？尽管您自己也不知道这么做有没有实际意义。"

应该是有意义的。实际上警方最终的确是倾向于S君是他杀的观点了。但那只是从S君的口腔中检查出了香皂成分却偏巧没有在院子里发现那块香皂而已。所以现在想来，对美津江说了那么多，还和她一起去警察局主张S君的他杀说，又把《对性爱的审判》这本小说的作者行为怪异告诉给了道夫，这一切努力其实并没有发挥什么效果。

想到自己那拙劣的把戏，泰造感到十分厌恶，顿时垂头丧气起来。似乎是在乘胜追击，道夫把一只手伸到了泰造的面前，手掌心里有一块香皂。

"这块香皂没有被警察发现，可真幸运啊。"

泰造的心里对道夫的话深表赞同。

泰造本准备就像刚才在自己家里对道夫所说的那样，对警察坦白自己和杀死小猫小狗的Ｓ君之间的关系。对于搬走Ｓ君尸体的事情，他还是打算继续谎称那是别人的行为。也就是说，是杀死Ｓ君的凶手弄走的。但是，如果根据这块在院子里发现的香皂继而判定Ｓ君是自杀的话，那么警方肯定就会怀疑搬走Ｓ君尸体的人可能就是泰造。残害小猫小狗尸体的泰造很可能就是搬走Ｓ君尸体的人。这样一来，泰造主动自首坦白也就没有意义了。泰造想的是，在把Ｓ君的尸体搬走的罪行败露之前去自首，与其因为搬走人的尸体而被逮捕，还不如先坦白自己残害动物尸体的行为，然后否认自己与搬走尸体有关为妙。

"老爷爷您准备把刚才对我说的原封不动对警察说吧？"

可是道夫却似乎看穿了泰造的所思所想。

"您肯定是不打算把搬走Ｓ君尸体的事情说出来吧？如果警察怀疑的话，您就会说'我是因为害怕动物转世所以才折断尸体的腿的'，而Ｓ君尸体的腿并没有被折断。这样一具尸体不可能和您在一起共处那么长的时间，因为您是那么害怕尸体会转世的啊。您是不是想给警察造成这样的错觉？"

"对，我就是这么想的。"

"果然啊。不过，所婆婆的事情您打算怎么办？"

"那个我也不打算说。我本想说，这是有人在模仿我们犯罪——"

"老爷爷您想的可真简单啊。"

道夫长出了一口气。

"老爷爷您隐藏S君尸体的事情警察肯定会马上开始调查。您杀死所婆婆的事情也是一样，藏不住的。要是我，就绝对不会做这种不彻底的自首。我就会一直不说。什么都不说。"

的确可能真的就像是道夫说的那样。警察的调查能力并没有那么差。警察这个组织也绝不像自己想象的那样。

是的——其实泰造自己心里也是非常明白的。

但是自己又为什么要去做道夫所说的那种"不彻底的自首"呢？为什么要去做那种危险的事情呢？泰造扪心自问。马上，一个简单的回答浮上心头。

"老爷爷您哪……"

道夫喃喃自语一般地说道。

"——您只是想逃避而已。"

泰造感到自己的身体不由自主地僵直了。

"实际上，您是觉得全都败露了才好呢是吧？自己干的事总有一天会被查出来，S君尸体的事警察也总有一天会找上门来——与其成天想着这些、提心吊胆地过日子，还不如这就被警察逮起来。但是，您又没有勇气一下子全说出来，所以就决定来一个不彻底的自首。自以为这是一个好主意而强迫自己去做，给自己找借口。"

被别人说穿自己的真实想法是非常可怕的事情。更何况对方不过是个孩子，而自己已经是七十多岁的老人了。

"的确——可能就是这么回事吧。"

泰造已经再没有什么话可说了。突然间，他感到自己的存在在这个世界上是一件非常可耻的事情，就连抬起头来的勇气都没有了。

尽管如此——

泰造还是不太明白道夫的用意。他是想要把已经了解到的泰造的罪行报告给警察吗？不，似乎不是。因为警察没有发现S君嘴里的香皂似乎让道夫也非常高兴。如果警察知道了香皂被找到的事实，那么S君杀死小猫小狗，还有S君自杀的事情，就都真相大白了。也就是说，现在正陷入困境的警察们就会大大推进调查的进程。警察们破案的关键，毫无疑问就是这块香皂。

——S君的尸体要是不消失的话，这一切就会在那一点上结束了——

——这个如果被发现了，彼此都会陷入危险的——

不明白。泰造怎么也不明白这孩子的意图。

夕阳西沉，周遭笼罩在一片微暗之中。周围树木的轮廓，还有与自己相对的少年的表情，一切都渐渐地模糊起来。

"我究竟想干什么,您是不是觉得不可思议啊?"

泰造猛地抬起了头。

"那我告诉您吧。我追着不放过您还跑到这儿来的理由。"

泰造努力镇定一下自己,等待着对方的话继续下去。

"我想把这个故事结束。"

"把故事……"

"对。都已经到了这个地步了,我想该结束了。实际上我也没有想到会变得这么复杂。我自己也弄不明白是怎么回事了。"

道夫一边说着,一边把手里的香皂重新放回裤袋里。

"但是,我发现了一种漂亮的结束方式。虽然有点犹豫,但还是决定试一试。我既能确认了老爷爷您杀死所婆婆的事实,而且刚才我还知道了,您对隅田也做过那种残忍的事情。"

"隅田?"

当道夫说出这个名字的时候,泰造大吃一惊。

"你认识那个小姑娘吗?"

"岂止是认识,我们是同一个学校,同一个班的好朋友。她现在就坐在我后面的座位上。"

"坐在你后面的座位上?现在?"

这奇妙的说法让泰造迷惑地皱起了眉头。隅田就是一年前遭遇车祸的那个小姑娘,就是那个被泰造残忍地折断了双腿的小姑娘的名字。

"当然了，在您眼里隅田不过就是鲜花而已。就像您眼里的所婆婆不过就是一只猫而已。"

"鲜花……"

"是啊，白色的百合花。我们班的女生放在那里的。"

"你究竟——"

"再多说什么也都没有意义了。反正您也不会明白。"

暮色渐深，道夫只剩下声音还没有消失在黑暗中。

"算了，反正隅田也不是老爷爷您杀死的。不过您杀了所婆婆真是糟糕。太失败了。因为我最喜欢所婆婆了。所婆婆比任何人都理解我和美香，总是和我们聊天，真的是最好最好的朋友。真正的朋友。是这样吧？"

最后一句话究竟是对谁说的呢？泰造一时没弄明白。道夫的视线落在了右手拿着的瓶子里。这样说起来那天在车站碰见他的时候，他也时不时这么看一眼。

泰造眯缝起眼睛，伸长了脖子，透过暮色仔细地看着瓶中。

"你——"

抬起头，泰造问道："为什么这蜥蜴——"

"这不是蜥蜴！"

刀锋一般锐利的声音。道夫瞪大了眼睛瞪着泰造。黑暗中，眼白宛如鬼火一般显眼。

"不许管美香叫蜥蜴！谁也不许这么叫！"

泰造本能地向后退了一步，想离道夫远一点儿。可是，泰造退一步，道夫就向前迈进一步。

"老爷爷，您可真是很努力啊。把岩村老师的那本小说搬出来，还往所婆婆尸体的嘴里塞香皂，可是老爷爷，您还是太天真了。"

道夫把右手里的瓶子和塑料袋换到左手，慢慢地把腾出来的右手放到背后。

"要是想编出一个故事，就必须更认真啊。"

听着这话泰造觉得自己和道夫所处的世界之间忽然出现了一道屏障。

道夫把右手伸到了泰造的眼前。

"不锁门可不行哦，老爷爷。"

道夫右手握着的，是一把菜刀。那菜刀原本是放在泰造家厨房里的。

"我不是对您说了嘛，刚才我先去了您家。这是我借来的。"

"你——你究竟想干什么？"

"不是我，是老爷爷您自己动手。老爷爷，您就在这儿自杀了吧！"

泰造向后退去。道夫却步步紧逼。

"这就是我想出来的办法。为了结束这个故事。老爷爷，您要是自杀了的话，您知道会有什么结果吗？警方就会认为老爷爷自杀的理由和这次事件是有关联的。然后就会搜查您家。您知道警察会发现什么吗？警察会发现您隐藏 S 君尸体的痕迹，还有那十张地图。地图上标注着到现在为止那些被虐杀的小猫小狗尸体被发现的地点，而且最叫人吃惊的是，有一张就在 S 君家的那个地方标注着 × 形记号。警察呢就会这么想——杀死小猫小狗的凶手就是老爷爷您，杀死 S 君并且把尸体藏起来的，也全都是您！"

道夫握着菜刀的右手缓缓地划了一个圆圈，然后重新回到原来的位置，紧贴在身边。黑暗中，刀刃闪出一道白光。

"老爷爷，您一直努力制造一个 S 君是他杀的假象，却没想到最后导出了自己就是凶手的结论。"

道夫的右手突然迅速向泰造的左胸伸了过去，几乎是同时，泰造脚一蹬地面，跳进树丛里。

泰造在黑暗的树林里飞跑。什么也不顾，拼命地向前冲。背后道夫追赶他的脚步声逐渐迫近。泰造感到脖子上似乎被扔过来的什么东西击中了。但是这一切都无法阻止他逃跑的脚步。他不断地忽左忽右变换方向。每变一次方向，道夫的脚步声似乎就因为迷惑而有些乱。泰造感觉两个人的距离渐渐地拉远了。不一会儿——

突然传来什么东西扑通一声倒下来的声音。泰造感到身后道夫的身影和声音都不见了。

就在这时，泰造撞到了一个坚硬的东西。他强忍住没有喊出声，停下了脚步想看个究竟。糟了！他在心中叫了起来。是那个百叶箱。泰造又返回到了一开始的地方。

怎么办呢？该往哪儿跑呢？泰造已经混乱不堪的脑子拼命地想着。他先想到朝着Ｓ君家的方向跑，翻过竹丛，跳进院子向美津江求助。但就在此时，他又听到了道夫的脚步声。四周已经完全陷入了黑暗，根本看不见人影。但是那声音的的确确是在向他靠近。泰造马上转身，想要向相反的方向逃走。但是等等——

一种本能让泰造停住了脚步。

不能发出脚步声。不能踩到落叶发出声响。

泰造缩着两条腿，就那么蹲在原地，双手紧紧地捂着嘴，遮掩住那剧烈的喘息声。道夫的脚步声一点点逼近了。呼哧，呼哧，呼哧。那急促的呼吸声听得一清二楚。现在，道夫已到了泰造的身边，似乎是停下脚步在调整呼吸。泰造使出全身的力气，拼命地克制着身体的颤抖。道夫轻声叹了一口气，嘴里嘟嘟囔囔说着什么。渐渐地，脚步声离泰造远了——过了一会儿就听不见了。

但是还不能掉以轻心。泰造双手撑着膝盖，背负着很重的东西似的站了起来。他感到自己恐怕是跑不动了，连挪动脚步的力气都没有了。

泰造伸出右手在裤袋里摸索着。终于，指尖触到了那把钥匙。

只有这个了——

泰造打开百叶箱的锁，把自己的身体藏进了这个大概六十厘米宽的四角空间里，从内侧关上门，后背紧紧贴着壁板。无力感弥漫全身。黑暗的百叶箱里充斥着自己的呼吸。泰造感到一阵头晕，紧紧闭上了眼睛。可是，即使闭上眼睛也依然能感觉到那好像是狂乱鼓点一般的心跳，太阳穴的血管宛如巨大的蚯蚓一般蠕动着。

等体力恢复一点，就从这里面跑出去，然后一口气跑出树林——泰造这么决定了。

突然，一阵臭气刺进鼻端。是什么啊——缠绕在脖子上的一种不合时宜的气味。泰造想起来了，刚才道夫从背后扔过来一个什么东西。那会是什么呢？泰造伸手摸了摸自己的脖颈。指尖上沾上了黏糊糊的东西。

"这是……"

正在他自言自语的时候——

砰！百叶箱外面被重重地撞击了一下。接着是咻咻挠着壁板的声音以及逐渐变强的吠叫声。混杂在这些声响中还有一个踏着落叶的脚步声，重重地，缓缓地。

"老爷爷，原来您藏在这儿啊。"

是道夫的声音。

"谢谢你啊，大吉。好啦好啦，下面的就交给我吧。"

泰造机械地转过头，看着百叶箱的门。在自己面前，那扇门正在向左右两边缓缓打开。两扇门之间，能看见一条狭长的、四角形的夜空，从中可以看到道夫上半身的身影。

"我还在想，弄不好老爷爷您就跑掉了。还好我预备了这个。刚才我扔过去一个软乎乎的东西吧？那是我家的一块猪肉，扔在垃圾袋里，已经腐烂了。我发现之后就连塑料袋一起带过来了。万一老爷爷跑了，我就拜托大吉来找你。刚才我到S君的家里把大吉放了出来。一解开绳索还真是吓了我一跳，大吉疯了似的冲了出去。以往S君的训练可真不错啊！"

后悔也晚了。折断小猫小狗的腿，把S君的尸体藏在储物柜里，把道夫让进屋说出事情的原委，无处可逃钻进这个百叶箱——这一切后悔都晚了。

就在这时。嚓！突然响起了踩踏落叶的声音，与此同时，道夫的身影向下消失了。短促的叫声。大吉低沉的吠声。落叶被踩踏的声音。道夫的声音又一次响起。这一次毫无疑问是悲鸣。究竟发生了什么？泰造在箱子里直起身，这时，在两扇门的缝隙里又看见了道夫的身影。道夫的一只手快速地伸向了泰造。泰造本能地向后躲闪，就在这一瞬间，道夫的身体却被什么东西一把向后拉去。道夫的手抓着百叶箱的底部，不停地被向后拖着。手掌就要离开百叶箱边缘的时候，道夫的五根手指好像被夺走了食物的野兽一般拼命地乱动，指尖敲打着微微打开的百叶箱门的一端，因为他的击打，百叶箱的门"砰"的一声关上了。虽然脑子里一片混乱，可泰造还是明白了。道夫被大吉袭击了。可能大吉认为道夫要抢走自己的猎物。

现在必须趁机跑出去。不对，现在绝对不能跑出去。

这两种截然相反的想法在泰造的脑海里交织。不一会儿，百叶箱外面传来了一个巨大的东西倒在地上的声音。

所有的声响突然间都消失了。

在地面上踩踏的声响消失了，叫声、吠声也都听不见了。

泰造在黑暗中屏住呼吸，一边听着自己的喘息声，一边盯着门的内侧。

终于又听见了一个声音。

"啊啊……"

泰造禁不住从喉咙深处叫了一声。是咯吱咯吱挠着壁板的声音。

"大吉……"

泰造似乎是在细细地玩味着那只狗的名字。恐怖、绝望与困惑交织的脑子里宛如台风过后的大海，重新归于平静。起伏的波涛已经退去，心中只留存着一种情感，宛如一叶小船——那就是纯粹的安心。

泰造站起身，把手伸向百叶箱的门，用颤抖的手一下子推开，从两扇门的中间探出头。夏日夜晚的空气瞬间围拢过来，泥土的气息飘然入鼻。然后泰造像石块一样僵住了。

地面上倒卧着的，是大吉。

转回头。

咯吱咯吱，咯吱咯吱——

道夫正拿着菜刀，用刀背摩擦着百叶箱的角。

　　噌！菜刀的刀刃发出声响。泰造的左边锁骨上顿时传来一阵烧灼般的触感。无声地从嘴里流淌出带有铁味的温暖的泡沫。道夫的脸颊倏地移到了左边。泰造意识到这其实是自己在倒下，就在此时，他的脸触到了落叶。

　　泥土的气息。窥视母亲的墓穴时闻到过的那种气息。

　　意识消失的瞬间，泰造听到了记忆中那熟稔的闷响。

　　那是腿被折断时的声响。

　　但是被折断的究竟是自己的腿还是母亲的腿，泰造已分不清了。

第十章

老爷爷

傍晚，我打开院子里的垃圾袋为美香抓东西当晚餐的时候，玄关那里传来引擎声。我走过去，却发现邮差的摩托车已经走远了。我小心地不让手里蠕动着的苍蝇飞掉，朝信筒里看了看。里面有两张明信片。一张是隅田一周年忌的通知。是啊，暑假结束后再过一阵子，隅田就死了整整一年了。

另一张明信片是S君的妈妈寄来的。收信人的姓名是我。明信片上用纤细、客气的蓝色字迹写着S君的案件终于水落石出了，S君在天国一定会安息。在最后还用小一点的字写着她很快就要搬家了。

我手里拿着这两张明信片回到了房间里。挂在走廊墙壁上的时钟依旧指向八点十五分。很久以前电池就没电了，但是没人去理它。说起来，S君死去的那天，晚餐时爸爸看着走廊呈现出不可思议的表情可能就是看到了这个时钟的缘故。他以为停止的表针又动起来了吧。因为碰巧那时正好是八点钟刚过。

上了楼梯，我回到了卧室。

"对不起啊，有点儿晚了。"

一周前在柞树林里被大吉咬伤的右手现在还没有好利索，所以抓苍蝇比平时要多花一些时间。

"没关系，哥哥，最近发生了那么多事。"

美香的口气似乎有了一些大人的样子。

昨天，我闹着玩地给美香化了妆，用红笔在她的眼睛上面轻轻划了道细细的线。可能就是这个的缘故吧，美香开始有了些古怪的念头，故意用大人的口气来说话。实际上，一周以前的那天我就想给美香化妆，然后在垃圾箱里找红笔的时候看到了Ｓ君的作文还有《我们生活的街区》这些东西，于是就发生了一连串的这些事情。直到昨天，我才想起来要给美香化妆这回事来。

我俯视着瓶子里的美香。美香大口地嚼着苍蝇，那模样似乎比从前更有规矩、更文雅了。也许我该给她换个瓶子了。现在这个瓶子的瓶盖正中印着一个硕大的黄色郁金香，看上去太可爱、太孩子气了。美香很快就会厌倦的，而且最主要的是，这个瓶子拿到外面去太显眼了。岩村老师在他家玄关旁边看到这个瓶子就想起来我也曾经拿过一个一模一样的也都是瓶子太显眼的缘故。

"对，得查一下那个！"

我站在书架前，从整套的图鉴中拿出了《昆虫》那一本，翻开了书页。

"查什么？"

美香一边嚼着苍蝇，一边含混地问道。我看着图鉴回答："那个老爷爷呀。"不是蚂蚱，不是蟋蟀，金琵琶——也不是，不过有点儿接近。应该就在这几页上——

"啊，在这儿！是这个！"

我抬高了声音。美香忙问："什么啊？"

"叫灶马蟋！嗯，说是以前在锅灶旁边经常能看到。哦……"

既有照片，又有文字，图鉴上详细地说明了那种昆虫。我细细地看了一遍。图鉴上说这种昆虫和蝈蝈相近，也被称作厕所蟋蟀。没有翅膀，所以不能发声。夜间活动，属于杂食类，但是更偏好食用动物质食物。

"动物质是什么，是指小虫子之类的吗？"

一时还弄不明白。不过开始就随便找一些试试吧，时间长了就会知道老爷爷喜欢吃什么了。

我把图鉴放回书架，走到窗帘摇曳的窗边。

"老爷爷，肚子饿了吗？"

"嗯？啊啊，没关系。别那么老是替我着想啊。"

瓶子就放在窗台上，老爷爷在瓶子里面回答道。那瓶子就是以前我用来装 S 君的那只空果酱瓶。

"给我弄了个这么漂亮的屋子，还要给我弄吃的，真不好意思啊。"

老爷爷一边说着，一边抽动着长长的触角。老爷爷的声音和当时Ｓ君的声音一样，比活着的时候更高了。

"可是，不好好吃饭可不行——"

"唉，你呀，有时候心眼儿可真好。那明天开始就拜托你给我弄吃的吧。你不是也要出去给小美香找吃的吗？顺便给我弄点儿就行。"

"那好吧，明天早上我也给您抓点什么吃。"

我刚说完，老爷爷就欣喜地笑了笑，玻璃珠般的圆眼睛闪着光。

我觉得一切都会顺利的。

我发现老爷爷是在那天的中午。我正在院子里给美香找午餐，偶然间发现老爷爷蹲在土松根的旁边盯着我。我向老爷爷打招呼，老爷爷也对我说："你好啊。"

弓着的腰，茶色的皮肤，作为人类活着时的特征都被很好地保留了下来。老爷爷就这样转世了。和美香、Ｓ君、所婆婆，还有隅田一样。

"每天电视里都在播老爷爷的事情呢。"

我对瓶子里的老爷爷说。

"哦？真的啊？都说什么了？"

"他们说一切都是老爷爷您干的。"

老爷爷在柞树林里死去之后，警察是怎么展开搜查的呢？因为再没见过谷尾警官和竹梨警官，所以我没法亲自询问。不过每天看着电视里的连续报道，大体上也了解了事情的概况。本来警方也没有公布所有的案件真相，所以电视新闻报道里都掺杂着一些媒体自己的设想和推理。尽管如此，我觉得新闻报道的内容和警方的见解还是大体一致的。

是老爷爷在N镇的一些地方杀死了多只小猫小狗，并且折断了尸体的腿，在嘴里塞上了香皂。该行为的动机至今不明。而且，老爷爷还把附近的S君的尸体偷运到自己家中，在其口内也塞上了香皂。究竟是老爷爷杀死了S君，还是S君死于自杀，老爷爷仅仅是运走了尸体，这一切的真实情况尚且不明。之后，老爷爷还杀死了"附近商业街的面粉厂所饲养的猫"，也就是所婆婆，和对待此前的那些小猫小狗一样，折断腿，在嘴里塞上香皂。最后，在柞树林里用菜刀砍死了"S君饲养的狗"，也对狗的尸体做了同样的事。老爷爷感到自己罪孽深重，于是就用杀死"S君饲养的狗"时所用的刀割颈自杀身亡。

大体上就是这些内容。

"原来如此，果然还是会败露的啊。不愧是日本的警察。"

老爷爷流露出这样的感慨。

"真是不能干坏事啊。"

"被捕之前自杀身亡这个说法是不是不正确啊。因为，比起拘留所，待在这瓶子里岂不是更好？"

被我这么一问，老爷爷大叫一声："那还用说！"两只后腿飞跳起来，圆圆的脑袋砰的一声撞到了瓶盖上。我和美香都笑了起来，老爷爷也不好意思地笑了。

装着老爷爷的瓶子在窗台上沐浴着夕阳，呈现出橙红色的光。

真正的终结

四天后是停战纪念日。早上的报道说，因为天气预报说有台风，所以关东地区的一些纪念活动延期了。但是午间新闻又说，台风和预报的不太一样，在登陆前突然速度减慢，到今天夜半时分天气都不会有什么变化。实际上，吃完晚饭之后从房间的窗子向外望去，虽然乌云密布，微微起风，不过还是半滴雨都没有下。

我两肘支在窗台上，眺望着被云层遮蔽的夜空，看着天上海浪一般翻腾扩散的灰色云朵，突然间想起了放假那天。当时从教室的玻璃窗望见的天空似乎就和今天的一样，只不过要明亮一些。我还记起当时我在教室里书桌的一端上画着美香。尽管八冈说我画的是鳄鱼。

窗台上，在我的右侧，并排放着装着美香和老爷爷的瓶子。两人都很安然，似乎是都在静静地倾听着台风到来前的风声。

在这四天里，我知道了老爷爷喜欢吃蚜虫，从此老爷爷的三餐就都是蚜虫。老爷爷香香地大嚼特嚼，一口气吃了好几只。

美香的饭一如既往是苍蝇。唯有那天的晚餐我给她抓了白蝶。傍晚，在院子一角，一只白蝶似乎是飞累了，一半身子埋在草丛里，踉踉跄跄地移动着。就在此时，我捏住白蝶的翅膀抓住了它。我本来担心这只白蝶不是很健康，美香或许不会喜欢。不过美香却似乎很高兴，吃得很香。

从窗外吹来潮湿的风，黄色的窗帘飘动起来。

"台风要来了吧。"我随口说道。

"谁知道呢？"老爷爷念叨着。

"风声好可怕呀。"美香静静地说。

十年以前——

在什么地方由于什么原因死了呢？在转世为今天的我来到这个世界之前，"我"会是什么样子呢？突然间，我的心中浮起这样的思考。

据说在很久以前的那场战争中，原子弹爆炸夺去了很多人的生命。

那些死去的人都转世成了什么呢？是不是也有一些人转世之后还是人呢？电视里看到有许多人在河里放长生灯笼。既有孩子，也有大人。或许在那些人之中就有人不经意间为前世的自己放了一盏长生灯笼吧？

不——

那种概率太低了。几乎不可能。因为在这个世界上有那么多的国家，那么多的人。而且还有昆虫、鱼什么的。

"哎……"

我突然想到，我周围的人死了之后又在我周围出现，这个概率又是多少呢？

我是第一次怀有这样的疑问。

"哥哥，你干吗呢？一个人嘟嘟嚷嚷的。"

"没——没什么。"

并不是真的没有什么。

我开始注意到了一些事情。

风中开始有银色丝线一般的细碎雨滴落下来，我关上了窗户。

这时我听到了上楼梯的声音。

"小美香，到了睡觉觉的时候了哦。"

妈妈一如既往地像唱歌一样说着，打开了房间的门。

"好啦好啦，在这儿躺下，闭上小眼睛——小美香是好宝贝哟。"

我还不想睡，只是站在窗前，看着妈妈弯下腰做了一个晚安的亲吻。叭的一声，还是一如既往的那种黏腻腻的声音。妈妈直起身，用一种锐利的目光扫视了我一眼，关上灯走出了房间。

"我说，道夫君。"

老爷爷慢慢地说。

"我有好多事儿想要问问你。因为考虑到你的心情,所以一直也没有问。这次的事我还有很多不明白的。"

"什么?"

我稍稍感到有些意外,向老爷爷转过身。

"首先是关于S君。"

老爷爷蠕动着身子,调整了一下姿势。

"电视里面说还不知道S君到底是自杀还是他杀。那实际上是自杀吧?"

这个问题让我很难回答。

"这个问题您问我是不是很奇怪啊?我也是除了电视报道之外的什么也不知道啊。我知道的就是老爷爷搬走了杀了小猫小狗的S君的尸体,还杀死了所婆婆和大吉……"

老爷爷什么也没有说,只是瞪着两只圆眼睛死死地盯着我。

窗外,风越发强烈了,咔嗒咔嗒地摇撼着窗玻璃。

"今天晚上就告诉我吧。"

不久,老爷爷说。

"我答应你,今天晚上我问你的事情我都会忘记。以后不会再提起,也不再问别的问题。你的故事里的一切我都不会说出去。就跟台风一样,只在今晚,以后就是风平浪静。今天对于你来说也是很特别的日子,所以——"

老爷爷突然停住了,接下来又陷入了沉默。

我迷惑了很长一段时间后——

"我明白了。"

我叹了口气，点了点头。

"您要是那么想知道的话，我就告诉您。不过您得答应我，以后真的都忘掉。这是必须的。"

老爷爷答应了。我讲了起来。

"S君的确是自杀的。"

"真的是那么回事？"

"是的。是我让他自杀的。"

老爷爷那长长的触角震惊地颤动了一下。

"你让他自杀？"

"也不是什么困难的事。只是拜托他而已。我不过是对他说：'你可不可以死？'"

老爷爷一时语塞。过了一会儿，老爷爷的声音变得非常轻。

"你为什么要那么做？"

"因为我讨厌参加剧会。"

我把视线从老爷爷身上移开，望着幽暗的天花板。

"暑假结束以后，就要召开全学年的剧会。我和S君被编在一组。S君很少见地特别高兴。可是我却厌烦得要死。厌烦在体育馆的舞台上，在那么多人面前表演自己编的戏剧。"

"所以你就要S君自杀？"

老爷爷似乎是不相信我说的话。

"是的。如果S君不在了,我就不用去演戏了。所以我在放假那天早上的上学途中到了S君的家。大约就是八点以前吧。我把情况都对S君说了,我拜托他,为了我死了吧。但是说实话,我并没想到S君真的自杀了。"

"S君、那时候、都、说了什么?"

老爷爷的话断断续续的,似乎很是吃惊。

"他只说了一句话。S君只回答了一句。"

那天早上的情景清晰地浮现在眼前。S君斜视的眼睛始终盯着我。然后——

——你希望我死吗——

S君这样说了一句。

我第一次听到S君用如此清晰的声音说话。平时S君说起话来总是含混不清,而当时那个声音是如此清晰有力,真难以想象是S君发出的。一想到会被什么人听见,我不觉慌张起来。

那个时候S君的表情带着些许哀伤,些许愤怒。

"我点头默认了。除此之外我什么也没有说,然后就离开了S君家。到学校以后,S君一直都没有来。结业式结束后同学回到教室,S君还是没有来。我当时就想到可能是我的原因,不过马上我就想,可能是因为身体不舒服吧。我不想承认S君有可能真的按照我说的去做了。而且,原本S君的体质就很弱,经常请假。这时候,岩村老师问有没有人愿意到S君家帮他把材料带回去。我就举手了。"

"那又是为什么呢？"

"我也不知道为什么。可能有两方面的原因吧。一个是想当面向S君道歉；另一个就是想去亲眼看看S君是不是真自杀了。"

"哦，你还想过道歉啊？"

"所以我才说我也不知道为什么嘛。"

那时候的心情真是找不出合适的语言来表达。

"明白了明白了。嗯，反正你是到S君家去了。然后你从院子里往屋里看，就看到S君吊死了？"

"对。所以我马上就跑回学校去报告了。"

我一边回想着从那以后发生的事情，一边对着天花板叹息。

"后来事情就闹大了。无论是岩村老师还是警察都说S君的尸体不见了。而我的的确确是亲眼看见了啊。"

"没想到吧。"

"那天我不是说过了吗，老爷爷您如果不做那些事的话，一切就在那一点上终结了。一个同班同学上吊自杀了。应该只是这么一件事而已。"

"正是因为S君的尸体消失了所以才有了后来一连串奇怪的事情吧。"

"就因为老爷爷您，从那以后都忙死了。先是岩村老师成了杀死Ｓ君又运走尸体和杀了小猫小狗的凶手——然后跟踪他，却发现了那种东西。紧接着，老爷爷您突然告诉了我那本小说的事情，后来大吉运回了Ｓ君的尸体，接着所婆婆也被杀死了……"

我转向老爷爷。

"其实，在这期间Ｓ君对我忠告过一次。"

——现在，最好是到此为止吧——

那正是我拿着《对性爱的审判》这本书被岩村老师发现了的时候。在从学校回家的途中。

——再继续下去太危险了——

"那你为什么没有听Ｓ君的忠告呢？"

"我讨厌半途而废。我想，如果继续下去的话肯定会发现好方法的。可是结果——"

我又叹了口气。

"最后可真是意想不到啊。"

"的确，到头来我成了唯一的凶犯了。"

"是的。从一开始就改变故事对于我来说也是第一次。不过，除此以外我实在是找不出更漂亮的终结方法。"

"不过真是千钧一发啊。"

老爷爷感慨颇深地说着，然后又加上了一句："是啊，是啊。"

"电视里说大吉的腿也被折断了，嘴里也塞上了香皂。那是你干的吧？"

"对。我杀了您之后,就把大吉的腿折断了,把那块在向日葵叶子里发现的香皂塞进它的嘴里。正因为我这么做了,所以老爷爷您的尸体和大吉的尸体在柞树林里被发现的时候,警察一下子就明白了您就是杀死那些小猫小狗的凶手。电视里就是这么说的。而且,S君尸体的嘴里也有香皂,所以也被认定和您有关。虽然是急中生智,但也算是成功吧。"

"哦……"

老爷爷的声音里混杂着惊异与佩服。

"紧接着我还顺便翻了您的裤袋。我想,如果有什么惹麻烦的东西就糟了。然后我就找到了我的胸牌。原来是老爷爷拣到了啊。"

"是的,我拣到了。"老爷爷有点儿自豪地说。

台风一点点临近了,窗外开始响起了低沉的风声。不时地有大颗大颗的雨滴砸在玻璃窗上的声响。

"道夫君,还有一件事请你告诉我好吗?S君变成蜘蛛来找你的时候,为什么要对你说他是被别人杀死的呢?又为什么要拜托你找他的尸体呢?"

我不太明白这个问题的含义。老爷爷继续说:"因为也不用特意弄得这么复杂啊。S君变成蜘蛛又出现了,他没什么必要说自己是他杀的,然后拜托你去寻找他的尸体什么什么的啊。可是却做了那么多。你为什么要那么做呢?我特别想知道。"

想了想，我开了口。

"我已经不记得了。"

"不对，你应该记得。"

老爷爷马上反驳了我，好像他已经知道了答案似的。

"你应该记得。忘了？不记得了？都是谎话！"

老爷爷似乎没有退却的意思，所以我只好回答。

"我那么做的理由和S君把小猫小狗的尸体当作礼物送给老爷爷是同样的理由。"

"那、那是？"

"我只是想为可怜的S君做些事情。我希望S君能拜托我为他做点什么。所以我就让他认为自己是他杀，而且还希望找到自己的尸体。仅此而已。"

"哈哈。"老爷爷干笑了两声。

"别说得那么好听。我不会上当的。"

"上当……"

"你不说我来替你说。你不过不愿意承认自己的所作所为而已。"

一句话让我脊背发凉。

"是你要求S君自杀的。但是你却坚决不愿意承认这一点。而且你还想把这件事忘了。所以你就想出了那样的故事。没错吧？"

老爷爷的声音就像是冲着铁桶叫喊一样，在耳朵深处突然间变得极大极大。

不觉间，我一直死死瞪着老爷爷，一边瞪着，一边说："人不都是这样吗？"

老爷爷似乎是在等着我继续说下去，始终注视着我。

"不仅仅是我，每个人不都是活在自己编的故事里吗？而且那故事不就是为了隐藏些什么、忘记些什么吗？"

这些话一旦说出来就一发不可收拾。我对着老爷爷不停地说着，血往上涌，眼睛里发痛。老爷爷一言不发，只是望着我，充满了憎恶和烦躁。我简直像忘了呼吸一般拼命地倾吐着我的内心。

"大家都一样。不仅是我。没有人对自己所做的事情全部认可，全部接受。根本就没有那样的人。失败的全都后悔，无法挽回的全都想挽回，要是这样那人就没法活下去了。所以所有人都在编故事。昨天做了那个，今天要做这个。就这么一边幻想着一边活着。不想看到的就当没看到，想看到的就拼命去记住，所有人都是这样。我只是做了和其他人一样的事。不仅是我。所有人都一样！"

我重复着同样的内容。既不感到悲伤，也不感到懊悔。只是寂寞。我想起S君吊死的样子，想起妈妈瞪着我的那张脸，想起了爸爸那困倦惺忪的眼睛，还想起了和所婆婆谈话时的自己以及和美香说笑时的自己。

"我明白了。"

老爷爷如释重负地说。

"我已经明白了。你说的没有错。"

接着，老爷爷用他的触角怔怔地碰触着面前的玻璃。

"哥哥，你哭了吗？"

美香带着睡意地问道。我摇了摇头。但是眼泪已经止不住了。

"要是再说些什么的话，你是不是就觉得烦了？"

老爷爷说。我低下头，略微犹豫了一下，答道："没关系。"

"哥哥，你怎么了？"

"没有什么。我在和老爷爷说话。"

"老爷爷说你什么不好的了吗？"

"没有。老爷爷不会说那种话的。对吧，老爷爷？"

"嗯？啊啊，是的。是啊。"

黑暗的屋子里只有风声呼啸。

抬头看一看墙上的时钟，指针已经指向了十一点。

就在这时，楼下传来什么东西打碎的声音。接着就是妈妈歇斯底里的怒骂。

"妈妈又在骂爸爸了。"

美香怔怔地说。

"道夫君——"

老爷爷用耳语一般的口气问道。

"跟我说说你妈妈的事情好吗？你妈妈是怎么变成现在这个样子的？"

我正要回答的时候——

——你总是说谎！总是说谎，给别人添麻烦——

　　不经意间，在耳朵的深处，妈妈的那句话重新响起。我发现 S 君吊死的那天，妈妈看着我说的那句话。

　　——让我告诉你真相吧——

　　——妈妈刚才从老师那里听说 S 君的事情的时候就在想——

　　——你□□□□吧——

　　最后的那句话当时我没有听见。因为我的心拒绝那句话。那是为了保护我自己，为了不让我自己被伤害。但是我明白。我明白最后妈妈说的那句话究竟是什么。只要肯想，什么时候都能记起来。

　　"那全都是我的错。妈妈变成现在这个样子，全都是我的错。"我答道。

　　"你的错？为什么？"

　　"因为我说了谎。"

　　——你□□□□吧——

　　"你说什么谎？"

　　"三年前，妈妈的生日那天，我给妈妈买了花。是一个小小的矮牵牛盆栽。我把花悄悄地藏在了玄关的鞋柜里。妈妈当时在这个屋里。爸爸订购了一个双层床，妈妈为了给床配上合适的被褥，正在量垫子的尺寸。"

　　——你□杀□□吧——

　　"在鞋柜里？盆栽？为什么放在那里啊？"

"我想给妈妈个惊喜啊。几天前就这么计划好了的。我把盆栽藏在鞋柜里,冲着二楼使足了劲儿大叫:'着火啦!鞋柜着火啦!'"

——你又杀□□吧——

"噢,你这么做是想让妈妈高兴吧?"

"妈妈脸都白了,马上跑出房间。我一边看着她,一边偷偷地笑。妈妈冲下楼梯,可是半路一脚踩空了……"

——你又杀人了吧——

"摔下去了吗?原来是这样啊。可是,就因为这么点儿事你妈妈也不至于对你这么……"

"那个时候,妈妈的肚子里已经有了宝宝。刚刚一个半月的小宝宝。可是,因为妈妈从楼梯上摔了下去,所以小宝宝死了。"

老爷爷沉默了。

"在医院,医生尽了全力,最后还是不行。爸爸一直在大厅里等着,后来被医生叫到了诊察室里。我也跟去了。医生对爸爸说,妈妈肚子里的小宝宝死了,而且,妈妈再也不能有孩子了。爸爸哭了。但爸爸还是拼命地对我说,不是你的错,不是你的错。可是妈妈并不这么想。"

"我已经死过一回啦。"

美香插了一句,声音依旧那么快活。

"不过我很快就转世了,很快就见到哥哥了。"

老爷爷"哦"了一声,继续问我:"你是怎么认出小美香的？"

"在医院，爸爸拜托医生要见死去的孩子一面。医生拒绝了，说不行。但是说我们可以看妈妈被送进医院时候的照片。我们就看了。"

当时的事现在还历历在目。黑色的背景中，陡然浮现出来的白色的身影，那么不可思议。左右两边各长着两只小手小脚，屁股上还拖着个长长的尾巴。

"医生说，小宝宝还没有长成人的形状。后来我在院子里发现美香已经是好几天以后的事了。因为她和我在医院看到的照片上的小宝宝简直是一模一样，所以我马上就明白是她来了。"

"哥哥一眼就把我认出来了呢！"

美香快活地说着。我点了点头。

"哦，原来是这样啊……"

老爷爷自言自语地说道。

"但是，只有我欢迎美香。爸爸根本就不在意，妈妈总想把美香弄死。"

"弄死？"

"嗯。这么热的夏天还不许我开窗，我一出去，妈妈就故意把装着美香的瓶子放到毒太阳底下。她知道美香最怕热了。这么做，都是因为她想弄死美香。因为她做不到亲手捏死美香，或者把美香扔到什么地方去。"

"她为什么做不到？"

"我想她还是会自责的吧。因为妈妈知道,她在跟我做同样的事。"

"同样的事?嗯,那是——"

此时,楼下又传来妈妈的怒骂声。听不清内容,只是长长的一连串,原本以为停了,可是马上又反复地说起来。一如既往,根本听不见爸爸的声音。

"足够了吧?"我转向老爷爷。

"我已经累了。这些话我不想再说下去了。"

"嗯——是吗?"

老爷爷沉默了一会儿,换了一种缓和的口气。

"最后再问你一个问题好吗?"

不知为什么,在那一刻,我似乎已经知道了老爷爷将要问我什么。而那才是老爷爷最想知道的。

"您说说看。"

老爷爷问了我一个非常简单的问题。

"你就想这样继续下去吗?"

果然是我意料之中的问题。

"你就想这样继续下去吗?"老爷爷又重复了一遍。

我闭上眼睛。满室幽暗,闭上眼睛也没有任何改变。我深呼吸一次。在我的脑子里响起了本来不可能听见的蝉鸣。

"——不。"我答道。

老爷爷应了一声"这样啊。"那声音充满了寂寥。

"那你打算怎么办？既然你已经觉得这么过下去不行。"

"只有毁灭了。"

"毁灭什么？"

"毁灭这个故事。"

"毁灭故事？能做到吗？"

"能。很简单。"

我站了起来。美香不安地叫了一声"哥哥"。我穿过黑暗的房间，把手伸进挂在桌子旁边的书包，取出一个塑料袋拿到近前。

"哥哥！不要！"

"没事的，美香，马上就结束了。"

"哥哥……"

我从塑料袋里拿出了烟火盒，从里面抓出一把礼花棒拿在左手，右手打着了打火机，凑到礼花棒前。

"哥哥！不要啊！"

"小美香——"

老爷爷的声音淹没了美香的声音。

"这是他自己的选择。是他自己的决定。我们什么也别说了。"

"可是……"

就在他们两个说话的时候，礼花棒已经开始四处迸溅出小小的火花，过了一会就一齐喷射起来。礼花棒喷射出红色、黄色、粉色的火焰，发出巨大的声响，照亮了幽暗房间的每一个角落。我凝视着那耀目的光亮。接着，我一边用手遮着脸，一边把那束三色的火焰拿到了窗子上黄色的窗帘旁边。

"哥哥，不要！"

美香叫着，可窗帘已经被点燃了。下端燃起的火苗一下子蹿到上方，那纵长的火苗就在我的面前包裹了整个干燥柔软的窗帘布，渐渐铺陈开来。那热度似乎是在直接灼烧着我的脸，我本能地躲闪了一下，整个身体也转向后面。美香高声叫着，但是她说得太快，听不清内容。装着老爷爷的瓶子放在地板上，老爷爷在瓶子里不停地拼命跳着，用他的头不停地撞击着瓶盖，发出砰砰的声响。老爷爷不停地重复着这相同的动作，还随着那节奏高兴地说："好啊！好啊！干得好！干得太好啦！你啊，只能这么干啦！"

这时老爷爷大声笑了起来。啊哈哈，啊哈哈，啊哈哈，啊哈哈。老爷爷头撞击着瓶盖，发出诡异的笑声。礼花棒前端的火苗不知何时减弱了。我把礼花棒扔进塞满了废纸的垃圾桶。垃圾桶立即燃烧起来。一开始是一些零散的小火星，转瞬间就宛如火山一般喷射出巨大的火焰。窗帘上的火已经把天花板熏黑了，橘色的火焰向四面八方蔓延。窗子旁边的壁纸向这边垂了下来，一股疯狂的火焰正在那里燃烧。我又从烟火盒里拿出了好几只新的礼花棒，插进墙壁上燃烧的火焰中。嗖的一声,马上喷溅出了鲜艳的绿色焰火。整个房间都被滚滚热浪所包围。

"对不起,美香!"

好难受。鼻子两旁流下的究竟是什么,我自己也不知道。

"一直以来,谢谢你,美香!"

这时,我听到有人上楼梯的声音。房门被用力推开了。转过身,在热浪翻腾的空气中,我看见穿着睡衣的爸爸和妈妈惊恐万状地站在那里。

"你干什么呢!"

是爸爸先开了口。然后,妈妈大喊一声:"小美香!"接着就扑到了床上。我对着妈妈的脸扔过去一束正在燃烧的礼花棒。妈妈"啊"地大叫一声,躲开上半身,惊愕地看着我。但是妈妈没有放弃,甩开我的胳膊,一边呻吟着一边飞身向床上扑去。

"小美香!"

"不是!妈妈!"我对妈妈说,"那不是美香!"

妈妈转过脸,那表情根本不像是人类的。双眼向上吊着,嘴唇卷着,脸颊上有着丑陋的皱纹。

我把手里的礼花棒扔向妈妈前胸抱着的东西。可能是完全出乎意料,妈妈竟没有马上反应过来。等妈妈注意到自己的怀中正熊熊燃烧着火焰时,她发出一声长长的、宛如笛声一般的号叫,把那东西扔在床上,双手捂着自己的脸。

"小美香!"

"那不是美香!那不是妈妈生的美香!也不是我的妹妹!"

我望着床上那渐渐被烧黑了的东西,大声说着。

"那只是个洋娃娃。"

可是妈妈似乎是为了不听我说话似的,拼命地尖叫着,摇着头,向那个燃烧的洋娃娃伸出双手,要把它抱起来。可是那只洋娃娃身上穿的睡衣上印着的哆来咪宝贝的图案几乎都看不清楚了,剧烈地燃烧着。妈妈双手拼命地拍打着洋娃娃,想要把那火焰扑灭。爸爸抱住妈妈的双肩,向后拽着她的身体。

"不行了!快跑!"

接着,爸爸转向我,简短地说:"你也快跑!"但是我摇了摇头,向后退了一步。

"我不走!我已经决定了。"

火势愈发猛烈了,整个房间里充满了火焰舔舐的声响。空气的热度似乎要把人全身的皮都剥开。

"爸爸,妈妈,你们俩快逃!我留在这儿!"

我从窗帘已经烧光的窗台上拿起装着美香的瓶子。

"我们一起留下来。"

——我们一起。美香回答说。

爸爸抱着已经虚脱的妈妈,咬紧牙关,布满血丝的双眼死死地盯着我。那种表情再也不像什么乌龟了,而是拼死护卫家人的表情。

"爸爸快跑！已经没有时间了！"

就在我说话的瞬间——

"你！"

在爸爸的臂弯里，妈妈突然抬起脸，瞪着我。

"都是你！什么时候都是因为你！你——"

妈妈站起身，想要跺一下地板朝我跳过来。但是爸爸在她身后拼命地抱住了她的肩膀。妈妈的身子被反转过来，爸爸抬起右手打了妈妈的脸，然后目不转睛地看着我。我一边喊着："快走！"一边又向后退了一步。

"我一点儿也不讨厌！"

眼前的景象开始旋转起来。全身的感觉渐渐消失，我感到已经有点站不住了。

"我一点儿也不讨厌这个家！爸爸，当然还有妈妈，我都不讨厌！"

我感觉到他们俩的脸都转向了我。但是他们都各自带着怎样的表情我却已经看不清了。或许是因为泪水遮住了视线，或许是因为意识已经渐渐模糊，或许是因为我们之间的空气热度太高而扭曲的缘故。

"最后告诉你们一件事！"

我突然想起，有一件事要告诉他们。火焰燃烧的声响包围着四周，也不知道他们是否能听见。

"你们知道吗？我今天就十岁了！"

两个人的身影在我的眼中宛如糖稀一般变形了。为了能听清他们的回答，我拼命保持站立姿势。但是马上我就感到双膝失去了力量，耳朵深处又响起了蝉鸣声。

"美香——"

我把已经发烫的瓶子抱在怀中，呼唤着妹妹的名字。整个房间慢慢地向左倾倒。身体的右侧似乎受到重大的冲击。全身的感觉渐渐地都消失了。但我仍然没有闭上眼睛。在倾斜、模糊的视线中，我看见爸爸和妈妈向我伸出了双手。妈妈正在叫着我的名字。三年了，妈妈已经整整三年都没有叫过我的名字了。

这就是我最后的一点意识。

"真不敢相信啊，这就是我们家呀。"

美香说着。我也点了点头。脖子和后背上火烧的伤痕还在刺痛。

"喂，道夫，你没事吧？"爸爸有些担心地问道。

"嗯。没事。已经都快好了。扭伤的脚也好多了。毕竟已经过了一星期了啊。"

"家已经毁了，不过妈妈觉得也挺好。道夫和美香都没事，都好好地活着。"

妈妈说完，又向爸爸问了一句"你说是吧"。爸爸也坚定地答道："是的！"实际上，当时如果不是妈妈把窗子打开，爸爸把我们从窗子扔出去的话，我和美香现在也不知道会怎样。

我们来到了我们家被烧毁的遗迹之前。房子烧得只剩下黑黑的框架，看上去就像一个巨大的烧烤组合。七零八落的瓦砾间堆积着冰箱呀餐具柜呀、二层床的框架等等乱七八糟的东西。火红的夕阳照射在这废墟上，看上去似乎仍旧在燃烧。

"哦，哥哥，你看那儿！水槽旁边！"

顺着美香的声音，我看了过去。我马上就明白了美香发现了什么。

在瓦砾中，孤零零地高耸着的厨房水槽旁边，有一样东西闪着橙色的光。那正是反射着夕阳的空果酱瓶。

犹豫了一下，我说："就让他在那儿吧。虽然挺可怜的，不过应该已经烧焦了。"

"老爷爷这次会转世成什么呢？"

"是啊，会变成什么呢？"

会不会是跳蚤什么的呢？我猜。不过，一想到要对美香解释什么是跳蚤，就觉得实在是太麻烦了，所以我没有开口。

"道夫，走吧。"

"是啊。"

在爸爸的催促下，我离开了那里。做了一次深呼吸，向小巷深处走去。

"今天晚上约好的地方你记住了吗？一个人去没事吧？"妈妈很是担心地说。

我回答道："没事。"

住在关西的亲戚今天晚上七点来把我领走。我们约好在N车站出租车上车点前见面。葬礼之后，他们叮嘱了我许多次，地点和时间我都不会弄错的。

向小巷走去，我忽然间看了一眼脚下。

太阳已经转到身后，在柏油路上拖出长长的影子。那样孤单的一个长长的影子，和那天傍晚与S君一起走进学校教学楼时看见的那个十分相似。

我摇了摇头,仰起脸。

没事的,我又说了一次。

Himawari No Sakanai Natsu
By Shusuke Michio
Copyright 2005 by Shusuke Michio
Simplified Chinese translation copyright right 2009 by New Star Press.
All rights reserved.
Original Japanese Language edition published by SHINCHOSHA Publishing Co., Ltd.
Simplified Chinese translation rights arranged with SHINCHOSHA Publishing Co., Ltd.

图书在版编目（CIP）数据

向日葵不开的夏天／（日）道尾秀介著；于彤彤译．——3版．——北京：新星出版社，2016.10（2025.10重印）

ISBN 978-7-5133-2325-3

Ⅰ.①向… Ⅱ.①道… ②于… Ⅲ.①推理小说－日本－现代 Ⅳ.①I313.45

中国版本图书馆 CIP 数据核字（2016）第 225047 号

午夜文库
谢刚 主持

向日葵不开的夏天

[日] 道尾秀介 著；于彤彤 译

责任编辑：王　萌
责任印制：李珊珊
封面设计：周伟伟

出版发行：新星出版社
出 版 人：马汝军
社　　址：北京市西城区车公庄大街丙3号楼　　100044
网　　址：www.newstarpress.com
电　　话：010-88310888
传　　真：010-65270449
法律顾问：北京市岳成律师事务所

读者服务：010-88310811　　service@newstarpress.com
邮购地址：北京市西城区车公庄大街丙3号楼　　100044

印　　刷：北京天恒嘉业印刷有限公司
开　　本：910mm×1230mm　　1/32
印　　张：11.75
字　　数：147千字
版　　次：2016年10月第三版　　2025年10月第十一次印刷
书　　号：ISBN 978-7-5133-2325-3
定　　价：38.00元

版权专有，侵权必究；如有质量问题，请与印刷厂联系调换。